달 드림은 서점

달 드링크 서점

초판 1쇄 발행 2022년 12월 23일
초판 4쇄 발행 2024년 7월 25일

지은이 | 서동원
일러스트 | 권서영
발행인 | 강봉자, 김은경

펴낸곳 | (주)문학수첩
주소 | 경기도 파주시 회동길 503-1(문발동633-4) 출판문화단지
전화 | 031-955-9088(대표번호), 9536(편집부)
팩스 | 031-955-9066
등록 | 1991년 11월 27일 제16-482호

홈페이지 | www.moonhak.co.kr
블로그 | blog.naver.com/moonhak91
이메일 | moonhak@moonhak.co.kr

ISBN 979-11-92776-09-5 03810

우 연 이   운 명 이   되 는   곳

달 스밀은 서점

서 동 원

◐◑ 문학수첩

M / E / N / U

이야기의 시작

시끄러운 빌딩 속에 숨어있기도, 고요한 경관 속에 어우러져 있기도. 또는 공원 옆에 덩그러니 자리하고 있는 카페처럼.

그곳도 그 자리에 있었다.

"제가 이래 봬도 달에서 왔다고요. 아시겠어요? 아무도 제 마음을 이해할 수 없단 말이에요."

테이블에 엎어진 여자는 술에 잔뜩 취해있었다. 알 수 없는 말들을 쏟아내는 건, 머리를 뱅뱅 울리는 알코올 탓일 것이다.

"나쁜 놈들. 나쁜 인간들! 사회생활은 무슨, 다 얼어 죽어라!"

흔한 술주정이었다.

예의 바른 사람일수록, 또는 항상 미소를 짓는 사람일수록 헌책방처럼 마음속에 먼지를 뽀얗게 쌓아두는 경우가 많다. 콘크

리트만큼이나 단단한 가면을 쓰고 있는 유형. 그녀도 그런 부류에 속했다.

"푸후-"

특이하게도 그녀의 머리 위에는 토끼처럼 길쭉한 귀가 까딱거리고 있었다.

"얼마나 열심히 했는데!"

버럭 소리친 것도 잠시, 그녀는 금세 눈물을 쏟아냈다. 직장에서 잘린 모양이다. 가게에 홀로 들어선 그녀의 술 상대는 오직 바텐더뿐이었다.

파란색 머리를 한 바텐더는 그녀의 울분을 가만히 들어주었다. 그의 가슴팍에는 '문'이라는 명찰이 걸려있었다.

"믿어요."

미동도 없던 바텐더의 입술이 뜬금없이 열렸다. 그것도 전혀 예상치 못한 방향으로.

"달에서 왔다는 것도, 힘센 토끼라는 것도."

'내가 힘센 토끼라는 말도 했던가?'

평소보다 몇 배는 더 무거워진 머리를 간신히 들어 올리며 바텐더와 눈을 마주쳤다.

탁-

바텐더가 탁자 위에 무언가를 내려놓았다. 그의 것과 똑같은 디자인의 명찰이었다.

"여기서 일해볼래요?"

처음 만난 사람에게 선뜻 일자리 제의라니. 그녀는 바텐더의 의도를 알 수 없었다. 하지만 갑작스러운 제안을 거절할 마음도 없었다. 그녀는 그만큼 절박했다.

"네! 저 진짜 일 잘해요. 힘쓰는 거라면 뭐든 맡겨주세요."

눈이 동그래진 그녀가 고개를 붕붕 끄덕였다. 그녀가 올 줄 미리 알고 있었던 걸까? 냉큼 받아든 명찰에는 '달토끼'라고 적혀 있었다.

당신의 인생이
책 한 권과 같다면

"바보 같긴."

말끔한 슈트 차림과 어울리지 않는 까끌까끌한 수염, 뒤로 질끈 묶은 머리. 대일은 오늘따라 기분이 영 좋지 않았다. 그 탓에 평소에도 날카로웠던 그의 인상이 마치 잘 벼려진 날붙이 같았다.

'술집 따윈 줄 알았으면 들어오지도 않았을 것을.'

대일은 여느 때와 같이 깜깜한 새벽이 돼서야 작업실을 나섰다. 평소와 다른 점이 있다면, 인적 드문 골목에서 새로운 가게를 발견했다는 것.

평소라면 '이런 곳에 가게를 내봐야 금방 망해버릴 거야' 같은 중얼거림을 끝으로 무심히 지나쳤을 곳이었다. 그런데도 그의 고개가 한 번 더 돌아간 건 가게의 슬로건 때문이었다.

〈당신의 인생이 책 한 권과 같다면〉

　자극적이고 직관적인 것들만을 강요받던 그에게 오랜만에 향수를 불러일으키는 문구였다. 조금 더 자세히 들여다보니 가게 외관이 어린 시절 자주 들렀던 책방을 닮아있었다.

　어렸을 때는 서점에 우두커니 서서 책 한 권을 다 읽기도 했었다. 아무것도 사지 않아도 친근히 인사해 주시던 책방 할머니. 드문드문 떠오르는 추억과 함께 가슴 한편에 핀 따스함이 목구멍을 타고 차갑게 굳은 몸을 녹였다. 천천히 고개를 들자, 작은 가게와 어울리지 않는 커다란 간판이 보였다.

〈달 드링크 서점〉

　추억만큼 잘 팔리는 물건은 없다고 했던가? 대일도 향수에 젖어 가게에 발을 들였다.

　"무슨 이야기로 드릴까요?"

　종업원이 가벼운 발걸음으로 메뉴판을 들고 다가왔다. 가슴팍에는 '달토끼'라는 명찰이 달려있었고, 머리에는 머리띠를 한 건지 토끼 귀가 달려있었다.

　'여기도 똑같아.'

　대일이 고개를 절레절레 흔들었다. 토끼 귀를 한 직원이며, 책방을 빙자한 주점이며. 결국 추억을 빌미 삼아 장사하는 자극적인 현대 문물일 뿐이었다.

세상이 언제 이렇게 인스턴트 음식처럼 변해버린 것일까? 뭐든 빨리빨리, 더 짜고, 더 맵게. 처음 대중매체에서 '웰빙' 트렌드가 나뒹굴었을 때는 저도 모르게 코웃음이 났다. 대일의 눈엔 삶이 넉넉해진 사람들의 허례허식쯤으로 보였다.

결국 잘 팔리는 건 일시적으로 혀를 즐겁게 하고 지방을 불리는 것들이었다. 이건 비단 음식만의 이야기가 아니다.

박대일. 그는 남들에게 자신을 소개할 때 '화가'라는 말보다 '예술가'라는 표현을 즐기곤 했다. 어디까지나 예전엔 말이다.

'아름답다.'

울컥 그림을 보고 눈물을 쏟았던 날. 대일은 자신도 그런 그림을 그리고 싶었다. 누군가를 위로해 주는 그림. 그것이야말로 진정한 작품이며 하나의 이야기라고 생각했다.

그에게도 나름의 재능이 있었다. 눈을 꼭 감으면 다시금 느껴졌던 감동의 순간. 말초신경을 타고 손가락을 저릿하게 했던 떨림에 맞춰 감정을 토해내면 어느새 예술이 눈앞에 나타났다. 하지만 그것도 어디까지나 초창기의 이야기일 뿐이었다.

어느 날 전시 담당관이 미간을 구기며 그에게 말했다.

"대일 씨, 요즘 이런 건 안 팔려요."

기가 찼다. 그저 누군가의 위로가 되길 바라며 그림을 그렸다. 작품이 팔리지 않아도 그는 자신의 그림을 사랑했다. 사람들이 그림 앞에 서서 아련한 추억에 잠길 때면 다시 한번 감동했던 그 순간으로 돌아갈 수 있었다. 그래서 돈을 주더라도 전시에 참여했다. 하지만 그런 시간이 늘어날수록 삶은 황폐해져 갔다.

'내가 틀렸구나.'

마침내 싸구려 물감 하나 사기도 어려워졌을 때, 현실을 받아들이기로 했다. 그는 잘 팔리는 작품들을 마주했다.

〈완벽주의자의 치부〉, 〈잠 못 이루는 치명적인 금발〉, 〈미치광이의 쾌락〉, 〈불륜으로 치덕대는 아찔한 심장〉

하나같이 눈에 담는 순간 번쩍번쩍 빛이 났다. 짜릿했다. 하지만 그것뿐이었다. 다이너마이트처럼 강한 충격을 일으킨 마음은 모든 게 폭발한 것마냥 아무것도 남지 않았다.

교훈이니, 위로니 하는 말은 뒤처진 옛것 취급을 받았다. 대일은 마음 저 깊은 바닥에서 울컥거리는 불쾌감을 억눌러야만 했다.

'이런 게 이야기라니.'

투박하고 거대한 손이 뒤통수를 잡아끌어다 어둠 밑바닥으로 던져버리는 기분이었다.

그리고 지금, 그는 그때와 같은 감상을 느꼈다.

'술 따위를 이야기에 비유하다니.'

직원의 손에 들린 메뉴판이 아니꼽게 보였다.

"이쪽은 서부 개척 시대가 배경이고, 이쪽은 우주가 배경이에요. 그리고 이건 다른 지구의 이야기랍니다."

토끼 귀의 직원은 메뉴를 이리저리 손짓하며 설명을 이어갔다. 술집인 주제에 책방을 모티브로 한 탓일까? 종업원은 토끼 귀만 했을 뿐이지, 달리 자극적으로 보이는 게 없었다.

버니복을 입었다거나, 짙은 아이라인이나 붉은 립스틱을 칠하지도 않았다. 책방 집 할머니의 외손녀 같은 긴 생머리의 수수한 인상이었다.

"이도 저도 아니군."

"네?"

저도 모르게 툭 튀어나온 말에 대일은 아무렇게나 메뉴판 한 곳을 짚었다. 종업원이 말했다.

"많이 보는 소년. 이걸로 드릴까요?"

대답 대신 고개를 끄덕이자 토끼 귀를 한 종업원이 싱긋 눈웃음을 지으며 바텐더가 있는 방향으로 걸어갔다.

'또 입방정을 떨어버렸군.'

일부러 바텐더를 마주해야 하는 자리는 피했다. 생판 모르는 사람과 대화를 나누고 싶지 않았기 때문이다. 그가 타인과 소통

하는 방식은 오직 그림뿐이었다.

대일은 고개를 돌려 가게 안을 차근차근 살펴보았다. 낯선 사람과 대화하는 건 거북하지만, 새로운 장소에 발을 들인 건 싫지 않았다. 새로운 것들은 때때로 영감을 주었다. 요즘 통 쫓기듯 사는 탓에 주위를 여유롭게 둘러볼 기회가 없었는데, 퍽 분위기 있는 곳에 있자니 마음이 풀어졌다.

'대체 언제 이런 곳이 생긴 거지?'

어두운 공간 속 은은하게 빛을 발하는 조명이 매혹적으로 시선을 끌었다. 갈색 목재로 실내장식을 한 덕에 도서관에 있는 것 같기도 했다.

'책 대신 술이 꽂혀있는 게 흠이지만.'

손님도 자신뿐이어서 대일은 오랜만에 편안함을 느꼈다. 작업실을 제외하고 이토록 마음을 안정시킬 수 있는 곳이 있던가? 어울리지도 않는 그림을 그려대야 하는 걸 생각하면 작업실보다도 편했다.

대일은 잠시 멍하니 시간이 흘러가게 내버려 뒀다. 째깍째깍. 벽에 걸린 시계의 초침이 점차 느려지는 것 같은 착각과 함께 노곤함이 몸을 적셨다. 조금씩 내려앉는 눈꺼풀에 금방이라도 잠에 취할 것 같았다. '이미 꿈을 꾸고 있나?' 그런 착각이 들 정도로 의식이 흐리멍덩해졌다.

탁-!

움찔. 귓가에 들리는 커다란 소리에 대일이 화들짝 몸을 움츠렸다. 그러곤 고인 침을 '스읍' 삼키며, 본능적으로 주위를 살폈다. 분명 귀 바로 아래에서 소리가 들린 것 같았는데 이상하게도 근처에는 아무도 없었다.

"주문하신 이야기 나왔습니다."

간드러진 목소리의 주인은 푸른색 머리카락을 한 바텐더였다. 그의 앞에는 원통형으로 길쭉한 글라스 하나가 놓여있었다.

"크, 크흠."

대일은 존 티를 내지 않기 위해 괜히 동작을 크게 했다. 자리에서 일어나 걸음걸이 또한 또박또박 기품 있게 걸었다. 잔이 놓인 자리까지 다가가 의자를 빼고 양복이 구겨지지 않게 조심스레 앉았다. 스스로가 흡족할 만큼 멀쩡한 연기였다. 그렇게 들뜬 마음으로 유리잔에 손을 가져갔을 때, 대일은 깨달았다.

'서빙을 기다리면 되잖아!'

가만히 있었으면 종업원이 유리잔을 자리까지 가져왔을 것이다. 괜히 자존심이 상했다. 격식 있게 행동하지 못한 것 같았기 때문이다. 술집에서 무슨 예의겠냐마는 대일에겐 매우 중요한 문제였다. 그래서 이왕 연기하는 거 끝까지 해보기로 했다. 마치, 진즉부터 바텐더에게 말을 걸고 싶었던 사람처럼.

"가게가 참 아늑하네요."

유리잔을 치켜세우며 대일이 말했다. 긴장한 탓일까? 입 밖으로 튀어나온 목소리가 거칠게 갈라졌다.

"감사합니다."

푸른색 머리의 바텐더가 아무렇지 않은 목소리로 화답했다. 다행히 어색한 티가 심하진 않았나 보다. 바텐더의 명찰을 바라보자, '문'이라는 글자가 적혀있었다.

"장사가 잘 안되나 봐요?"

말하고도 아차 싶었다. 뻔히 장사가 안되는 게 보이는데 물어봐야 기분만 상할 일이었다. 늘 이런 식이다. 상대방이 불편할법한 말을 해버린다. 뒤늦게 자신의 무신경함을 탓해도 대인관계가 서툰 입술은 멋대로 머릿속의 말들을 뱉어버렸다. 당황스러워 수습할 단어도 떠오르지 않았다. 만약 떠오른다면 잠자려고 누웠을 때 정도일 것이다.

툭 하고 내뱉는 버릇은 날카로운 그의 인상과 더불어 괜한 미움을 받게 되는 원인이었다. 학창 시절, 책과 그림만이 그의 친구였던 이유기도 했다.

"네, 손님이 많은 편은 아니에요."

문은 살며시 미소를 지으며 답했다. 바텐더라는 직업 특성상 다양한 사람을 상대하기 때문일까? 불편한 기색이 전혀 느껴지지 않았다.

"덕분에 손님이랑 많은 이야기를 나눌 수 있죠."

그는 친구를 대하는 것처럼 친근하게 대일을 바라보았다. 반대로 대일은 그런 시선이 낯설고 불편했다. 그 탓에 더욱 떨리는 입술이 또 한 번 멋대로 움직였다.

"이런 식으로 장사하시면 분명 힘들어질 거예요. 아무리 좋아하는 일이라도 결국 생활이 버거우면 무너지는 법이죠."

대일의 눈빛이 날카로워졌다. 당황한 티를 내비치지 않으려다 보니 생긴 습관이었다. '멈춰, 멈춰!' 속으로는 자신을 향해 외쳐대고 있었으나 입은 계속해서 나불댔다.

"아, 물론 술맛이 끝내준다면 이야기가 다르겠죠."

원래는 술 한 모금을 마시고 '아! 그래도 여긴 술맛이 좋아서 금방 상황이 좋아지겠네요'라고 말할 생각이었다. 하지만 유리잔에 입을 대기도 전에 말이 흘렀고, 고장 난 머리에서는 평론가나 할 법한 문장을 꺼내 놨다. 술도 잘 못 먹는 주제에 말이다. 최악이었다.

"천천히 즐겨주세요."

바텐더는 여전히 여유롭게 미소 짓고 있었다. 대일 또한 날카로운 인상을 유지하고 있었으나, 마음속으로는 그에게 미안해 죽을 지경이었다. 얼른 잔을 비워내고 가게를 빠져나가고 싶었다.

냉큼 집어 든 유리잔. 알코올 냄새를 좋아하지 않았기에 대일은 눈을 질끈 감고 잔을 한 번에 비워낼 생각이었다. 하지만 유리잔 안을 들여다보는 순간 마음이 달라졌다.

"이게 뭔가요?"

투명한 글라스 안에는 술이 무지개처럼 층층이 나누어져 있었다. 살살 흔들어도 섞이지 않는 색깔들을 보고 있자니 마음을 빼앗겨 버렸다.

"주문하신 '많이 보는 소년'이에요. 위에서부터 한 층씩 음미하시면 즐거우실 겁니다."

참 예쁜 칵테일이었다. 알록달록 층마다 색이 나누어져 있는 물결은 술을 좋아하지 않는 대일도 흥미가 생길 만큼 몽환적인 빛을 머금고 있었다. 잔을 따라 아름답게 흔들리는 빛깔들. 이거라면 이야기라고 불러도 좋겠구나 싶을 정도로 마음에 쏙 들었다.

"맛있겠네요."

먹는 게 아까울 지경이었다. 가장 윗단의 층은 에메랄드빛을 띠고 있었다. 살랑살랑 꼬리를 흔드는 것 같은 모습이 인상적이었다. 대일은 낯선 가게에 들어오길 잘했다고 생각하며 조심스레 잔을 기울였다.

'우엑, 이게 뭐야?!'

감동에 빠져있던 마음은 술을 입에 넣자마자 뒤집혀 버렸다.

씁쓸하고 토악질 나는 향이 입 안에 가득 번졌다. 하수구 물을 떠다 마신 기분이었다. 얼른 뱉으려는데, 돌연 알 수 없는 장면들이 머리를 때렸다.

한 아이가 태어났다. 다리가 튼튼했던 아이는 소년이 되며 축구를 좋아하게 된다. 아니, 사랑하게 된다. 땀이 줄줄 흐르고 숨이 벅차오르는 순간. 한 번 더 꾹 참고 다리를 내디디면 소년은 그라운드의 영웅이 되었다. 어린아이들을 대상으로 한 '꿈나무 월드컵'에 발탁된 순간을 소년은 잊을 수 없었다.

하지만 불행은 전조 없이 날아들었다. 소년이 늦잠을 자버린 날. 대회 버스를 놓쳐 잡아 탄 택시 안에서 소년은 엄마를 참 많이도 원망했다. 철없는 아이의 투정. 그 투정이 마지막일 거라고 누가 알았겠는가?

교통사고였다. 어디에나 있을 법한 그런 흔한 사고. 하필 그게 소년이 타고 있던 택시를 덮쳤다. 다행히 소년의 튼튼한 다리는 멀쩡했다. 하지만 소년을 지키기 위해 감싸 안은 어머니는 끝내 사망하고 만다. 그뿐이 아니었다. 유리 파편 하나가 좋지 않은 위치로 튀어버렸다. 소년의 총명한 눈동자는 빛을 잃었다. 앞을 볼 수 없게 된 소년은 축구를 할 수 없게 되었고, 어린 시절 꿈은 그렇게 박살 나버렸다.

"허윽, 허윽."

등줄기를 타고 흐르는 불쾌한 감각이 서서히 물러갔다. 타버릴 것만 같이 바짝 마른 목구멍. 입 안에 있던 술은 어느새 삼켜져 있었다. 대일은 불같이 화를 내며 바텐더를 노려보았다.

"당신 여기에 뭘 탄 거야!?"

"소년의 이야기를 담아드렸습니다."

여전히 그의 표정은 여유로웠고, 그 탓에 더욱 화가 치밀었다.

'대체 내게 뭘 준 거지?'

대일이 그림을 이야기라고 일컫는 까닭은 하나의 그림을 보면서도, 사람마다 각기 다른 추억을 떠올리기 때문이다. 얼굴에 무언가를 뒤집어쓰고 가상현실을 체험하듯 환상을 본다는 말은 아니었다.

'칵테일에 마약이라도 넣은 거야?'

부들부들 떨리는 손으로 주위를 이리저리 둘러보았다. 시간이 지날수록 목이 더욱 말랐다. 이대로라면 정말 죽을 것 같았다. 뭐라도 마셔서 씻어내고 싶었다.

"물, 물이라도 줘!"

"음료라면 앞에 드렸습니다."

대일은 소리를 지르고 싶었다. 하지만 타는 듯한 갈증 탓에 그럴 수 없었다. 가게를 모욕해서 화가 난 걸까? 그렇다기에 술은 대화를 나누기도 전에 나왔다.

　이해할 수 없는 상황에 말도 안 되는 상상이 머릿속에 그려졌다. 눈앞의 바텐더는 사실 미치광이 살인마인 것이다. 손님이 없는 시간, 가게에 들어온 사람에게 독을 타 죽이는 건 아닐까?

　"제… 제발!"

　뭐라도 마시지 않으면 죽어버릴 것 같았다. 죽음 앞에서 사람은 겸손해진다고 했던가? 분노가 일순간에 두려움으로 변했다. 지금 그를 구제해 줄 수 있는 건 눈앞의 바텐더뿐이었다.

　"두 번째 층은 꽤 부드러울 거예요."

　바텐더가 잔을 가리켰다. 유리잔 안에 에메랄드빛 층은 모두 사라진 상태였다. 다음 층은 붉디붉은 색이었다. 딱 봐도 불길해 보였다.

　"물…!"

　이제 거의 한계였다. 콧구멍에 후추를 대량으로 쑤셔 박은 느낌이었다. 이성적인 판단은 흐려졌고, 마실 수 있는 건 한정적이었다.

　'색이 다르니까 정말 괜찮을지도 모른다.'

　그런 편협한 생각이 들 정도로 내몰렸을 때, 대일은 유리잔에 두 번째 층을 입에 담았다.

　"아."

차가운 우유에 딸기를 통째로 갈아 넣은 듯한 맛. 욱신대던 통증이 서서히 가라앉았다. 몸을 감싸는 안도감과 함께 이번에도 똑같이 무언가 뇌리에 박혔다.

깊었던 상처가 점차 아물었다. 소년의 일상 또한 그렇게 회복되어 갔다. 하지만 돌아오지 않는 시력처럼, 소년의 일상 가운데도 여전히 슬픔은 남아있었다. 극심한 우울증과 무기력함. 소년의 아버지는 그런 아이를 살리기 위해 끊임없이 노력했다. 그 마음을 알아준 걸까? 소년은 슬픔에 적응하는 법을 배웠다. 소년을 위해 고군분투하는 건 아버지뿐만이 아니었다.

소년의 소꿉친구. 사이가 멀어져 버린 아이들과 달리 그녀는 항상 소년의 곁을 맴돌았다.

사고 이후 날카로워진 소년을 대하기란 쉽지 않았다. 하지만 그의 마음을 녹이는 게 있었는데, 그건 바로 피아노였다.

소년의 소꿉친구는 피아노를 참 잘 쳤다. 항상 듣기만 하던 소년은 어느 날 그 음악 소리를 꾸며보고 싶었다. 소녀는 그의 뜻에 응해줬고, 어린아이라는 게 의심스러울 만큼 정성껏 소년을 돌봐주었다.

그렇게 시간이 흘러 둘은 고등학생이 되었고, 소년은 소녀보다도 피아노를 능숙히 다룰 수 있게 되었다.

"하아— 하아."

고통스럽던 기침이 잦아들었다. 어찌나 통증이 심했는지, 눈가에는 눈물이 맺혀있었다.

"당신."

다시금 날카로워진 대일의 눈빛. 본래도 사나웠던 눈이 진심을 더하자 매서웠다.

"두 번째 층은 달콤하죠?"

바텐더는 진심으로 기쁜 것처럼 웃음을 터트렸다. 그 모습이 너무도 유쾌해서 화를 내는 게 머쓱해질 정도였다. 그의 말대로 두 번째 붉은빛 층은 달콤했다. 괴로움을 가라앉히는 건 물론이거니와 그 뒤로 이어지는 향긋한 끝 맛. 그 향이 너무도 깊어서 대일은 유리잔에 손을 떼지 못했다.

"지금 나한테 이상한 걸 먹이는 거라면… 그러니까…"

중간에 혀가 꼬여버렸다. 귀를 따라 이마까지 훅 올라오는 열기가 몸이 취기에 젖어 들었음을 말해줬다.

자꾸만 혀가 꼬여서 말을 잇는 대신 잔뜩 눈에 힘을 주었다. 때때로 자신의 험악한 인상이 도움이 된다는 사실을 그는 알고 있었다.

"술이라는 게 원래 좀 이상하죠."

사납게 으름장을 놓아도 바텐더는 도통 겁을 먹는 기색이 없었다. 그는 여전히 적당한 농담을 던지며 웃을 뿐이었다. 그쯤 되니 대일은 스스로 뭐에 화가 났는지 모호해지기 시작했다.

그의 말대로 술이란 건 다양한 종류만큼이나 삼키면 목을 태우는 것들도 있다. 마시기 전에 바텐더가 주의를 줬다면 좋았겠지만, 그건 어디까지나 호의의 문제였다. 메뉴를 선택한 건 자신이었고 바텐더는 그걸 내줬을 뿐이다.

"크흠."

성을 낸 게 멋쩍어진 대일이 헛기침하며 목소리를 가다듬었다.

"제가 취해서 헛소리했군요. 죄송합니다."

"첫 잔은 독한 법이죠. 여기 안주입니다. 서비스예요."

동그란 접시에 조그마한 방울토마토들이 반으로 잘려있었다. 샐러드와 소스로 꾸며져 있는 모습이 고급 식당의 디저트 같기도 했다. 거기까지 생각이 닿았을 때, 대일은 얇디얇은 지갑이 떠올랐다.

"미리 말씀드리지만 저는 돈이 많지 않습니다."

"걱정하지 마세요. 손님에게 내어드릴 음식이라면 충분히 있으니까요. 냉장고에 가득하죠."

그의 능청스러운 말투에 무겁던 마음이 풀어졌다.

"서비스가 이렇게 좋다니, 금방 유명해지겠군요."

아까 하려던 말이 이제야 구김 없이 제대로 나왔다. 대일은 조그마한 포크로 그보다 조그마한 방울토마토를 찔러 입에 넣었다.

"이 음식에도 이름이 있나요?"

"그럼요. '말하고 싶은 토마토'예요. 먹으면 자기 얘기를 하고 싶어지죠."

바텐더의 실없는 말에 대일이 작게 헛웃음을 터트렸다. 이런 호의를 제공하는 까닭은 단골을 만들기 위함일 뿐이겠지만, 왜인지 그가 자신의 이야기를 진심으로 듣고 싶어 하는 것처럼 느껴졌다.

"역시 공짜란 없는 거겠죠?"

"그런 셈이죠."

대일은 사람과 속 터놓고 이야기하는 것을 좋아하지 않는다. 그런데도 오늘만큼은 상관없을 것 같은 기분이 들었다.

"저는 그림을 그리고 있습니다. 예술과는 거리가 멀죠. 단지, 팔릴 만한 것들을 그려요. 자극적이고 매운 그림들이요. 소중한 것을 추억하던 시대는 끝났습니다. 노력한다고 하는데, 다들 저보고 더 잔인하고 강렬한 걸 그리라고 하네요. 때때로 헐벗고 있는 사람을 그리다 보면 내가 지금 뭐 하고 있나 싶습니다."

대일은 연거푸 접시에 담긴 토마토를 포크로 찍어 먹었다. 부정하던 마음들이 자꾸만 주위를 떠도는 것 같아 속상했다.

"저는 실패한 사람입니다. 꿈을 저버린 지 오래예요."

기분이 울적했다. 혀끝에 맺힌 씁쓸함은 토마토를 아무리 먹어도 씻기지 않았다. 이렇듯 입만 열면 부정적인 소리가 흐르기에 속을 터놓고 싶지 않은 것이다. 썩은 생선을 품고 있는 항아리 같으니까. 열어봐야 퀴퀴한 냄새만 풍길 뿐 좋을 게 없다.

"실패한 사람치고는 멋지신데요?"

분위기를 전환하듯 바텐더가 말을 꺼냈다. 그의 시선은 대일이 입은 옷을 향해있었다. 말대로 대일은 말끔한 정장을 차려입고 있었다.

"아, 이건 나름의 사연이 있어요."

"어떤 사연인가요?"

"음… 별로 대단할 건 없습니다."

"토마토 더 드릴까요?"

"짓궂은 분이시군요."

대일은 한숨을 푹 내쉬었다. 하지만 내심 입꼬리가 올라가 있었는데, 남들과 달리 자신의 이야기를 듣고도 밝은 표정을 지어주는 바텐더 덕이었다.

"사랑하는 사람이 있습니다. 예전에 한 번, 그 사람에게 제가 창피하다는 소리를 들었거든요."

"오, 저런."

"아뇨. 충분히 이해합니다. 너무 꼬질꼬질하게 다니긴 했었죠.

그래서 그때부턴 외모에 꽤 신경을 쓰게 됐어요. 격식이나 예의도 차리게 됐고요. 남들 보기에도 나으니 잘된 셈이죠."

대일은 자신의 까칠까칠한 턱수염을 만지며 멋쩍게 웃었다.

"조금만 방심해도 금방 망가지긴 하지만요."

"그 턱수염은 부러운걸요? 저는 수염이 안 나는 편이라서요."

대일은 바텐더의 얼굴을 지그시 바라보았다. 가게의 주인이라기엔 젊었다. 대일의 눈에는 기껏해야 20대 중반쯤으로 보였다.

"뭐, 어쨌든. 일찍이 가게를 차린 선생과 달리, 나는 오십이 넘는 나이에도 꿈을 이루지 못했어요."

바텐더가 자신의 손목시계를 확인했다. 대일은 순간 '내 나이가 벌써 오십이었나?'라는 의문이 들었으나, 적당히 떨쳐냈다. '오랜만에 술을 마셔서 이질감이 있을 뿐이겠지' 그렇게만 생각했다.

"대리 만족이라도 해보는 게 어떠세요?"

바텐더의 시선이 대일의 손을 향했다. 정확히는 그의 손에 들려있는 유리잔에 닿아있었다.

"다음 층은 더 달콤할 거예요."

"이번엔 좀 얇군요."

"즐거운 순간은 늘 짧은 법이니까요."

유리잔에 담겨있는 빛깔은 이제 단 두 개였다. 유리잔의 1/3을 차지하는 마지막 색과 달리, 밑에서 두 번째 층은 유독 양이 적었다.

'방금도 그렇게 달콤했는데 이번엔 얼마나 더 달콤할까?'

대일은 설레는 마음으로 술잔에 입을 댔다.

"음-"

몽글몽글한 구름을 입에 담은 듯한 풍만함과 기분 좋게 터지는 탄산. 부드러운 목 넘김을 따라 코끝을 자극하는 향긋함에 자연히 입가에 미소가 번졌다.

시력을 잃은 소년은 바로 앞에 놓인 물건도 보지 못했다. 하지만 손끝으로 전해져 오는 떨림은 누구보다도 섬세히 느낄 수 있었다.

건반 하나를 눌렀을 때 퍼지는 울림. 그것은 공간에 따라서도 조금씩 차이를 보였다. 소년은 벽에 부딪혀 돌아오는 진동까지 잡아냈다. 서로 합하여 커지기도, 상쇄되기도 하는 떨림이 좋았다. 소년은 눈으로 볼 수 없는 것들을 볼 수 있었고, 진실로 소중한 것은 눈에 보이지 않는다는 사실도 깨달았다.

소년과 늘 함께하던 소꿉친구. 소년이 청년이 된 이후에도 둘의 사이는 여전했다. 말로 설명할 수 없는 따뜻함이 전신을 감싸는 것을 느꼈고, 그 또한 눈에 보이지 않는다는 걸 소년은 알았다. 그렇게 청년이 된 소년은 여인이 된 소녀에게 청혼한다. 그녀는 작은 웃음소리로 승낙을 표했다.

　소년의 천재적인 감각은 성인이 되어서 더욱 두각을 보였다. 그가 만들어 내는 음악마다 많은 사람의 사랑을 받았으며, 감히 견줄 경쟁자도 없을 정도로 유명한 음악가가 되었다.

"이거 한 잔 더 마실 수 있을까요?"

짧은 황홀감이 물러가자, 대일은 아쉬운 마음을 숨길 수 없었다.

"더 마시려면 잔을 비워주셔야 해요."

"기꺼이."

"박대일 씨."

냉큼 남아있는 잔을 비워내려는데 바텐더가 그를 말렸다. 사글사글했던 목소리에서 옅은 차가움이 묻어나왔기에, 대일은 잔을 기울이던 손을 멈췄다.

　"마지막 잔은 첫 번째 층과 비교도 되지 않을 정도로 쓸 겁니다."

　"술이 쓴 건 당연하잖아요? 이 중간중간 들어가 있는 건 분명 술이 아닌 다른 거겠죠? 저는 다음 잔으로 방금 마신 파란색 음료를 가득 채우고 싶어요."

　"그 또한 술인걸요. 과음은 항상 조심해야 하죠."

대일은 바텐더의 말을 주의 깊게 듣지 않았다. 술에 취해 붉어진 그의 얼굴이 한몫했으리라.

"이까짓 술 몇 잔 먹는다고 죽겠습니까? 얼른 마실 테니, 다음 잔 준비 부탁드려요."

벌컥벌컥. 유리잔에 남아있는 술을 모두 입에 부었다. 그러곤 잔을 머리 위로 털어 다 마셨다는 시늉을 보였다.

"어때요? 이 정도 술은…"

별안간 머리를 때리는 충격에 무언가 잘못됐다는 생각이 덜컥 들었다. 하지만 대처하기엔 이미 늦었다. 그는 바텐더의 말을 귀담아듣지 않았고, 잔은 비어버렸다.

"컥, 커윽."

정신을 아득히 날려버릴 고통이 온몸을 짓눌렀다. 벌벌 떨리는 손이 도저히 진정되질 않았다.

"이, 이게 무슨."

항상 타이틀 1위를 차지하던 청년의 음악. 하지만 시간이 지날수록 '최고'라는 단어는 그의 목을 조여왔다. 뒤따르는 사람들의 기대는 거대한 압박으로 변한 지 오래였고, 갑작스레 찾아온 슬럼프로 경쟁자에게 최고의 자리를 넘겨줘야 할 판이었다.

청년은 조급했다. 다른 사람들은 진정한 음악을 모른다. 빛한 줌 의지하지 않고 오직 진동에 몸을 맡기는 자신만이 진짜다. 그런 생각으로 피아노를 두들겼지만, 상태는 나빠지기만했다. 쏟아지던 사랑이 무관심으로 돌변하자, 심장을 벅차게했던 떨림이 자취를 감췄다. 사랑하는 연인조차 눈에 들어오지 않았다. 그녀의 관심보다는 대중의 관심이 중요했으니까.

그는 결국 해서는 안 될 짓까지 저지르고 만다. 마약에 취하면 환상적인 음악을 만들 수 있다는 소문이 돌았다. 그에겐 충분한 돈이 있었고, 돈을 노리는 사람이라면 그의 주위에 널려있었다. 약을 구하는 것쯤 그에겐 일도 아니었다.

그를 사랑하는 연인은 그를 막았다. 하지만 그는 이미 그녀가 알던 사람이 아니었다. 주위에 물건이 있는 것조차 조심해야 했다. 그의 기분이 수틀리면 바닥에 처박히곤 했으니까.

소문이 진짜였을까? 그가 만든 음악은 다시금 활기를 되찾았다. 경찰도 두렵지 않았다. 이미 돈으로 매수한 이들이 있으니까. 그는 다시금 사람들의 관심으로 심장이 뛰는 것을 느꼈다. 그와 감히 비교될 경쟁자 따위도 없었다. 그는 최고가 되어있었다. 정점에 서있는 고양감. 그는 환하게 웃었다.

그러던 중 충격적인 소식이 날아든다. 아버지를 습격한 괴한. 복잡한 이해관계가 얽힌 사건이었다. 하지만 정확한 건 하나 있었다. 돈에 미친 그의 친구들 짓이라는 것. 아니, 청년 자신 때문이었다. 잘못된 선택들이 모이고 모여 터져버린 결과였다. 자신 때문에 죄 없는 아버지가 식물인간이 돼버린 것이다.

그때부터 청년은 다시금 망가졌다. 모든 활동을 멈추고 반쯤 정신을 놓은 것처럼 지냈다. 진정한 친구는 힘들 때 곁에 있는 친구라고 했던가? 돈으로 연결된 그의 친구들은 망가진 그를 보며, 돈을 빼돌릴 뿐이었다. 그렇게 그는 순식간에 나락으로 내던져졌다.

그를 도와주는 이는 아무도 없었다. 그가 사랑하던 연인은 그가 약에 취해있을 때 잃었고, 아버지는 의식을 잃은 채 병원에 있었다. 그게 그의 두 번째 교통사고였다. 두 눈과 엄마를 잃었던 상실감이 다시금 그에게 몰려왔다.

후회만이 머릿속을 맴돌았다. 하지만 모든 건 일어나 버렸다. 약을 끊은 탓에 손이 떨려 다시 피아노를 칠 수도 없었다. 다만 그의 손에는 건반 대신 친구들이 조롱하듯 남기고 간 날카로운 날붙이가 하나가 쥐어져 있었다. 그는 그것을 천천히 손목에 가져갔다. 그리고 있는 힘껏 잡아당겼다.

"으악! 그만!!"
점차 현실로 돌아오는 시야. 바닥에서 헐떡대고 있는 자신의 모습이 보였다.

"하아, 하아."

대일은 가슴을 쓸어내며 손목을 이리저리 살폈다. 분수처럼 튀던 혈흔은 보이지 않았다.

"이, 이게 대체 뭔가?"

등에선 땀이 비 오듯 쏟아졌다. 멀끔했던 양복은 이리저리 구겨져 있었고, 질끈 묶어놨던 머리카락도 삐져나왔다. 예의를 차릴 정신이 없었다. 자신을 훑고 간 죽음을 털어내려 안간힘을 쓸 뿐이었다.

"말씀드렸잖아요. 마지막은 쓰다고."

착 가라앉은 목소리. 미소가 걷힌 바텐더의 얼굴을 보고 있으니 오소소 소름이 돋았다.

'지금 내가 뭘 하고 있던 거지?'

당장이라도 바를 벗어나야겠다고 생각했다. 빠져나가야 한다. 생존을 위한 비상벨이 그의 머릿속에서 사정없이 울렸다.

"나, 나는 이만 가보겠네. 즐거웠네. 참, 그…"

달달 떨리는 입술을 움직이며, 얼른 몸을 일으켰다.

"어, 얼만가? 이거면 되겠나?"

안주머니에 있던 지갑을 던지듯 테이블에 올려놨다. 바텐더는 팽개쳐진 지갑을 조심히 거둬들였다. 그러곤 다시 대일에게 내밀었다.

"계산은 이미 하셨어요."

"내가 말인가?"

바텐더가 고개를 끄덕였다. 따지고 있을 때가 아니었다. 조심스레 발걸음을 옮기려는데 바텐더가 다시금 말을 걸어왔다.

"이제 선택해 주실 시간입니다."

"선택하다니? 뭘 말인가?"

"누가 죽을지 말이에요."

죽는다. 그 말에 전신이 저릿저릿해지는 것을 느꼈다. 누가 죽을지 선택하라니, 미치광이가 따로 없었다.

"결정하신 문으로 다가가시면 됩니다."

바텐더는 '문'이라고 적힌 자신의 명찰을 손으로 툭툭 건드렸다. 그런 다음 뒤쪽에 있는 문을 가리켰다.

"당신이 대신 죽을 거라면 저에게 다가오시고, 청년이 죽게 두실 거면 뒤쪽 문을 열어주세요."

언어유희와도 같았다. 뒤쪽에 있는 문과 명찰에 쓰여 있는 문 중 하나를 선택하라니. 혹 뒤에서 칼을 휘두르는 건 아닌가 싶어 경계를 늦추지 않았다.

안 그래도 바텐더 뒤쪽에서 절구질하는 토끼가 신경 쓰였다. 분명 아까는 토끼 귀를 한 수수한 소녀였는데, 지금은 인간만 한 크기의 토끼처럼 보였다. 토끼의 붉은 눈동자와 마주치는 순간 저도 모르게 입에서 기겁하는 소리가 흘렀다.

"청년이라니? 설마 환상으로 본 청년 말인가?"

"네."

바텐더의 말은 명료했다. 설명을 보태지도 않았다. 정말 말도 안 되는 소리였다. 술을 마시면서 보았던 환상. 처음 본 청년을 위해, 그것도 환영으로만 본 사람을 위해 자신의 목숨을 내던질 이가 누가 있겠는가? 바텐더가 제정신이 아님을 한 번 더 확신했다.

"나, 나에게도 사랑하는 사람이 있어. 자식이 있다고!"

긴장하면 일단 내뱉고 보는 그의 습관이 이번에도 도져버렸다. 멋대로 떠드는 입을 놔둔 채로 슬금슬금 뒷걸음을 쳤다.

"네, 그럼 안녕히."

그 말을 들은 대일은 바텐더의 마음이 변하기 전에 서둘러 발걸음을 옮겨야겠다고 생각했다. 재빨리 뒤쪽 문을 향해 내달렸다. 달칵, 손잡이가 어렵지 않게 돌아갔다.

"하아- 후우."

쿵, 문이 닫혔다. 그런데 뭔가 이상했다. 분명 밖으로 나왔는데, 여전히 실내에 있었다.

"이건…"

백색의 타일로 뒤덮인 공간. 일직선으로 뻗어있는 복도는 전

시장을 떠오르게 했다. 그도 그럴 것이 양옆으로는 그림들이 걸려있었기 때문이다.

땅- 땅- 땅-

"우왁!"

귀를 때리는 종소리. 깜짝 놀란 대일이 미어캣처럼 고개를 사정없이 흔들었다. 하지만 별다른 일은 없었다.

"어?"

이상한 점이 있다면 등 뒤에 있던 문이 사라졌다는 것이다. 그저 하얀 벽만이 남아있었다. 문고리도 보이지 않았다.

"꿈이라도 꾸고 있는 건가?"

앞으로 나아가는 것 말고는 달리 길이 없었다. 대일은 천천히 걸음을 옮겼다.

"색이 익숙한데."

천천히 들여다본 그림들. 그것은 박대일, 그의 작품들이었다.

"최근에 그린 것들이 아니야."

자극적이고 강렬한 인상의 것들이 아니었다. 그가 꿈을 꾸던 시절. 진실로 즐겁게 그렸던 그림들이었다. 하나하나 바라보며 걷고 있자니, 기분이 참 좋았다. 불안으로 떨리던 마음은 온데간데없었다. 그림에는 강한 힘이 담겨있어서, 걸을수록 대일은 기쁨에 찼다.

"맞아. 이게 진정한 이야기지!"

한참을 걸으며 즐거운 시간을 보냈다. 추억이 새록새록 떠올랐다. 저만치 보이는 복도의 끝을 향할 때는 아쉽다는 생각까지 들었다. 그리고 마침내 다다른 마지막. 그제야 그는 눈치챘다.

"아…"

자신이 그토록 사랑한 그림들. 그 끝에는 가장 인상 깊게 보았던 작품이 걸려있었다.

"아아…"

마지막 작품. 그것은 예전 그가 그토록 눈물을 쏟았던 그림이었다. 이제야 떠올랐다. 그건 그림이 아니었다. 사진이었다.

"안 돼!"

몸을 돌려 미친 듯이 달리기 시작했다. 사진 속에는 자신의 품에 안겨 곤히 자는 아기의 모습이 담겨있었다. 그의 아들. 그 동그란 얼굴이 환상에서 보았던 소년의 얼굴과 겹쳐 보였다.

"안 돼요, 안 돼요. 제발요. 제가 잘못했어요."

숨이 턱 막히고, 중간에 자빠지기도 했지만. 그는 금세 일어나 다시 달렸다. 헐레벌떡 처음 위치까지 돌아왔지만, 고개를 아무리 돌려도 문고리는 보이지 않았다. 하얀 벽뿐이었다. 다시 가게 안으로 돌아갈 수 없었다.

"아아– 죄송합니다. 죄송합니다. 제가 잘못했습니다."

대일은 빌고 또 빌었다. 무릎을 꿇고 손을 싹싹 빌며 벽면에 대고 통곡했다.

"제가 죽겠습니다. 제가 죽을게요. 지옥에 떨어트려도 좋습니다. 제 아들만 살려주세요. 제발 부탁합니다."

그가 애통하게 울었다. 줄줄 눈물을 흘리며, 주먹으로 자신의 가슴을 때리며 울부짖었다.

"제발요. 제발요."

그의 울음소리로 주위가 가득해졌을 때, 마침내 바텐더의 목소리가 들려왔다.

"정말 그러셔야겠어요?"

모습은 보이지 않았지만, 씁쓸한 표정이 자연히 그려지는 목소리였다.

"네, 네. 제발요. 부탁드립니다."

덜컥. 아무 무늬도 없던 벽이 열렸다. 안으로 발을 들이자, 다시금 서점을 닮은 바가 모습을 보였다.

"감사합니다. 감사합니다."

대일은 바텐더를 향해 몇 번이고 고개를 숙였다. 문은 하염없이 우는 그의 손을 맞잡아 주었다.

"책에 들어가서 내용을 바꿀 수 있는 건 단 한 번뿐이에요."

유리잔이 놓여있던 테이블에는 술 대신 책 한 권이 자리해 있었다. 제목은 술과 같은 《많이 보는 소년》이었다. 대일은 아들을 보는 것 같아 기뻤다.

"제가 어떻게 바꿀 수 있을까요?"

"이야기를 바꿀 수 있는 건 결국 이야기의 주인뿐이에요."

바텐더의 얼굴은 희망적이지 않았다. 그럼에도 대일은 포기하지 않았다. 자식을 위해서라면 무슨 짓이라도 하리라.

"잘 들어요. 아무리 사랑하는 사람이라고 해도 불가능해요. 결국 자신뿐이에요. 바꿀 수 있는 건 오직 청년뿐이라고요."

"설득하라는 말씀이시죠? 제가 잘 타일러서…"

바텐더가 옅게 고개를 저었다. 그러곤 다음 말을 기다리는 대일의 눈을 똑바로 마주치며 말했다.

"그러니까 잘해보라고."

바텐더가 그의 손에 책을 쥐여 주었다.

"박경민. 알겠어?"

쑤욱-

지면이 사라지며 몸이 바닥을 향해 곤두박질쳤다. 갑작스러운 상황에 그가 할 수 있는 거라곤 책을 꼭 쥔 채, 비명을 지르는 것뿐이었다. 그렇게 찰나의 시간이 지나갔다.

"으아아아악!"

목이 터져라 지른 비명이 차츰 잦아들었다. 손끝에서 느껴지는 서늘한 감각. 화들짝 놀라 손에 있는 걸 놓자 '쨍그랑' 바닥을 구르는 쇠붙이 소리가 들렸다.

"뭐, 뭐야?"

고개를 이리저리 흔들어 봐도 보이는 건 없었다. 그는 아무것도 볼 수 없었으니까. 싸한 감각이 등줄기를 스치는 것도 잠시. 정신을 차리지 못하는 그에게 한 통의 전화가 걸려왔다.

쁘르르뜬든~♬

쾌활한 음악은 그의 작품이었다.

"전화 받아줘."

스마트폰의 음성 인식 기능이 작동함과 동시에 통화가 연결됐다.

"박경민, 이 개자식아! 언제까지 약에 취해서 살 거야?!"

"이은정?"

참 오랜만에 입에 담아본 세 글자. 그건 그를 떠나간 연인의 이름이었다. 반가움에 소리를 높이려는데, 돌연 불길한 기색이 느껴졌다. 수화기 너머로 울음 섞인 그녀의 목소리가 들려왔다.

"너희 아버지, 돌아가셨어."

"뭐?"

그날 보았던 것들은 무엇일까? 시간이 한참 지났지만, 아직도 그날의 일은 머릿속에 생생했다. 서점을 닮은 술집. 이상한 바텐더와 토끼 귀를 단 종업원. 아버지의 눈으로 아버지처럼 생각했던 순간들. 모든 것이 꿈이었을까? 아니면 약에 취한 정신을 깨우려는 아버지의 마지막 훈계였을까?

어린 시절, 앞이 보이지 않는 나를 향해 쑥덕대는 아이들이 있었다. 그때 괜히 곁에 있던 아버지에게 창피하다고 화를 낸 적이 있다. 보이지 않아서 몰랐다. 아버지가 그 탓에 얼마나 차림에 신경 쓰고 계셨는지.

표현이 서툴렀던 아버지와는 늘 대화가 적었다. 그런 아버지를 보고 내게는 관심이 없다고 생각했었다. 그랬던 아버지가 내게 언성을 높이며 말을 쏟아내신 적이 있다. 슬럼프에 빠져 몰래 약을 들여온 것을 들킨 날이었다. 공격적으로 말씀하시는 아버지를 보고 나는 '꿈을 포기하셨잖아요'라고 소리쳤다.

당시 꿈을 위해서라면 무엇이든 해야 한다고 생각했다. 1등이 되기 위해선 남들과 다른 특별한 노력을 해야 한다고 생각했다. 어쩌면 나는 남들과 차원부터가 다른 특별한 존재라고 자만했는지도 모른다.

그때는 아버지를 아무것도 하지 않는 겁쟁이라고 생각했다. 늦었지만 내가 완전히 틀렸다는 걸 깨달았다. 아버지는 아들을 홀로 키워내기 위해 자신의 꿈을 희생했다. 고집이 세기로 유명하셨던 분. 그가 꿈을 포기하며 원하지 않는 것을 그렸을 생각에 가슴이 미어졌다.

"여기 앉으면 돼. 건반은 여기 있고."

연인의 손을 따라 자리에 앉았다.

"은정아."

"어?"

준비가 끝나고 멀어지려는 그녀를 불러 세웠다. 늘 고마운 사람. 내게 과분할 정도로 멋진 사람. 그녀에게 감사를 표하려면 세상 모든 단어를 빌려도 모자랄 것이다.

"항상…"

"고맙고 미안하다고? 당연히 그러셔야지."

작은 웃음소리와 함께 등이 찌릿했다. 그녀가 손바닥으로 내려친 모양이다.

"잘해, 떨지 말고. 응원하고 있으니까."

마음이 저릿했다. 축구 경기가 있던 어린 시절, 어머니도 그렇게 응원을 해주셨었다. 그녀의 말을 마음속에 되새기며 고개를 끄덕였다.

"고마워."

"또 그 소리. 난 이제 내려간다."

그렇게 그녀의 기척이 멀어졌다. 오늘은 새로운 음악을 발표하는 날이다. 떨렸다. 관중 때문이 아니었다. 그들이 경청을 위해 침묵하는 이상, 몇 명이 와도 비슷할 뿐이었다.

"후우."

떨리는 이유는 온전히 이번 음악 탓이었다. 경민은 천천히 건반에 손을 올려 손가락에 맞닿은 울림을 느꼈다. 이번 작품은 한 사람의 인생을 담은 노래다. 꿈을 포기하고 현실과 타협하였으나, 누구보다도 자랑스러운 아버지. 그는 성공한 사람이었다.

딩-

첫 건반을 힘차게 누른다. 이어지는 악보가 춤을 추며 그의 아버지를 그리기 시작한다. 푸른 머리의 바텐더에게 감사해야겠다. 그가 아니었다면, 아버지가 그렸던 작품들을 절대 볼 수 없었을 테니까.

그렇게 그의 인생이 손가락을 타고 사람들에게 퍼져나갔다.

2.
소시지 볶음

"보름아, 눈물토끼의 눈물 좀 가져다줄래?"

문의 말에 빗자루로 바닥을 쓸던 달토끼가 입술을 삐죽 내밀었다. 그러곤 퉁명스럽게 중얼거렸다.

'자기 바로 앞에 있으면서…'

하지만 문이 보이지 않는 각도에서나 불만을 표할 뿐이지, 막상 그에게 다가갈 때는 표정이 급변했다. 환하게 웃는 얼굴. 달토끼가 선반에서 꺼낸 작은 병 하나를 그에게 건넸다.

"이건 왜 넣으시는 거예요?"

"눈물토끼의 눈물은 슬픈 이야기의 고통을 중화시켜 줘. 슬픈 결말의 작품도 조금은 편하게 마실 수 있지."

그는 작은 병의 뚜껑을 열어 내용물을 확인했다. 구슬 같은 푸른 낱알들이 영롱하게 반짝여 단숨에 시선을 사로잡았다.

"충분하네."

만족스럽게 고개를 끄덕인 그가 푸른 낱알들을 커다란 절구통 안에 부어버렸다.

"그럼 부탁해."

달토끼의 어깨를 툭툭 두드리며, 그가 커다란 몽둥이 하나를 쥐여줬다. 흡사 야구방망이 두 개를 엮어놓은 듯한 절굿공이였다. 길이가 긴 만큼 딱 봐도 무거워 보였고, 두께는 또 어찌나 두꺼운지 한숨이 절로 나왔다.

"거기서 지켜보실 거예요?"

"응. 잘하는지 봐야지."

절구통 옆에 간이의자를 펴서 앉는 그의 손에는 책이 들려있었다. 자기는 편하게 독서나 할 거면서, 감시까지 하려는 모양이다.

"후우."

그에게 절굿공이를 확 휘둘러 버리는 상상을 짧게 마치며, 문의 장점을 떠올리기 위해 안간힘을 썼다.

'마음에 안 드는 점이 많지만, 사실은 좋은 사람이니까.'

그렇게 자신에게 최면을 걸며 달토끼가 절굿공이를 고쳐 잡았다.

"흡."

옅은 기합과 함께 축 처져있던 그녀의 토끼 귀가 하늘을 향해 솟았다. 가녀린 팔뚝 위로 선명히 부풀어 오르는 근육. 불꽃이 타오르듯 붉게 변한 눈동자는 보는 이로 하여금 도망가고 싶게 하기 충분했다.

쿵, 쿵-!

땅을 울리는 절구질이 시작됐다. 그러거나 말거나 페이지를 넘기는 문은 잔뜩 여유로워 보였다.

"그래도 카운터에 계셔야 하는 거 아니에요? 손님이 오면 어쩌려고요?"

"올 손님도 없는데, 뭐."

절로 허탈한 신음이 흘렀다. 달토끼가 그와 함께 일한 지도 이제 꼬박 한 달이 되어가고 있었다. 한 달뿐이었지만 알 수 있었다. 이 가게는 망조가 들었다. 그녀가 들어온 후로 가게에 온 손님은 단 두 명뿐이었다. 그중 두 번째 손님은 첫 번째 손님의 아들이니, 따지고 보면 제대로 된 수익은 한 번밖에 보지 못한 셈이다.

'으휴, 장사 안되는 데 이유가 따로 있겠어?'

모든 일에는 원흉이 있듯, 이토록 장사가 안되는 까닭이 무엇인지 달토끼는 어렵지 않게 알 수 있었다.

"사장이 저리 태평하게 놀고먹으니까 그렇지."

"응? 뭐라고 했어?"

"아, 아뇨!"

퍼뜩 놀란 달토끼가 '헤헤' 웃음을 지으며 고개를 저었다. 귀는 또 어찌나 밝은지 전에도 몰래 욕하는 걸 들켰었다.

"홍보라도 해야 하는 거 아니에요? 이벤트를 한다거나."

"그래서 준비하고 있잖아."

쫑긋, 그녀의 토끼 귀가 반응했다. 그가 한 달간 내뱉었던 말 중에 가장 반가운 소리였다. 달토끼가 눈을 밝히며 문을 바라보자, 그는 손가락으로 절구를 가리켰다.

"눈물토끼의 눈물. 그거면 손님들이 음료를 마시기 편할 테니까, 그게 이벤트지. 안 그래도 전에 대일 씨가 고통스러워하던 게 신경 쓰였거든."

"그게 신경 쓰였으면 박경민 씨가 마실 때도 눈물 좀 넣어주시지 그랬어요."

"걔한테 준 건 술이 아니라 해독제였는데, 뭐."

술에 과하게 취하면 이야기에 완전히 동화된다. 경민이 딱 그런 상황이었다. 스스로가 아버지 본인이라고 착각한 것이다.

그가 술을 마시며 점차 자신의 기억을 찾았던 까닭은 그가 마신 게 술이 아니라 술을 깨우는 해독제였기 때문이다. 해독제를 마시며 느꼈던 고통은 본래 그가 품고 있던 괴로움이었다.

"술값으로 받은 건 박대일 씨의 목숨이었던 거예요?"

"사람의 목숨을 어떻게 내 마음대로 해."

"아니었어요?"

"그는 결국 죽을 운명이었어. 혼수상태에서 우연히 내 가게를 발견했을 뿐이지."

"그럼 술값으론 뭘 받은 건데요?"

"봤잖아? 대일 씨의 사진과 그림들."

달토끼는 가게의 시스템이 어떻게 돌아가는지 아직 감을 잡지 못한 상태였다. 당연하게도 여러 의문이 피어올랐다.

"그럼 박경민 씨가 자신이 아버지라고 착각하고 있었을 때, 왜 누굴 살릴지 선택하라고 했던 거예요?"

"극적인 상황을 연출했을 뿐이야. 말했잖아. 책을 바꿀 수 있는 건 책의 주인밖에 없다고. 타인이 선택을 대신해 줄 순 없어. 나도 대일 씨의 뜻대로 그의 아들이 다른 선택을 하길 바라고 있긴 했지만, 결국 선택은 본인이 하는 거야."

"만약 자신을 아버지라고 착각한 경민이, 아들이 아니라 결국 아버지인 자신을 선택했으면 어떻게 되는 거예요? 아들은 그대로 죽고, 박대일 씨가 살아나는 거예요?"

"대일 씨는 결국 죽을 상황이었다니까. 경민이 결정할 수 있는 건 자기 죽음뿐이었어. 말했잖아. 극적인 연출이었다고."

이야기를 들으면서도 여전히 아리송했다. 머리를 굴리면서도 달토끼는 열심히 절구질을 이어갔다.

"너는 그렇게 큰 걸 휘두르면서도 여유로워 보이네."

달토끼는 문의 말을 듣지 못했다. 그녀는 생각에 빠지면 주위 소리를 못 듣는 경향이 있었기 때문이다. 그러다 돌연 또 다른 의문이 떠올랐는지 달토끼가 고개를 돌렸다.

"으악!"

질문 대신 튀어나온 비명. 달토끼는 너무 놀란 나머지 절굿공이조차 놓쳐버리고 말았다. 쿵, 굉음과 함께 쓰러지는 방망이 탓에 문 또한 책에서 눈을 뗐다. 사색이 된 달토끼는 우람했던 팔과 눈동자의 색이 수수하게 돌아와 있었다.

달토끼가 손가락으로 가리킨 방향. 그곳에는 그녀만큼이나 놀라 눈이 동그래진 어린 소녀 한 명이 서있었다.

"우와…"

달토끼와 달리 소녀의 말똥말똥한 눈엔 옅은 기대감이 서려있었다. 문은 자리에서 일어나 아이에게 천천히 다가갔다. 어느새 변해있는 그의 복장은 바텐더의 점장이라기보단, 빵집 아저씨와 같은 부드러운 모습에 가까웠다.

"맞죠? 마법의 집 맞죠?"

어쩔 줄 몰라 발만 동동 구르는 달토끼와 달리, 문은 무릎을 꿇어 소녀와 눈을 마주친 후 싱긋 웃어 보였다.

"여기 뭐라고 쓰여 있는지 알겠어요?"

문이 손가락으로 톡톡 자신의 명찰을 두들겼다. '문'이라고 적혀있는 이름표. 소녀는 조금 당황했는지 손을 꼼지락거리며 조심스레 그를 곁눈질했다.

"잘 모르겠어요? 그럼 객관식으로 해볼게요. 1번, 달."

소녀가 고개를 저었다. 문이 적당히 다음 문항을 만들어 내려는데, 돌연 아이가 주방 밖으로 작은 손을 쭉 뻗었다.

"문이라고 쓰여 있어요. 방마다 붙어있는 열고, 닫고 하는 문이요."

아이는 그와 눈을 마주치며 똑 부러지게 대답했다. 그제야 숨을 죽이고 있던 달토끼가 안도의 한숨을 뱉었다. 문 또한 고개를 끄덕여 주었다.

"맞네요. 저희 손님."

아이를 달래던 그의 목소리가 격식을 차리듯 조금 차분해졌다.

"죄송합니다만, 손님. 여기는 직원들만 들어올 수 있는 공간이에요. 금방 자리로 안내해 드리겠습니다."

문이 눈짓도 하기 전에 달토끼가 소녀의 손을 잡고는 테이블 쪽으로 향했다.

달토끼는 환한 미소로 분위기를 전환하려 애썼지만, 정작 본인 마음부터가 진정이 되지 않은 것처럼 보였다. 식탁 위에 있는 빈 술잔을 발견했을 때는 간신히 붙잡고 있던 정신마저 아찔하게 흔들렸다.

"어라? 이게 왜 여기에 있지? 혹시 꼬마 친구 이거 손대거나…"

불안한 눈동자를 한 아이를 발견하곤 아차 싶었다. 잔에는 아름다운 색의 술이 담겨있었을 것이다. 어른도 뿌리치기 힘든 빛깔이었을 텐데, 아이가 어떻게 그냥 지나쳤겠는가?

아이 잘못이 아니었다. 술잔을 아무렇게나 내버려 둔 무신경한 점장 잘못이지. 달토끼가 뜨거운 시선으로 문을 쳐다보았으나, 그는 어깨를 으쓱일 뿐이었다.

"잠깐 시음하려고 둔 거였는데, 깜빡했네."

"깜박할 게 따로있즈요오오."

이를 악물면서도 아이가 겁먹을까 봐, 달토끼는 눈웃음을 유지했다. 하지만 눈만 웃고 있었기에, 그 모습이 아이는 조금 더 무서웠다.

반면, 문은 여전히 태평했다. 그는 그저 자신의 위치로 돌아갈 뿐이었다. 소녀와 테이블 하나를 두고 마주한 자리.

"이곳은 우연도 운명이 되는 곳입니다. 제가 이 자리에 우연히 시음 음료를 둔 것도, 그걸 손님이 마신 것도 모두 필연적인 일이었을 겁니다. 몸이 아프진 않으신가요?"

'이 자리에 음료를 둔 게 왜 우연이야, 당신 불찰이지. 그게 보통 음료예요? 술이지. 애한테 그런 걸 먹이면 어떡해요' 같은 분노의 중얼거림이 들렸지만, 문은 못 들은 척했다.

"여긴 진짜 마법의 집인 거예요?"

불안과 기대가 반반 섞여있는 눈망울. 어찌 두고만 보겠는가? 문이 양손을 맞부딪쳤다. '짝' 하는 소리와 함께 술병이 진열되어 있던 벽면이 달콤한 음료수와 아이스크림으로 가득한 공간으로 변했다. 소녀는 현란하게 빛나는 음료에 마음을 빼앗겨버렸다. 달토끼는 양손으로 얼굴을 감싸며, '이제는 나도 모르겠다'라고 체념했다.

"마법의 집에 오신 걸 환영합니다. 손님."

소녀의 분홍빛 볼이 흥분으로 가득해졌다. 짧은 다리를 뻣뻣하게 뻗어 높은 의자에 걸터앉았다.

"저는요. 저는 옛날부터 꼭 이런 곳에 와보고 싶었어요. 아저씨는 마법사인 거죠? 소원도 다 들어주시는 거죠?"

"그럼요. 말만 하세요."

따가운 시선을 따라 문이 고개를 돌리자, 쏘아보고 있는 달토끼와 눈이 마주쳤다.

"애한테 함부로 그런 소리 하면 안 된다고요."

달토끼가 소리 없이 입술만을 부단히 움직였다. 그녀는 유독 아이들에게 극성맞았다. 그 사실을 알기에 문은 일부러 더 모른 척했다. 바라보지 않아도 속이 뒤집히고 있을 그녀의 모습이 눈에 선했다.

"저는 특별해지고 싶어요! 아주아주 특별한 사람이요. 손에서 불을 뿜거나, 냄새만으로 음식에 어떤 재료가 들어갔는지 판별할 수 있는 능력이 생겼으면 좋겠어요."

"참 멋지네요. 좋은 생각인데요?"

"책임도 못 질 말 좀 하지 말라고요!"

달토끼의 작지만 다급한 목소리가 한 번 더 들려왔다. 문은 이번만큼은 그녀를 바라봐 주었다. 그러곤 소곤소곤 입을 움직이며 윙크를 보였다. 행동만 본다면 안심하라는 말 같았지만, 실상은 반대였다.

"현실의 쓴맛도 맛봐야지."

그는 애를 앞에 두고 그따위 말을 나불대고 있었다. 달토끼는 언제라도 절굿공이를 그에게 던져버릴 수 있도록 붉은 안광을 빛냈다.

"진짜로 소원을 들어주시는 거예요?"

"물론이죠. 대신 제 부탁도 하나 들어주시겠어요?"

문은 너스레를 떨며 메뉴판을 집어 들었다.

'딱, 딱' 튕기는 그의 손가락에 따라 메뉴판에선 알코올이 첨가된 음료들이 자취를 감췄다. 대신, 달콤한 음료들이 그 자리를 차지했다.

"부탁이 뭔데요?"

"일단 주문부터 하시죠."

"어…"

"분명 맛있을 거예요."

소녀는 자기가 이걸 선택해도 되는지 조심스레 문의 눈치를 봤으나, 환하게 웃는 그 덕에 걱정 없이 메뉴 하나를 선택했다. 배경이 조금 독특한 이야기였다.

"좋은 선택이에요. 톡 쏘는 맛이 일품이죠. 잠시만 기다려 주세요."

그는 금세 재료를 손질하기 시작했다. 보기만 해도 상큼한 레몬을 착즙하고 설탕을 첨가했다. 손가락 튕기기 몇 번이면 숙성 시간도 필요하지 않았다.

보글보글 탄산이 올라오는 유리잔을 바라보며, 그는 푸른 가루를 그 위에 흩뿌렸다. 달토끼가 가루처럼 빻아준 것들. 그 안에는 눈물토끼의 눈물도 포함되어 있었다.

"여기 '우주 요정' 나왔습니다."

투명한 유리잔 안에 다양한 색의 가루들이 반짝였다. 어디서 난 건지 문이 검은 도화지를 유리잔 뒤에 대자, 정말 밤하늘에

54

반짝이는 별을 보는 기분이었다.

"우와"

소녀의 입에서 탄성이 흘렀다. 아이는 참지 않고 빨대를 입에 물어 있는 힘껏 음료를 빨아들였다.

> 요정은 날 때부터 아름답고, 귀엽고, 무엇이든 잘해낼 수 있
> 어. 하지만, 나는 그러지 못했어.

단맛 사이로 톡 튀는 상큼함. 아이가 놀라서 입술을 뗐다. 고개를 들어 문을 바라보았지만, 여전히 그는 미소를 짓고 있을 뿐이었다. 묘한 설렘과 떨림이 소녀의 온몸을 타고 퍼졌다. 마법의 음료. 그것이 바로 눈앞에 있었다.

"너무 멋져요."

레몬 향이 코끝에 닿을 때쯤 스쳐 지나간 장면이 새록새록 떠올랐다. 단지 음료를 마시는 것만으로도 자신이 특별한 사람이 된 것 같아 아이는 흥분을 주체할 수 없었다.

소녀는 다시금 있는 힘껏 빨대를 빨아들였다. 꼴깍꼴깍. 톡 쏘는 맛이 조금 쓰게 느껴질 때도 있었으나, 신이 난 아이는 멈출 생각이 없어 보였다.

밤하늘에 반짝이는 아름다운 별들. 그건 모두 요정들의 손을 거친 작품들이었다. 큰 별도 작은 별도, 환하게 빛나기 위해서는 요정들이 예쁘게 꾸며주어야 했다.

어둠이 별빛을 가릴 수 없는 것처럼, 그들의 웃음소리도 공허한 우주 공간을 가득 채웠다. 요정은 어디에서나 사랑을 받는 특별한 존재들이다.

그중에서도 유독 특별한 요정 하나가 있었다. 다른 요정들과 너무도 달랐기에, '특별'이라는 말보다 '특이'하다는 수식어가 그녀에게 붙었다.

작고 귀여운 다른 요정들에 비해 유독 키가 크고 눈매가 날카로운 소녀. 그녀의 성격은 눈매만큼이나 화끈했다. 폭력을 싫어하고 장난을 좋아하는 친구들과 달리, 깔깔거리며 으스대는 요정들을 보면 그녀는 참을 수 없었다. 덕분에 그녀의 부모는 늘 걱정이 많았다. 엄하다는 선생님조차 그녀에겐 별 위협이 되지 않았다.

'넌 도대체 커서 뭐가 되려고 그러니?'라는 질책 섞인 질문 앞에서도 그녀는 '저는 지킴이가 될 거예요!'라고 자신 있게 외쳤다.

지킴이. 그들은 언제나 선두에 서서 별들을 지켜주고 이끌어 주는 존재들이었다. 강하고 멋진 그 모습에 소녀는 눈을 뗄 수 없었다. 지킴이를 제외하곤 모든 게 시시한 것처럼 느껴졌다. 하지만 그 소망은 이내 놀림거리로 전락하고 만다.

'요정은 지킴이가 될 수 없어. 지킴이는 힘센 토끼들만 할 수 있는 거란다.'

태생의 차이. 소녀를 위한다며 걱정스레 입을 여는 요정들은 하나같이 비슷한 소리를 했다.

'다 너를 위해서 하는 말이야. 말도 안 되는 생각 말고, 다른 요정들처럼 평범하게 별 꾸미기 연습이나 더 하렴.'

소녀의 마음을 찌르는 공허함은 우주만큼이나 끝을 알 수 없이 넓어져 갔고, 품었던 꿈은 소녀를 앞질러 저만치 멀어져 버렸다. 손을 뻗어도 도저히 닿지 않았다.

'요정은 무엇이든 해낼 수 있다고 그랬잖아.'

소녀는 참담한 기분을 느꼈다.

'어른들은 거짓말쟁이야.'

별이 빛나지 않는 그녀의 마음속은 텅 빈 우주와도 같았다.

꿀꺽. 그렇게 소녀는 유리잔을 비워냈다. 아쉬운 듯 아이는 손가락을 꼼지락거렸다.

"더 마실 수 있나요?"

"죄송합니다, 손님. 미성년자는 1인 1잔으로 제공량을 제한하고 있어요."

아이는 떼를 쓰고 싶은 마음을 억눌렀다. 괜히 투정을 부리면 마법사가 자신의 소원을 들어주지 않을 것 같았기 때문이었다. 그러면서도 머리에 생생하게 남은 이야기가 영 찜찜했다.

소녀는 유치원에서 나름 많은 동화책을 읽었다고 자부했다. 하지만 이렇게 나쁜 결말로 끝난 동화는 본 적이 없었다. 이렇게 이야기가 끝났을 리 없을 것이다. 소녀는 궁금증을 풀어내기로 했다.

"키 큰 요정은 어떻게 돼요?"

"어떻게 될 것 같나요?"

역질문에 소녀는 당황했으나, 이내 곰곰이 생각해 보기로 했다. 여태껏 읽었던 동화를 떠올리면 어렵지 않게 정답을 맞힐 수 있을 것 같았다.

"지킴이는 우주의 경찰 같은 거죠? 지킴이가 될 것 같아요. 평범한 요정은 지킴이가 될 수 없지만, 키 큰 요정은 특별하니까요!"

"안타깝게도 요정은 지킴이가 될 수 없습니다. 그녀 또한 여러 차례 도전해 봤지만 모두 실패로 돌아가 버렸어요."

"네? 하지만 열심히 노력하면…"

"아니요. 안타깝지만 아무리 노력해도 이루어지지 않는 일도 있답니다."

소녀의 표정이 급격히 어두워졌다. 주방 쪽에서 훔쳐보던 달토끼 역시 경악에 가까운 얼굴이 되었다.

"지금 애한테 무슨 소리를 하는 거예요!"

달토끼가 입을 뻥긋댔지만, 문은 여전히 '안 되는 건 안 되는 거다'라는 표정으로 일관했다.

"키 큰 요정도 처음부터 포기한 건 아니었어요. 한 번, 두 번, 세 번. 그리고 열 번, 스무 번, 백 번. 하지만 꿈을 이룰 수 없었죠. 그래서 결국 다른 요정들처럼 별 꾸미기 일을 시작했어요."

백이라는 숫자 아래 키 큰 요정이 겪어야 했던 좌절의 시간은 쉽게 말할 수 없는 것이었다. 하지만 눈앞의 소녀는 그런 사실을 이해하기엔 너무 어렸고, 그렇기에 단순하게 생각했다.

"백한 번째에 지킴이가 될지도 모르잖아요."

"키 큰 요정은 많이 지쳐버렸어요. 더 도전하기 버거울 정도로요. 꿈을 꾸던 시절과도 너무 멀리 떨어져 버렸죠. 시간은 때론 잔인한 이빨을 들이밀곤 하니까요."

키 큰 요정의 사정을 모두 이해한 건 아니었으나, 소녀는 고개를 끄덕였다. 이유는 알 수 없지만, 아이의 부모님도 가끔 그녀에게 안 된다고 말할 때가 있었다. 어른들이 안 된다고 할 때는 대개 떼를 써도 이루어지지 않았으므로 소녀는 그냥 '그렇구나' 받아들였다.

"손님에게도 꿈이 있나요?"

고개를 끄덕인 소녀는 문이 물어보기도 전에 품고 있는 소망을 입에 담았다. 아이들의 꿈이 그렇듯 실현 가능 여부를 따지지 않은 순수함에는 일체의 망설임도 없었다.

"요리사요!"

"손님도 키 큰 요정처럼 그 꿈을 이루지 못한다면 어떨 것 같나요?"

덜그럭, 주방 도구가 부딪치는 소리가 들려왔다. 귀를 곤두세우며 이를 악물고 있는 달토끼를 보면서도 문은 잔인한 질문을 멈추지 않았다. 다만, 슬쩍 손목에 찬 시계를 확인할 뿐이었다.

"이루지 못할 이유는 다양하죠. 단순히 요리가 싫증 날 수도 있고, 재능 넘치는 사람을 보며 박탈감을 느꼈을 수도 있고, 취업해야 한다는 압박감과 주위의 시선이 손님을 더는 도전하지 못하게 했을 수도 있죠."

문이 제시한 가정 몇 가지는 소녀가 완벽히 이해하기 어려웠다. 하지만, 결국 어떤 사유에 의해 키 큰 요정처럼 자신도 요리사가 될 수 없다는 상상은 해볼 수 있었다. 소녀는 별로 기분이 좋지 않았다. 입술을 삐죽 내민 채, 골똘히 생각하다 문의 눈치를 보며 조심스럽게 물었다.

"그래도 소시지 볶음 정도는 만들 수 있겠죠?"

아이의 질문은 조금 의외여서, 절굿공이로 정확히 문의 다리를 노리던 달토끼의 행동도 멈추게 했다. 문은 부드럽게 고개를 끄덕였고, 아이는 어깨를 으쓱이며 대답했다.

"그럼 됐어요. 안 되는 건 어쩔 수 없죠. 그래도 소시지 볶음이랑 김치찌개는 만들 수 있었으면 좋겠어요. 소시지 볶음은 정말 맛있는데 엄마는 가끔만 해주시거든요. 기분이 안 좋아도 그거 먹으면 좀 나아져요."

요리사가 되고 싶은 까닭은 그저 맛있는 음식을 먹으면 행복했기 때문이다. 전에는 엄마와 함께 김밥을 말았었는데 정말 잊을 수 없을 정도로 맛있었다. 그토록 김밥이 맛있었던 이유는 사실 '어머니의 칭찬'이라는 특제소스가 곁들어져 있었기 때문이란 걸, 아직 어린 소녀는 몰랐다.

"요리사가 못 돼도 괜찮으세요?"

"슬플 것 같아요. 그래도 어쩔 수 없는 거잖아요? 슬픔과 행복은 친구라고 엄마가 그랬어요. 소시지랑 시금치도 그렇대요. 저는 소시지만 먹고 싶은데 그러면 안 된대요. 시금치도 소시지 친구여서 하나만 할 수는 없다고 했어요. 시금치를 먹으면 결국 소시지도 먹을 수 있는 거잖아요?"

아이가 자신의 말을 어디까지 이해하고 있는 건지는 알 수 없었다. 하지만 그 대답이 문은 마음에 들었고, 그녀에게 부탁할 수 있을 것 같았다.

"키 큰 요정에게도 이야기 좀 해줄래요? 많이 슬퍼하고 있어서요. 위로가 필요해 보이거든요."

소녀는 대수롭지 않게 고개를 끄덕였다. 그러곤 말을 전해준다는 문을 바라보며 입을 열었다.

"어… 안녕? 요정아. 많이 힘들지? 나도 받아쓰기 많이 연습했는데 백 점 못 맞으면 참 슬펐어. 그래도 너는 참 멋진 것 같아. 왜냐하면, 어. 경찰은 못 됐지만 별 꾸미기를 잘하잖아? 네가 좋아하는 일은 아니지만, 그래도 열심히 노력하는 모습이 대단하다고 생각해. 우리 엄마는 원래 싫은 일도 잘 해낼 줄 알아야 어른이 된다고 하셨는데, 너는 참 어른스러워. 너도 너무 힘들 때는 소시지를 먹어봐. 그럼 기분이 나아질 거야."

말을 마친 소녀가 힐끗 문을 쳐다보았다. 할 말이 끝난 모양이다. 머쓱했는지 괜히 눈치를 보다가 꾸벅 인사를 해온다. 화답하듯 문도 정중히 고개를 숙였다.

"저도 그렇게 생각합니다."

달칵, 문의 손목시계가 정각을 알렸다.

삐리리리-

사방에서 시끄러운 소리가 울려 퍼진다. 소녀의 눈썹이 자연히 구부러졌다. 귀를 때리는 알림은 왜인지 너무도 익숙했다.

띠리리리-

"헙."

깜박 잠에 든 모양이다. 출발을 알리는 지하철 소리에 그녀는 정류장 푯말을 확인했다. 아뿔싸, 내려야만 한다. 후다닥, 다행히 문이 닫히기 전에 내릴 수 있었다.

"끄으응--"

찌뿌둥한 몸을 쭉 폈다. 타이트하게 차려입은 와이셔츠와 높은 신발 굽에 숨이 막혔다. 야근한 탓에 출근할 때에 비하면 승차장엔 사람이 많지 않았다. 그녀의 다리가 습관처럼 집을 향해 움직였다.

"하아, 스트레스 받아."

늘 같은 일상. 가슴 뜨겁게 불타던 패기는 사라진 지 오래였다. 들려오는 소식에는 동창 중 몇몇이 꿈꾸던 사업에 성공한 모양이었다. 그런 희소식이 들릴 때면, 진심으로 축하하기보다는 상대적 박탈감이 밀려와 기분이 좋지 않다.

'언제 이렇게 변했냐.'

최근 들어, 스스로에 대한 평가 절하와 자존감 말소 현상이 더욱 기승을 부렸다.

밤거리를 빛내는 전등. 가게에서 흘러나오는 화려한 조명들은 너무 밝아서 그녀 혼자만 더욱 어두운 것 같았다.

"에휴."

옅은 한숨을 내쉬며 무심히 고개를 돌리는데, 돌연 무언가가 그녀의 시선을 사로잡았다. 가게 한편이 유리벽인 서점이었다. 《요리의 첫걸음》이라고 쓰인 책이 괜스레 마음에 걸렸다.

'요즘 너무 시켜 먹기만 했나?'

가만히 그 자리에 서있던 그녀는 이내 발걸음을 옮겼다. 그런데 왜일까? 이유 없이 발걸음이 조금씩 가벼워졌다. 마치 누군가 자신의 등을 두들겨 주는 듯한 느낌이었다.

'너는 참 잘하고 있어' 그런 따스함이 마음 깊은 곳부터 퍼져나갔다. 고사리손 같은 부드러움에, 어린아이에게 위로를 받는 것 같아 괜스레 어색했다. 언뜻 어렸을 때 기억이 몽글몽글 피어오르는 것도 같았다.

"그래. 잘하고 있어."

그녀는 그렇게 말해보았다. 입에 담으니, 마음이 한결 따뜻해진다. 맞아, 그래도 잘하고 있지. 그녀의 삶은 어린 시절 품었던 꿈과 거리가 멀었다. 단지, 생계를 유지하기 위한 생활이었다.

하지만 오늘따라 그런 자신이 괜히 대견하게 느껴졌다. 그녀는 핸드폰 화면을 열어, 즐겨찾기 제일 위에 있는 번호를 눌렀

다. 뚜루루루. 몇 번의 연결음이 수화기 너머로 이어지고, 이내
환한 목소리가 들려왔다.

"어, 딸. 웬일이야? 무슨 일 있어?"

"그냥. 엄마 보고 싶어서."

"왜? 요즘 많이 힘들어?"

"아니이- 그냥 보고 싶어서 전화했다니까. 이번 주 주말에 집
한번 갈까?"

"그럼 좋지. 우리 딸, 뭐 먹고 싶은 거 있어?"

"어. 먹고 싶은 거 있어."

"뭔데? 말만 해. 엄마가 다 해줄게."

"나 소시지. 갑자기 엄마가 해준 소시지가 먹고 싶네."

"소시지?"

"응. 그리고 김치찌개도."

"하이고, 너는 다 커서도 어쩜 입맛이 똑같아? 그래, 알았어.
엄마가 다 해줄게."

"그리고 엄마."

"응?"

"사랑해요."

Y

"애가 아니었어요?"

달토끼는 사기를 당한 기분이었다. 손님이 나간 뒷문을 바라보며 퉁명스러운 표정을 지었다. 문은 테이블에 놓인 시음 잔을 설거지통에 가져갔다.

"취해서 그렇게 변했던 거지. 사람마다 주사가 다르잖아? 그 손님은 너무 취한 나머지 모습이 어려졌던 거야. 좋게 생각해. 미성년자에게 술을 먹인 건 아니니까. 안 그래?"

일부로 들으라는 듯 문이 키득키득 웃어댔다. 처음부터 알고 있었다는 그 태도에 달토끼는 혼자 바보가 된 것만 같았다. 그녀는 심술이 나서 공격적으로 문을 쏘아붙였다.

"어떻게 알았어요? 일부러 그런 거죠? '우주 요정'이라는 거 혹시 '파미나'를 말하는 거예요?"

지킴이가 되고 싶다던 요정. 지킴이는 힘이 센 토끼만이 될 수 있는 직업이었고, 달토끼는 힘이 센 토끼였다.

"그 요정이랑 아는 사이인가 봐?"

슬쩍 흘리는 시선에 달토끼가 고개를 돌렸다.

"파미나가 얼마나 유명한데 모르는 게 더 이상하죠."

달토끼는 문이 괜한 소리를 하기 전에 주제를 돌렸다.

"손님이 꼬마가 아닌 줄은 어떻게 알았어요?"

"내가 읽던 책이 그녀의 책이었어. 아까 너 절구질할 때 읽던 책."

"네? 정말로요? 방금 손님의 책이요?"

"어. 여긴 우연도 운명이 되는 곳이라니까? 참 적절한 타이밍이었지."

어디까지가 진실이고 어디까지가 거짓인지 달토끼는 가늠이 되지 않았다. 다만, 그녀가 본 문은 표정을 아무렇지도 않게 꾸며내는 사람이었기에 그다지 믿음이 가지 않았다. 그러던 중, 번뜩 아이디어 하나가 그녀의 머리를 스쳤다.

"그럼 혹시 점장님이 독서량을 늘리면 손님도 많아지는 거 아니에요?"

망한 가게가 부활할 기회일지도 몰랐다. 그게 사실이라면 달토끼는 문의 옆에서 온종일 책을 읽어댈 계획이다. 그녀는 이곳이 잘돼야만 하는 이유가 있었다.

"그렇게 쉬운 문제였으면 이미 대박이 났겠지."

맞는 말이었다. 생각해 보니 그가 책을 읽는 모습이라면 이전에도 종종 본 적이 있다. 하지만 그럴 때마다 손님이 찾아오는 건 아니었다.

'하긴, 그런 논리라면 같은 손님이 몇 번이고 왔겠지.'

문은 무슨 책이든 다 읽고 나면 다시 첫 페이지로 돌아가서 처음부터 읽었다. 좋아하는 책을 반복해서 읽는가 싶었는데, 어떤 책이든 마찬가지여서 조금은 이상하다고 생각했었다.

하지만 따로 이유를 물어보진 않았다. 별로 관심도 없었기에 그러려니 했다.

"에휴."

결국, 그의 독서는 손님과 아무 관련도 없는 셈이었다. 현실을 받아들이자 기운이 쭉 빠져버렸다. 달토끼는 천천히 입을 열었다. 아직 궁금한 게 남아있었기 때문이다.

"그래서 어떻게 돼요? 책을 봤으니까 아실 거 아니에요. 그 손님. 나중에 요리사가 돼요? 아니면…"

의자에 다리를 모으고 앉아있던 그녀에게로 문이 바짝 다가왔다. 놀란 그녀가 몸을 움츠리며 가까워진 그와 눈을 마주쳤다.

"왜 이래요?"

"어떻게 되는지 궁금해?"

꿀꺽. 그녀가 침을 삼켰다. 숨겨진 이야기를 속삭일 것만 같은 목소리. 비밀스럽게 달싹이는 그의 입술을 따라 달토끼가 천천히 고개를 끄덕였다. 그러자 은밀한 목소리가 귓가에 울렸다.

"비밀이야."

한껏 고조됐던 긴장감이 팍 하고 식어버렸다.

"이럴 줄 알았어."

부릅, 눈을 부라리는 그녀를 향해 문이 '미리 알면 재미없잖아' 따위의 말을 하며 키득댔다.

"하아–"

달토끼가 가게에서 일을 시작한 지 벌써 한 달이 지났지만, 아직도 문은 수수께끼투성이였다.

☙3.❧
사거리 교차로에서

"어서 오세요."

달토끼가 환한 미소로 손님을 맞이했다. 허나, 실상 그녀의 마음은 가시방석에 앉아있는 것 같았다. 문이 자리를 비운 상태였기 때문이다.

'꼭 필요할 때 없어!'

속으로 비명을 질렀으나, 손님에게 티를 낼 순 없는 노릇이었다. 그녀의 분주해진 손이 손님을 자리로 안내했다. 테이블에 놓인 메뉴판은 치워버렸다. 대신, 주방 한편에 놓인 포도주 한 병을 열었다. 문이 언질을 주었던 술이다.

'이건 그냥 이대로 마실 수 있는 거야. 기분이 울적하면 마셔도 돼.'

인자하게 웃던 문은 뒷말로 '월급에서 깔 거니까' 따위의 말을 덧붙였었다. 기분 같아선 당장에라도 꿀꺽꿀꺽 마셔버리고 싶지만, 우선은 손님을 응대하는 게 먼저였다.

'술값은 손님에게 받으면 되니까.'

달토끼는 유리잔에 포도주를 적당량 따라 손님에게 내어주었다.

"천천히 즐겨주세요."

갑작스러운 상황에 이 정도면 훌륭한 대처였다고 달토끼는 자신을 타일렀다. 하지만 손님이 잔에 입을 가져다 댈 즘 돌연, '손님에게 값을 어떻게 치르게 하지?'라는 의문이 들었다. 한 잔이라도 더 팔아야 한다는 마음만 가득해서 거기까지 미처 생각하지 못했다.

여태껏 계산은 문이 해왔다. 그 탓에 달토끼는 술값의 정확한 계산법을 알지 못했다. 어떻게 술값을 받는 건지도 몰랐다. 문은 손님과 대화나 몇 마디 주고받다 마는 것 같은데, 항상 술값을 챙겼다고 말했었다.

대일 씨 때도 그랬다. 한창 절구질을 하던 통에 시선을 뺏긴 사이, 손님은 돌아가고 어느샌가 사진과 그의 그림들이 문의 손에 들려있었다. 꼬마 손님이 다녀간 후에는 그의 손에 소시지를 닮은 붉은색 보석이 쥐어져 있었는데, 문은 그걸 '진솔한 응원'이라고 불렀다.

"향이 깊군요."

턱선이 날렵한 손님이 단번에 잔을 비워냈다. 맑고 부드러운 목소리가 또렷해서 믿음이 가는 남자였다. 덕분에 달토끼는 조금 안도했다.

사실 그의 목소리보단 차고 있는 황금빛 시계와 고급스러운 안경테가 믿음직스러웠다. 내어준 포도주의 값어치가 어느 정도인지 정확히 알지 못하지만, 눈앞에 남자는 충분히 값을 낼 수 있을 것처럼 보였다. 그렇기에 달토끼가 할 일은 하나였다.

'문이 올 때까지 시간을 끌자.'

달토끼는 상냥하게 웃으며 남자에게 물었다.

"한 잔 더 드릴까요?"

"네, 부탁해요."

잔이 채워지자마자 그는 이번에도 벌컥벌컥 잔을 들이켜 버렸고, 그럴수록 잊고 있던 감정이 수면 위로 올라왔다. 그는 마음 깊숙이 스며오는 감각을 놓치지 않기 위해 계속해서 술을 요청했고, 잔이 찰 때마다 순식간에 비워내 버렸다. 포도주 한 병이 동나는 순간까지 남자는 멈추지 않았다.

"참 묘한 술이군요. 마실 때마다 옛날 생각이 나니까 말이에요."

담벼락을 벽지 삼아 작은 돌로 낙서하던 시절. 그그극, 긁히는 소리와 함께 하얀 선이 나타나면 꺄르르 골목길은 웃음소리가 퍼져나갔다. 당시 뛰어놀기 바빴던 코흘리개가 이리도 성공할지 누가 알았겠는가? 어린 시절까지 볼 필요도 없었다. 20대 초만 해도 그는 '천재 작가'라는 수식어와 거리가 멀었다.

쾨쾨한 곰팡내가 가득한, 몸을 편히 뻗기도 어려웠던 좁은 공간. 남들이 말하는 멀쩡한 직업이 아니었기에 가난은 친구였다. 당시 가진 것 하나 없었지만, 그는 운이 좋았다. 천사 같은 연인이 그의 곁에 있었으니까.

'클리프, 사랑해요.'

그녀가 귓가에 대고 속삭이던 말들은 꿀보다 달콤했고, 어떤 음악보다도 감미로웠다. 클리프가 입맛을 다셨다. 입 안에 맴도는 포도주 향이 그녀의 사랑스러움을 닮아있었다.

"포도주 이름이 뭔가요?"

달토끼는 슬쩍 포도주의 라벨을 흘겨보았다. 옅게 좁아지던 미간도 잠시, 그녀가 태연스럽게 대답했다.

"첫사랑의 키스입니다."

"재밌는 이름이군요."

첫 키스도 아니고 첫사랑의 키스라니. 클리프는 웃음을 터트렸다. 자신이라면 절대 이런 식으로 불필요하게 글자를 늘여놓지 않았을 거다.

클리프는 옅은 취기에 젖어 포도주의 이름을 몇 번이고 곱씹었다. 그러자 문득 다른 해석이 떠올랐다. 클리프에게 첫 키스라고 하면 자연히 떠오르는 옛 연인이 있다. 그 시절의 황홀감은 여전히 그의 뇌리에 강하게 남아있었다.

하지만 첫사랑의 키스라면? 첫사랑인 그녀가 다른 누군가와 키스를 한다고도 생각할 수 있었다. 대개 첫사랑은 풋풋한 만큼 어리숙한지라 실패로 끝나는 경우가 많다. 클리프 또한 그랬고, 헤어진 그녀가 시간이 흘러 새로운 사랑을 하는 건 어쩌면 자연스러운 일인지도 몰랐다.

거기까지 생각했을 때, 클리프는 자신의 표정이 구겨졌다는 걸 깨달았다. 인정하기 싫지만, 그는 아직도 허름한 단칸방에서 자신을 향해 웃어주던 그녀를 놓아주지 못했다.

"헬렌."

머릿속에 빙빙 맴돌던 이름이 결국 입술까지 침범하고 말았다. 피식, 실소를 터트린 클리프는 이만 집으로 돌아갈 준비를 했다. 그녀의 이름을 언급할 정도로 자신이 취해있다는 것을 깨달았기 때문이다.

"얼마죠?"

"아, 그게…"

말끝을 흐리며 누군가를 기다리듯 종업원이 계속해서 뒷문을 곁눈질했다. 클리프는 그녀의 알 수 없는 행동에 당혹스러웠다.

'팁을 달라는 건가?'

그가 슬쩍 지갑에서 지폐를 꺼내 잔 밑에 올려놓았다. 하지만 여전히 종업원의 표정은 좋지 않았다.

"무슨 문제라도 있나요?"

얼굴이 홍당무처럼 붉어진 그녀가 어쩔 줄 몰라 하는 가운데, 덜컥. 뒤쪽에서 문이 열렸다. 그제야 종업원이 안도의 한숨을 푹 내쉬었다.

그녀를 따라 자연히 고개를 튼 클리프가 작게 숨을 삼켰다. 그곳에는 푸른색 머리카락을 가진 청년이 서있었다.

작가인 클리프는 종종 그런 순간을 경험한다. 분명 처음 보는 사람인데, 어떠한 설명도 듣지 않고 그 사람에 대한 직업이나 성격 따위가 떠오르며 하나의 커다란 사건이 머릿속을 휘몰아치는 경험 말이다.

물론 그의 영감에서 비롯된 상상일 뿐이었기에 사실과는 관계가 없었다. 허나, 클리프에게 중요한 건 사실 여부가 아니었다. 심장을 사로잡는 소재라면 뭐든 좋았다.

"보름아, 좀 도와줄래?"

카운터에 있던 종업원이 잽싸게 청년이 들고 있던 책더미를 받아들었다. 묘한 분위기가 흐르는 청년은 이마에 맺힌 땀을 털어내며 클리프를 향해 밝게 인사했다. 그의 명찰에는 '문'이라는 글자가 새겨져 있었다.

클리프는 일어나다 만 어정쩡한 자세를 고쳐 잡으며 마찬가지로 미소로 인사했다. 그러곤 그대로 다시 자리에 앉았다.

"머리는 염색하신 건가요?"

클리프는 말을 뱉으면서도 '당연히 염색이겠지'라는 자조 섞인 내면의 목소리를 삼켜냈다.

푸른 하늘보다는 해변의 짙은 바다색을 닮은 그의 머리카락은 보고 있으면 묘하게 빠져들다가도 깊은 수심에 있는 것처럼 덜컥 겁이 났다.

"맞아요. 염색이에요. 원래는 더 연하게 할 생각이었죠. 동생을 흉내 낸 건데, 본래가 초록이라 색이 진하게 나왔어요."

클리프는 머리를 끄덕이다가도 바텐더의 이어지는 말에 고개를 갸웃했다.

'본래가 초록이라니?'

클리프가 아는 한 초록색 머리를 타고나는 사람은 없다.

'초록색으로 염색했다가 파랗게 한 번 더 했다는 걸까? 그럼 동생은? 염색한 동생을 따라 했다는 걸까 아니면, 동생은 태생적으로 파란색 머리를 타고났다는 건가?'

터무니없는 생각이었지만 클리프의 상상력을 자극하기엔 충분했다. 머릿속에 커다란 사건이 몰아치는 순간이었다.

멜라닌 색소가 변이를 일으켜 태생부터 머리카락 색이 독특한 주인공. 희소병으로 인해 색에 집착하는 주인공과 그를 위해 같은 색으로 머리를 염색한 여자. 노을로 젖어가는 사람들의 머리를 바라보며 '이제 다 똑같네'라고 미소 짓는 그녀의 모습이 클리프의 뇌리를 관통했다.

"더 필요한 거라도 있으신가요?"

"아, 아니요. 괜찮습니다."

바텐더의 말에 클리프는 자신이 그를 너무 빤히 쳐다본다는 걸 깨닫고 망상에서 벗어났다. 이렇게 훅 무언가가 떠오른 건 정말 오랜만이었다. 클리프는 이 사실을 얼른 누군가에게 말하고 싶어 스마트폰을 꼼지락댔다. 하지만 딱히 떠오르는 번호가 없었다. 헬렌은 이미 그를 떠났으니까.

클리프는 어렸을 때부터 상상력이 풍부했다. 자신이 생각나는 대로 이야기를 만들면 미소를 짓는 어른들도 더러 있었다. 그게 좋아서 클리프는 더 많은 시간 동안 공상에 잠겼고, 금세 잊어버리는 게 아쉬워서 어딘가에 적기 시작했다.

그게 이어져 청년이 된 이후에도 클리프는 글을 썼지만, 돌아오는 반응은 냉담했다.

'네가 애도 아니고, 그런 망상에 빠져있으니까 아직도 취업을

못 한 거야.'

작가가 되어 관련 업종 사람들에게 이야기하면 다를 줄 알았
다. 하지만 돌아오는 답변은 '소재가 밋밋하네요', '너무 뻔해요'
정도의 대답들이었다.

대표작 하나가 크게 히트한 후에는 주위 사람들도 그에게 호
기심을 품었지만, 그는 이미 상처받지 않는 법을 터득한 상태였
다. 클리프는 멋진 아이디어를 떠올려도, 일과 관련된 사이가 아
니라면 떠오른 상상을 말하지 않게 돼버렸다.

클리프는 씁쓸한 기분이 들었다. 근래 들어 점차 옛날처럼 글
을 쓰는 게 즐겁지 않았다. 오직 독자의 관심을 끌기 위해 적어
내린 글들은 어딘가 구멍이라도 숭숭 뚫린 것처럼 그를 공허하
게 만들었다.

'이번 건 마음에 드는데.'

눈앞에 청년을 보며 떠올린 장면은 그런 공허한 이야기가 아
니었다. 머릿속에 펼쳐진 풍경은 진심으로 글을 쓰고 싶게끔 하
는 장면이었다.

'이런 멋진 순간을 누구와도 공유할 수 없다니!'

술기운 탓에 심장은 더욱 쿵쾅댔고, 모르는 번호라도 찍어서
떠들고 싶은 충동까지 일었다. 다행히 클리프의 눈앞에는 책을
뭉텅이로 들고 들어온 청년이 자리하고 있었다.

"책 좋아하시나 봐요?"

클리프가 눈치를 보며 조심스럽게 물었다. 그러자 바텐더가 흔쾌히 고개를 끄덕이며, 밝은 어조로 '네, 물론이죠'라고 답했다. 클리프는 속으로 환호성을 질렀다.

"어떤 책을 좋아하세요?"

"소설책을 가장 좋아해요."

클리프는 바텐더의 대답에 흥분한 나머지 옆에 있던 포도주잔을 툭 밀치고 말았다.

"앗."

순간 시간이 천천히 흐르는 것 같았다. 바텐더의 손이 덜컥 놀라 눈이 동그래진 클리프를 지나쳐 쓰러지던 잔을 매끄럽게 잡아냈다. 덕분에 유리잔이 깨지는 일은 없었다. 다만, 잔에 조금 남아있던 포도주 몇 방울이 허공에서 춤을 추다 테이블을 위에 떨어졌다.

"최근에 즐겁게 읽었던 건, 《끊어지지 않은 붉은 실》이었어요."

바텐더는 당황한 기색 하나 없이 마른 수건으로 테이블에 튄 얼룩을 훔쳤다. 금세 깨끗해지는 탁자처럼 클리프의 얼굴에서도 경계심이 닦여나갔다. 그가 언급한 책은 클리프가 쓴 책이었다. 막 유명해지기 시작할 즘 출간한 로맨스 소설이었다.

"저도 그 작품 봤어요. 혹시 기억에 남는 장면 있으신가요?"

클리프는 자신이 책의 저자라는 것을 밝히지 않은 채 물었다. 입에 발린 소리보다는 솔직한 평을 듣고 싶었기 때문이다.

'남녀 주인공이 재회하는 마지막 부분이려나? 아니면 남자 주인공의 비밀이 밝혀졌을 때려나?'

쿵쿵 두근거리는 마음을 애써 숨기며 청년의 대답을 기다렸다. 마침내 바텐더가 입을 열었다.

"그는 이번에도 떨어졌다. 처음 한두 번은 오기가 생겼다. 하지만 그것도 길어지니 스스로가 초라했다. 계속되는 실패는 사람을 참 비참하게 만들었다."

클리프는 바텐더의 말에 두 번이나 놀랐다. 처음엔 그가 자신의 책 구절을 토씨 하나 틀리지 않고 말했다는 점에서 놀랐고, 다음으로는 그가 전혀 예상치 못한 부분을 이야기했기에 놀랐다.

그가 말한 구절은 소설의 맨 앞부분이었다. 이제 막 이야기가 시작되는 단계. 아직 여자 주인공을 만나지도 않은 시점에서 남자 주인공의 상황을 묘사한 부분. 책의 많고 많은 장면 가운데 그 부분을 고른 이유가 무엇인지, 클리프는 전혀 짐작되지 않았다.

"혹시 책의 앞부분만 읽으셨나요?"

"아니요. 전부 읽었어요."

"그런데, 왜…"

"책에는 몇 줄 묘사된 게 전부지만, 실제로 그런 순간을 견뎌내기란 만만치 않잖아요."

클리프는 그런 생각을 해본 적이 없었다. 해피엔딩을 좋아했기에, 그의 소설에 나오는 주인공들은 대부분 후반부에 큰 성공을 이룬다.

주인공이 초반 부분 힘든 상황에 부닥쳐 있는 건, 어쩌면 클리프의 삶이 반영되어 있기 때문일 수도, 아니면 그저 후반부와 대조하기 위해 습관적으로 적어내린 건지도 모른다.

"독자는 주인공이 어려움에 처해도 나중엔 일이 잘 풀릴 거라는 믿음이 있지만, 주인공은 한 치 앞을 모르는 불안 속에서 나아가는 거잖아요. 그래서 동화책도 그런 부분을 좋아해요. 아직 행운이 찾아오기 전, 그들이 꿋꿋이 자신의 삶을 살아가는 모습은 제게 늘 많은 걸 느끼게 해주죠."

클리프는 작게 고개를 끄덕였다. 역시 그에겐 남다른 분위기가 풍겼다. 다음 작품에서는 지금까지와 다른 시각으로 집필을 해봐도 좋겠다고 생각했다.

"손님은 어떤 장면을 좋아하시나요?"

자기 소설의 가장 좋은 부분을 말한다는 게 조금 머쓱했지만, 저자라는 사실을 들키지 않기 위해 최대한 자연스럽게 입을 열었다.

"아, 저는 남자 주인공이 자신의 잘못을 깨닫고 여자 주인공에게 다시 찾아가는 부분을 좋아해요."

바텐더가 깨끗하게 닦인 잔을 다시 클리프 앞에 놓아주었다. 클리프가 포도주 잔의 끝을 손가락으로 문지르자, 잔이 떨리며 맑은 음색이 흘렀다.

"사실 저에게도 그런 연인이 있었거든요. 절대 놓쳐선 안 되는 사람이었는데, 익숙함에 속아 실수를 저지르고 말았죠. 과거로 돌아갈 수 있다면 얼마나 좋을까요?"

클리프는 때때로 소설 속 주인공이 부러웠다. 자신처럼 기회를 놓치거나 망쳐버리지 않았으니까.

마지막엔 모두 극복해 내고 아름다운 입맞춤으로 사랑을 지켜내는 그들을 보며 대리만족 했다. 하지만 대리만족은 어디까지나 대리일 뿐이었다. 막이 끝나고 펜을 내려놓으면, 방 안을 가득 채운 고독함이 그의 숨에 배여 가슴 깊숙이 아렸다.

"한 잔 더 마실 수 있을까요?"

"물론이죠. 마음껏 골라보세요."

바텐더가 메뉴판을 건넸다. 작은 가게치고 두툼한 메뉴판이었다.

'이렇게 메뉴가 많은 줄 알았으면 다양하게 시켜보는 건데.'

클리프는 메뉴판을 처음부터 받지 못한 게 아쉬웠지만, 딱히 문제 삼진 않았다. 종업원이 내왔던 포도주 또한 맛이 기가 막혔기 때문이다.

"메뉴가 특이하네요."

메뉴판에는 각각 다른 카테고리가 달려있었는데 모두 감정에 대한 것들이었다. 이전에 그것들은 서부 개척 시대나 우주 같은 배경들로 묶여있었던 항목이었으나, 그 사실까지 클리프가 알 재간은 없었다.

클리프의 눈길을 제일 먼저 사로잡은 것은 '짜릿함' 카테고리 였다. '숨겨놓은 시험지', '자유낙하', '술래잡기' 등 이름만으로는 맛이 도저히 상상되지 않는다는 점이 흥미로웠다.

클리프가 천천히 고개를 돌려 다른 카테고리도 살폈다. 그가 마셨던 '첫사랑의 키스'는 그리움 카테고리에 있었다. 피식 웃음 을 지으며 읽어내려 가던 도중, '아' 클리프의 입에서 작은 탄성 이 터졌다.

"이걸로 주세요."

그가 선택한 메뉴의 카테고리는 '후회'였다. 바텐더는 가볍게 고개를 끄덕이곤 손을 재빠르게 움직였다.

작은 술잔 두 개의 밑면을 붙여놓은 듯한 컵에 형형색색 물결 이 요동쳤다. 은색으로 반짝이는 길쭉한 셰이커 안에 쏟아지는 일렁임을 홀린 듯 지켜봤다.

셰이커 위를 덮는 또 다른 컵. 그와 함께 바텐더의 셰이킹이 시작됐다. 셰이커 안에서 요란하게 얼음 굴러가는 소리가 들렸고, 현란하게 춤추는 셰이커가 휘리릭, 바텐더의 손을 떠나 허공에서 회전할 때는 저도 모르게 숨이 턱 막혔다. 그대로 바닥에 처박힐 것만 같던 셰이커는 당연하다는 듯 다시 바텐더의 손에 들려있었고, '후우' 안심을 하는 순간 칵테일은 완성되어 클리프의 앞에 내어졌다.

"주문하신 '또 다른 선택' 나왔습니다."

칵테일의 이름은 클리프의 소망에 딱 맞아떨어졌다. 그녀와 사랑을 속삭이던 그 당시로 돌아가고 싶었다. 돌아가서 그때와는 다른 선택을 하고 싶었다. 그녀의 따뜻한 손을 꼭 맞잡고 놓치지 않는 상상을 했다.

"향이 좋네요."

진한 향이 입술에 닿자 그윽한 분위기가 풍겨왔다. 생각보다 높은 도수의 술이었을까? 꿀꺽 목을 움직인 클리프의 인상이 찡그려졌다. 뜨거운 불길이 혀를 타고 목구멍으로 들어가는 것 같아, 목부터 위까지 어떤 모양으로 생겼는지 느껴질 지경이었다.

"정말 독하네요. 목이 타는 것 같아요. 물 있나요?"

"여기 있습니다."

클리프는 바텐더가 내민 물을 받아 벌컥벌컥 들이켰다. 하지만 몸 안에서 타오르는 불꽃은 좀처럼 꺼질 생각을 하지 않았다. 꺼지기는커녕 더욱 뜨겁게 불타는 것 같았다.

"후우-"

숨을 내쉴 때마다 목구멍 뒤로 올라오는 뜨거운 열기에 어지러운 머리가 더욱 흔들렸다. 뭔가 잘못되어도 단단히 잘못됐음을 느낀 클리프였지만, 몸을 제대로 가누지 못한 탓에 대처할 수 없었다. 그가 할 수 있는 거라곤 금방이라도 폭발할 것처럼 뜨거운 머리를 테이블에 올려놓는 것뿐이었다.

"으으-"

너무 마신 모양이다. 그나마 다행인 건, 팔을 베개 삼아 테이블 위로 머리를 기대고 있으니 흔들리던 세상이 조금씩 진정이 된다는 것이었다.

뱅글뱅글 돌던 주위가 점차 제자리에 멈춰 섰을 때, 클리프는 고개를 들 생각이었다. 하지만 그가 고개를 드는 것보다 빨리 세상이 주저앉아버렸다.

"어…? 어어? 으아아아아아!"

그를 지탱하던 의자도, 테이블도, 심지어 바닥까지 감쪽같이 사라진 공간에서 클리프는 추락하고 있었다. 귓등을 때리는 바람 소리에 번쩍 술이 깨버렸다. 고개를 아무리 돌려봐도 예쁜 술병들과 목재로 된 장식대는 찾아볼 수 없었다. 보이는 건 푸른 하늘뿐이었다. 기겁한 클리프가 있는 힘껏 소리를 내질렀지만, 커다랗게 벌린 입마저 누군가에게 통제당하듯 점차 오므려졌다.

"읍, 으읍!"

클리프는 입을 벌리려고 애썼지만 소용없는 짓이었다. 마침내 완전히 닫힌 입과 함께 사방에 퍼지던 절규도 끝이 났다.

'이제 죽는구나.'

클리프는 눈을 질끈 감았다. 그러자 갑작스레 다리를 지탱하는 땅이 생겨났다. 영문을 알 수 없는 감각에 번쩍 눈을 뜨자, 어느새 멀쩡히 서있는 자신의 두 다리가 보였다.

"지금 내 말 듣고 있긴 한 거야?!"

버럭 날 선 목소리에 클리프가 깜짝 놀랐다. 하지만 목소리의 주인을 바라봤을 때만큼 놀랄 수는 없었다.

그의 마음을 설레게 한 금색의 머리카락과 오뚝한 콧날. 눈앞의 여인은 클리프가 그토록 그리워하던 사람이었다.

"헬렌?"

"그래 됐어, 그만해. 나도 이제 지쳤어."

붉게 충혈된 그녀의 눈에서 슬픔이 떨어졌다. 헬렌은 소파에 걸린 겉옷을 챙겨 빠르게 문밖으로 발걸음을 옮겼다. '쾅-!' 세차게 닫히는 소리는 그녀가 얼마나 화나 있는지 대변했다.

"이게… 무슨."

클리프가 머리에 손을 짚었다. 어지러움은 없었다. 다만, 펼쳐진 상황을 받아들이기가 어려웠다. 작가라면 한 번쯤 해봤을 법한 상상. 아니, 과거에 미련이 있는 사람이라면 누구라도 한 번쯤 생각해 봤을 상황이었다. 그가 서있는 방은 헬렌과 사랑을 나누던 낡은 집이었다.

"똑같다고? 벌써 5년이나 지났는데…"

그가 알기로 이곳은 건물이 너무 오래되어 재건축이 확정되고, 철거가 진행됐다. 이제 그가 기억하는 모습을 찾아볼 수 없어야 정상이었다. 하지만 벽에 걸린 무늬 없는 달력이 낯설지 않았다. 퀴퀴한 냄새와 좁은 공간이 기억 저편 향수를 자극했다.

지이잉-!

바지 주머니에서 느껴지는 진동에 손을 넣었다. 예전에 사용하던 핸드폰이 그곳에 있었고, 저장되지 않은 번호가 떠올랐다. 저장되지 않은 번호였지만 클리프는 그게 누구의 전화인지 알 수 있었다.

"여보세요. 클리프 씨 맞으시죠? 투고해 주신 작품에 관해 이야기를 나누고 싶어서요."

전화를 받자 익숙한 목소리가 들려왔다. 오랜 시간 함께 일해 온 그의 담당자였다. 하지만 수화기 너머의 사람은 클리프를 마치 모르는 사람처럼 대했다. 자신을 소개하고, 연락한 계기와 앞으로의 계획을 열거할 뿐이었다.

"과거로 온 거야."

"네? 클리프 씨?"

클리프는 전화기를 아무렇게나 내팽개친 채, 서둘러 문밖으로 뛰쳐나갔다.

"헉, 헉."

추운 겨울이었다. 겉옷을 챙기지 않은 그의 몸 위로 매서운 칼바람이 꽂혔으나, 클리프는 돌아갈 생각이 없었다. 대신 팔과 다리를 더욱 힘차게 구르며 달릴 뿐이었다. 숨이 차고 붉어진 귓불과 뺨이 아렸다. 그럼에도 그는 멈추지 않았다. 저 멀리 터벅터벅 걸어가는 그녀가 보였으니까.

"헬렌!"

클리프는 목이 터져라 소리쳤다. 주위에 있는 사람들이 제대로 된 외투도 챙겨 입지 않고 내달리는 그를 보며 수군거렸으나, 클리프에겐 중요한 문제가 아니었다.

"헬렌…!"

그는 한 번 더 크게 그녀의 이름을 불렀다. 멈춰 선 발걸음, 천천히 돌아가는 고개. 클리프를 발견한 그녀는 눈이 휘둥그레졌다.

"지금 뭐 하는 거야?! 얼어 죽으려고 작정했어?"

헬렌은 자신이 하고 있던 목도리를 풀어 그에게 둘러주었다. 클리프는 눈물이 핑 돌았다. 다른 사람들의 시선과 그녀의 눈길에는 확연한 차이가 있었다.

곁눈질하며 슬금슬금 피하는 사람들과 달리 그녀는 서둘러 그에게 다가와 추위를 막을 만한 것들을 건네주었다. 바로 직전까지 싸우고 있었는데도 말이다. 그녀는 그런 사람이었다. 곁에 있으면 늘 따뜻한 사람. 그토록 그리웠던 따스함에 클리프는 눈물을 참아내야 했다.

"내가 미안해, 헬렌. 오늘이 무슨 날인지 알아. 우리가 만난 지 7년이 되는 날이야, 맞지? 계약 건에 눈이 멀어 그때는 까맣게 잊고 있었어. 그뿐만이 아니야. 당신은 늘 나와 대화하려 했어. 하지만 나는, 나는 신경질만 부렸지. 당신은 몇 번이고 나와 화해하려 했는데 멍청하게 듣질 않았어. 얄팍한 이기심 때문에, 돈 몇 푼에 눈을 밝히면서도 정작 당신이 눈물짓고 있는 건 알아차리지 못했어. 미안해, 정말 미안해."

"클리프, 그게 무슨…"

클리프는 있는 힘껏 그녀를 끌어안았다. 꿈이어도 상관없었다. 그녀에게 용서받을 수 있다면, 다시 한번 그녀를 꼭 안아볼 수 있다면 그걸로 충분했다.

마음속에 싹튼 응어리는 시간이 지날수록 커졌다. 눈을 가렸던 자만과 우매함이 무너지고 상실감을 뼈저리게 느꼈다. 그녀는 당연한 존재가 아니었다.

"미안해, 헬렌. 내 생의 가장 큰 축복은 당신이었어. 제발 나를 떠나지 마."

목구멍 뒤로 올라오는 뜨거운 열기처럼 클리프의 응어리진 마음이 토해졌다. 그 뜨거움은 독한 술과도 같았다. 그가 옅게 울음을 터트리는 것도 잠시, 따뜻한 팔이 그를 똑같이 안아주었다.

"클리프. 가끔 보면 당신은 참 애 같다니까."

피식 그녀의 웃음소리가 들려왔다. 이리도 쉬운 일이었는데, 왜 그때는 하지 못했을까? 그녀의 온기가 클리프를 차츰 진정시켰고, 둘은 다시 집으로 돌아갔다.

"내겐 당신이 1순위야."

성공은 실력뿐 아니라 운도 따라줘야 한다고 했던가? 클리프의 소설은 시간을 거스르기 전과 비교하기에 부끄러울 정도로 저조한 성적을 거뒀다.

하지만 후회는 없었다. 그에게 성공이란 돈으로 판가름할 수 있는 것이 아니었으니까. 클리프는 글 쓰는 것을 그만두고 안정적인 일자리를 찾았다. 쉬운 일은 아니었으나 그는 성실했고, 먹고살 만큼은 벌 수 있었다. 그녀와의 교제를 이어나가며 결혼에도 골인했다.

헬렌과 한 번도 다투지 않았다면 거짓말일 것이다. 그들은 종 종 다투었다. 하지만 다른 점이 있다면 문제가 생겼을 때 대처하는 자세였다.

또 다른 선택. 클리프는 종종 자신에게 칵테일을 건넨 바텐더가 떠오르곤 했다. 아직도 자신에게 이런 기적 같은 일이 일어났다는 것이 믿기지 않았다.

"아들입니다."

시간을 거스르는 일만큼 놀라운 일은 없다고 생각했다. 하지만 자신의 아이를 바라보는 순간, 클리프는 또 다른 기적을 경험했다.

"응애-"

"오오- 헬렌, 고생 많았어. 정말 고생 많았어."

아직 눈조차 제대로 뜨지 못하는 아이를 조심스럽게 품었다. 두근두근, 너무도 미약한 진동이 그에게 전해져옴과 동시에 눈물이 왈칵 쏟아졌다.

어디 하나 예쁘지 않은 부분이 없었다. 꼼지락대는 손발은 너무도 귀여웠고, 조물조물 움직이는 입은 금방이라도 말을 할 것만 같았다.

"똑똑똑."

아이가 천재였던 모양이다. 그 자그마한 입으로 마치 무언가를 두드리는 듯한 소리를 흉내 내다니.

클리프가 기쁜 마음으로 아이를 바라보는데, 아이가 한 번 더 정확한 발음으로 말을 이었다.

"일어나실 시간입니다, 클리프 씨."

불안감이 덜컥 클리프를 덮쳤다. '똑똑똑' 울리는 소리가 그의 머리 전체를 쿵쿵 흔들었다. 지진이라도 난 것처럼 세상이 흔들렸다. 아이가 또다시 입을 열었다.

"클리프 씨, 괜찮으세요?"

"헉."

덜커덩-!

바텐더가 잡아주지 않았다면 바닥에 자빠져 버렸을 것이다. 클리프가 눈을 휘둥그레 뜨며 주위를 둘러보았다. 예쁜 색의 술병들이 목재로 된 선반에 즐비해 있었다. 그가 재빨리 손 이리저리를 살폈지만 당연하게도 아이는 없었다. 대신 황금색으로 빛나는 고급 시계만이 그의 손목에 자리해 있었다.

"바, 방금…"

"술 도수가 높아서 금방 취하신 모양이에요. 제가 미리 말씀드렸어야 했는데 죄송합니다."

바텐더의 도움을 받아 클리프는 다시금 제자리에 앉았다. 쫑쫑 걸어오는 종업원이 건넨 물을 마시며 자신이 과거로 돌아간

게 아니라 잠시 꿈을 꿨다는 것을 깨달았다. 클리프는 절로 푹 한숨이 나왔다.

"좋은 꿈을 꾸셨나 봐요."

"네?"

"너무 좋은 꿈을 꾸면 괜히 야속하잖아요."

바텐더의 말에 클리프가 옅게 웃음을 흘렸다. 그의 말대로 클리프에게는 너무도 야속한 꿈이었다. 차라리 악몽이 낫겠다 싶을 정도로 클리프는 가슴 한편이 아렸다.

"무슨 꿈이었나요?"

"과거로 돌아가는 꿈이었어요. 5년 전, 제 실수를 되돌리는 꿈이요."

"아까 말씀하신 옛 연인 말이죠?"

"네, 맞아요. 꿈이라서 그런지 일이 잘 풀리더군요. 제가 사과하자 그녀가 용서해 줬어요. 실제로도 그랬을까요?"

클리프는 조심스럽게 바텐더를 곁눈질했다. 그의 눈이 붉은 이유가 못된 꿈 때문인지, 과거에 대한 미련 때문인지는 알 수 없었지만, 위로가 필요한 얼굴이었다.

"사랑하는 사람과 다투는 이유야 많겠지만 제가 본 바로는 거창한 문제라기보단, 무관심에서 비롯된 게 많더군요. 서운함은 잘 모르는 사람보다 가까운 사람에게 많이 느끼니까요. 반성하는 클리프 씨의 모습을 옛 연인이 보았다면 충분히 용서해 줬을 겁니다."

바텐더의 말에 클리프가 작게 고개를 끄덕였다. 그의 눈은 여전히 붉었지만, 꿈에서는 완전히 깨어난 듯했다.

"그녀와는 7년간 교제했어요. 헤어지고 충분한 시간을 가졌다고 생각했는데, 그녀를 잊기에 5년은 아직 부족한 시간인가 봐요."

"자책하지 말아요. 클리프."

바텐더의 위로에 클리프는 마음이 조금 후련해졌다. 그의 파란 머리도, 묘한 분위기도 이제는 친구처럼 느껴졌다. 처음 만난 사이지만 이렇게 속내를 터놓고 있으니 그가 참 가깝게 느껴졌다. 이제는 그에게 말을 걸었던 이유가 단지 작품에 대한 영감 때문이었다는 것조차 부끄러울 지경이다. 그래서 클리프는 조금 더 마음을 터놓아 보기로 했다. 눈앞에 바텐더에겐 터무니없는 망상에 대해서도 편히 얘기할 수 있을 것 같았다.

"꿈에선 제가 그녀를 선택한 탓에 작품이 성공하지 못했어요. 그래도 후회가 되지 않더라고요."

가만히 이야기를 듣고 있던 바텐더가 살며시 미소를 지으며 입을 열었다.

"당신에게 성공이란 무엇인가요? 클리프 씨."

바텐더의 말에 클리프는 뒤통수를 얻어맞는 기분이 들었다. 성공. 그건 당연히 돈에 대한 문제였다.

'성공…'

클리프는 생각에 잠겼다. 언제부터 자기가 꿈꾸던 성공이 돈이었을까? 가난한 삶이 어느새 그의 마음까지 가난하게 만들었던 모양이다. 요즘 통 영감이 떠오르지 않던 이유도 어쩌면 글에 담고자 하는 메시지보다는 자극적인 소재만을 찾고 있었기 때문인지도 모르겠다.

"제게 성공이란 감동적인 글을 쓰는 거예요. 사랑하는 사람을 웃게 해줄 수 있는 글 말이에요."

클리프는 자신이 무엇보다도 글을 참 좋아한다고 생각했었다. 하지만 다시 생각해 보니 진짜 좋아하는 건 자신의 이야기를 듣고 웃는 사람들의 얼굴이었던 것 같다.

클리프는 어렸을 때 느꼈던 고양감이 마음 깊숙한 곳에서부터 따뜻하게 번져가는 것을 느꼈다.

"이렇게 보니 후회스러운 게 참 많네요. 바꾸고 싶은 선택투성이예요. 타임머신이 있다면, 저 때문에 금방 전력이 동났을 겁니다."

"단 한 번뿐이기에 아름다운 게 아닐까요?"

완벽한 인생이 아니라 아름다운 인생. 클리프의 입꼬리가 부드럽게 휘었다. 그와 함께 있으면 정말 많은 영감을 받는다.

"바텐더 일을 그만두시고 펜을 잡으셔도 칵테일만큼이나 달콤한 글을 쓰실 것 같군요."

클리프가 기지개를 켜듯 몸을 쭉 뻗었다. 슬슬 집으로 돌아가야만 했다. 내일은 중요한 약속이 있기 때문이다. 클리프가 바텐더의 명찰을 바라보며 조심스레 물었다.

"제가 '문'이라고 불러도 될까요?"

"물론이죠."

"앞으로 종종 와야겠어요. 그때마다 말 상대 좀 해주세요."

클리프가 환하게 웃으며 자리에서 일어났다. 문 또한 밝은 얼굴로 화답했다.

지갑에서 카드를 꺼내 문에게 건네자 '삑삑' 계산대 위에 있는 기계 소리와 함께 결제가 완료됐다. 옆에 있던 종업원은 왜인지 눈을 크게 뜨고 계산하는 모습을 지켜보고 있었다.

"후회 없는 선택을 하시길 바랍니다, 클리프 씨."

딸랑, 방울 소리와 함께 문이 닫혔다. 찬바람이 볼을 스쳤으나, 속에서부터 이는 따뜻함에 춥지는 않았다. 가벼운 발걸음으로 길을 나서는 클리프는 문득 의문이 들었다.

"내가 이름을 알려줬었나?"

"네, 근처예요. 금방 도착할 것 같습니다."

"다행이네요. 시간 약속에 까다로운 분들이시거든요. 그럼 조금 있다 뵙겠습니다."

띡-

클리프가 스마트폰을 주머니에 쏙 집어넣었다. 최근 날씨가 부쩍 추워져 발걸음을 서두르지 않으면 귀가 꽁꽁 얼어버릴 참이다.

클리프는 중간중간 가게의 유리창을 보며 차림을 점검했다. 그는 자신의 작품이 영화로 제작된다는 것이 아직도 믿기지 않았다. 상대는 히트작을 만들기로 유명한 감독이었다. 영화는 잘 만들지만 까다롭다는 소문이 자자하다.

"어?"

사거리 교차로에 있는 횡단보도. 붉은 신호에 멈춰 선 사람들 사이로 운명처럼 딱 한 사람과 눈이 마주쳤다.

"헬렌!"

그녀가 피식 웃음을 터트렸다. 흘러간 시간 덕에 서로에 대한 원망은 무뎌진 지 오래였다. 헬렌은 목도리를 매만지며 그에게 인사했다.

"오랜만이네. 잘 지내?"

"어…? 어…"

놀람도 잠시 금세 어색한 분위기가 흘렀다. 클리프는 딱딱하게 굳은 혀를 어떻게든 움직이며 분위기를 밝게 바꾸려 애썼다.

"자, 잘 지냈어?"

"그럼. 네 이야기는 종종 들었어."

"정말?"

"정확히 들었다기보단 읽었지. 너 베스트셀러 작가로 인터뷰했잖아. 인터넷 기사로 봤어."

"아, 그랬지."

마음과 달리 버벅거리는 입술 탓에 위기가 찾아왔지만, 다행히 분위기를 밝히는 데 일가견이 있는 헬렌 덕에 대화는 이어졌다. 요즘 뭐 하고 사는지, 교제하는 사람은 있는지, 어디에 가는지 등 근황을 주고받았다.

그녀는 그의 소설이 영화가 될지도 모른다는 말에 축하해 줬고, 헬렌이 아직 싱글이라는 말에 클리프는 입꼬리가 올라갔다.

"신호 변했다."

헬렌의 말처럼 변한 신호에 멈춰 있던 사람들이 움직이기 시작했다. 사거리에 있는 통행자 신호 모두가 초록빛을 품고 있었지만, 두 사람의 목적지는 다른 방향을 가리키고 있었다.

"그럼 이제…"

헤어질 시간이었다. 클리프는 다급한 마음에 그녀에게 전화번호를 물었다. 그녀는 웃으며 번호를 알려주었다.

"연락할게, 다음에 한번 만나자."

그 말에도 그녀는 고개를 끄덕여 주었다. 하지만 클리프는 여전히 불안했다. 이대로 헤어지면 다시는 만나지 못할 것 같은 기분이 들었다.

"그럼 이만."

그녀가 뒤를 돌아 자신의 길로 나아갔다. 그건 클리프와 같은 방향이 아니었다. 그녀가 보인 옅은 미소. 클리프는 알고 있었다. 그녀가 마음속 말을 삼킬 때 그런 표정을 짓는다는 걸.

클리프는 자신이 가야 하는 방향을 바라보았다. 손목에 걸린 황금빛 시계가 계속 지체하다가는 약속에 늦을 거라고 경고했다. 클리프는 발걸음을 돌려야만 했다. 서두르지 않으면 그의 꿈이 무너질 것이다.

"꿈. 그래 꿈."

점멸하는 신호 역시 끝을 다해가고 있었다. 클리프는 있는 힘껏 발을 굴렀다. 그의 볼을 때리는 찬바람은 어느 따뜻한 꿈을 떠올리게 했다.

"헬렌!"

부르릉, 변하는 신호에 맞춰 차들이 움직였다. 길을 건넌 사람들도 발걸음을 서두르고 있었다. 사거리 신호등 앞에 멈춰 서있는 건, 단 두 명뿐이었다.

"클리프?"

"저녁 같이 먹지 않을래? 나중에 말고, 오늘. 지금 말이야."

짧은 거리였지만 단숨에 달린 탓에 숨이 찼다. 클리프는 '헉헉' 숨을 몰아쉬며 말을 잇기 위해 부단히 입을 움직였다. 그는 같은 실수를 반복하고 싶지 않았다. 자신의 꿈을 눈앞에서 놓쳐버리고 싶지 않았다.

"내가… 그러니까."

클리프가 숨을 고르며 조심스럽게 고개를 들었다. 거절에 대한 불안감이 미칠 듯 요동쳤으나, 그는 피하지 않았다.

"클리프. 가끔 보면 당신은 참 애 같다니까."

그녀가 미소를 지었다. 마음속 말을 삼킬 때 짓는 옅은 미소가 아니었다. 그토록 그가 그리워했던, 찬바람이 무색할 정도로 선명한 따뜻함이 그 자리에 있었다.

๑4.๑
음료가
만들어지는 과정

띠링- 달각, 띠링- 달각

카운터에 놓인 계산기를 반복적으로 작동시키는 달토끼의 표정이 영 불만스러워 보였다. 그도 그럴 것이 아르바이트 경험이 많은 그녀는 이 정도 기계쯤 다룰 수 있었기 때문이다. 괜히 문이 올 때까지 손님을 붙잡고 시간을 끌고 있던 자신이 우습게 느껴졌다. 문이 손님들에게 받았던 음료값은 모두 특이한 것들이어서 카드나 현금으로 계산해도 되는지 꿈에도 몰랐다.

"메뉴판에 가격이라도 적어주시면 안 돼요? 그럼 계산하기 편하잖아요."

"손님마다 값을 치르는 방식이 다른데 어떻게 다 써놔?"

'또 시작이야.'

달토끼의 표정이 다 쓴 종이처럼 구겨졌다. 문은 그녀의 물음에 종종 이렇게 알 수 없는 답변을 해댔다.

메뉴판만 해도 그렇다. 가게에는 '감정'과 '배경'이 카테고리인 메뉴판이 각각 하나씩 있다. 손님이 올 때마다 문이 그중 하나를 선택해 그녀에게 건넸지만, 달토끼는 아직도 그 분류법을 알 수 없었다. 지난번 손님에게 메뉴판을 바로 건네지 못한 것도 그런 이유였다. 물론 그녀가 칵테일 만드는 법을 모른다는 점도 있지만.

어쨌든 똑같은 상황이 닥친다면 그때는 올바른 메뉴판을 내밀 것이다. 그렇게 생각한 달토끼가 문에게 메뉴판 선정 방법을 물었으나, 돌아오는 답은 엉뚱했다.

"마음 가는 대로 집어, 이야기가 손님을 찾아갈 거야."

그녀로선 받아들일 수 없는 답변이었다.

"만약 제가 손님에게 맞지 않는 메뉴판을 고르면 어떡해요?"

심각한 표정의 그녀와 달리 문은 대수롭지 않은 듯 아까부터 작은 병들을 이리저리 만져대고 있었다. 그는 고개를 돌리지 않은 채 이번에도 툭 던지듯 답했다.

"서점 가본 적 있어?"

"서점이요? 갑자기 왜요? 잠깐 일해본 적은 있어요."

"넌 정말 안 해본 게 없구나? 그럼 책을 사본 적도 있겠네?"

"네, 그야 알아야 할 게 많았으니까요."

그녀의 말에 문이 미소를 지으며 손가락을 튕겼다. 딱 원하는 대답이라도 들은 모양이다.

"그래, 그거야! 보통 읽어본 책이 아닌, 내용을 모르는 책을 사잖아. 그중에서도 전혀 기대하지 않고 펼쳤는데, 마음을 쏙 뺏길 때가 있지? 내 인생 책도 그랬어. 작은 서점이었는데, 원래 사려고 했던 책이 없어서 그냥 둘러보던 참에 만나게 됐지. 운이 좋았어."

"그게 손님한테 어떤 메뉴판을 내줘야 하는 거랑 무슨 상관이에요?"

"내가 모든 책이 놓인 커다란 서점에 갔다면 원하는 책을 샀겠지. 그럼 인생 책을 못 만났을 수도 있잖아. 그런 우연적인 만남을 메뉴판에 담고 싶었어."

듣고 있던 달토끼가 썩 내키지 않은 표정으로 테이블에 놓여 있는 두 개의 메뉴판을 노려보았다.

"모르세요? 요즘은 큰 서점만 살아남는 시대라는 거. 차라리 메뉴 수를 줄이고 통합하는 게 낫지 않을까요? 나중에 가게가 커지면 그때 여기 있는 메뉴가 모두 적힌 커다란 메뉴판을 만들면 되고요."

"넌 경험은 많은데 참 낭만이 없다. 술은 도수보다 낭만과 분위기가 중요한 법이라고."

달토끼가 지끈대는 머리를 꾹꾹 눌렀다. 이곳이 장사가 잘되지 않는 까닭은 아무리 봐도 문 때문이라고 그녀는 한 번 더 생각했다. 그런 마음을 아는지, 모르는지 그녀의 깊은 한숨에도 문은 여전히 웃는 얼굴이었다.

"걱정하지 마. 여긴 우연도 운명이 되는 곳이라니까?"

달토끼 역시 근로계약의 특수 조항만 아니었다면 그처럼 '하하호호' 편하게 웃었을지도 모른다. 하지만 그녀의 계약서에는 '일정 매출을 넘긴 달에 추가 수당을 지급한다'라는 조항이 있다. 한 푼이 아쉬운 상황에서 달토끼는 조급할 뿐이었다.

"다 떨어졌네."

문이 손에 든 작은 병을 흔들었다. 달그락거리는 소리조차 들리지 않는 병은 안이 빈 게 틀림없었다. 비단 손에 들린 병뿐만이 아니었다. 다른 재료들도 바닥을 드러내고 있었다.

"손님도 없는데 재료가 왜 떨어져요?"

기분이 좋지 않은 탓에 달토끼의 입에서는 저도 모르게 날카로운 말이 흘렀다. 그녀가 슬쩍 문의 눈치를 살폈으나, 다행히 그는 크게 신경 쓰지 않는 기색이었다. 반대로 조금 신나 보이기까지 했다.

"인터넷에서 판매하고 있어. 생각보다 잘되네."

"인터넷 판매요?"

달토끼는 전혀 모르는 사실이었다. 입이 쩍 벌어진 그녀를 향해 그는 '이번 달은 보너스 좀 줄 수 있겠는데?'라며 흥얼거렸다.

"점장님…"

보너스라는 말과 함께 문을 향한 존경심이 파도처럼 밀려들었다. 역시 가게의 주인, 이곳의 책임자.

그녀는 열심히 일하자고 마음먹으며 테이블을 닦아대던 손을 더욱 빠르게 움직였다.

"같이 재료 좀 사 오자."

문의 말에 달토끼가 재깍 고개를 끄덕였다.

"네! 물론이죠. 저 힘센 거 아시죠?"

그녀의 눈이 붉게 변하며 가녀리던 팔뚝이 돌덩이처럼 두꺼워졌다. 근육을 어필하듯 자세를 취하는 모습에 문이 만족스럽게 고개를 끄덕였다. 이왕 가는 김에 이것저것 잔뜩 사 올 생각이다.

눈물토끼의 눈물 2ℓ × 36병
미소가 담긴 보조개 62쌍

낮에 이는 하품 186회
분노를 담은 보온병 32개

문은 콧노래를 부르며 구매한 물건마다 붉은 펜으로 줄을 그었다. 겹겹이 쌓여있던 메모장도 이제 한 장밖에 남지 않았다. 문이 슬쩍 뒤를 돌아보자, '후우, 후욱' 거친 숨을 내뱉고 있는 달토끼가 보였다.

끝없이 물건이 들어가던 가방이 그녀보다도 커져 있었다.

"잠깐 여기서 쉬고 있어. 따로 만나야 하는 사람이 있어서."

문의 말에 달토끼가 휴게소 벤치에 털썩 주저앉았다. 땀이 뚝뚝 떨어지는 와중에 문이 건넨 자판기 음료를 벌컥벌컥 마셨다. 그제야 좀 살 것 같았다.

"살 게 아직 남아있어요?"

"아니, 이제 끝이야. 여기만 들리고 돌아갈 참이거든. 오래 걸릴 수도 있는데 먼저 가 있을래?"

"괜찮아요. 다녀오세요. 여기서 쉬고 있을게요."

달토끼는 고개를 절레절레 흔들었다. 마침 쉬고 싶었던 참이었기에, 가방을 내려놓곤 벤치에 풀썩 누워버렸다.

문이 어디론가 향하고 홀로 남은 달토끼는 가만히 눈을 감고 휴식을 취했다. 살랑살랑 부는 바람이 젖은 그녀의 앞머리를 살며시 어루만졌다.

"하암-"

바람이 땀방울을 훔쳐낼수록 그녀의 눈꺼풀이 무거워졌다. 긴장했던 근육이 풀어지고, 불규칙했던 호흡이 가다듬어지며 주위의 소리가 들려왔다.

간간이 장사꾼의 외침이 귓가에 울렸지만, 너무 멀어서 아주 옅게 느껴졌다. 그보다 가까이에선 새 지저귀는 소리가 마치 자장가 같았다. 바람결에 흔들리는 나뭇가지와 따스하게 몸을 감싸는 햇볕 아래. 무거운 눈꺼풀이 마침내 완전히 닫히려는 순간이었다.

"저기요…"

"잔 거 아니에요!"

갑작스러운 부름 탓에 수면 밑으로 빠져들던 그녀의 의식이 퍼뜩 깨어났다. 벌떡 일어나 잠이 덜 깬 눈으로 달토끼가 이리저리 주위를 살폈다. 하지만 문은 보이지 않았다.

"여기에요."

시선을 내리자, 작은 분홍색 토끼 한 마리가 보였다.

"별 지킴이 맞으시죠? 그… 달을 담당하시는 분이라고… 성함이 '대보름' 맞으신가요?"

분홍색 토끼가 쭈뼛쭈뼛 달토끼의 하얀 귀를 흘겨보며 눈치를 살폈다. '지킴이'라는 말에 달토끼는 머쓱해졌다. 그 일은 그만둔 지 이미 오래였다. 키 큰 요정이 그토록 되고 싶어 했던 꿈이 달토끼에겐 맞지 않는 옷 같았다.

"지킴이는 그만뒀어요. 지금은 작은 가게의 종업원으로 일하고 있고요."

달토끼가 씁쓸한 감정을 삼키며 입을 열었다. 반면 분홍색 토끼는 뭐가 그리도 좋은지 손뼉을 짝짝 쳤다.

"역시 맞죠?! 지구에서 일하고 있다고 들었어요. 안 그래도 그것 때문에 여쭤볼 게 있어서요!"

분홍빛 토끼는 조그마한 목소리로 '실례가 안 된다면 말이에요'라는 뒷말을 붙였다. 토끼 귀를 제외하곤 평범한 사람처럼 생긴 달토끼와 달리, 분홍색 토끼는 전체적으로 토끼와 닮은 외형을 하고 있었다.

꼬마 아이 정도 크기의 토끼는 몸 표면이 눈물처럼 흘러내렸지만, 바닥은 물방울이 떨어져도 젖지 않았다. 분홍빛 눈물로 이루어진 토끼. '눈물토끼'라는 것을 단박에 알 수 있었다.

"제 이름은 '바토'에요. 눈물 판매 컨설팅을 담당하고 있죠. 하필이면 지구를요. 저는 지구에 한 번도 가본 적이 없는데 말이에요!"

눈물토끼는 부당한 회사 시스템에 대해서 중얼거렸다. 같은 연봉을 받는 그의 친구는 눈물 창고를 담당하는데 팔리는 눈물이 없어 띵가띵가 놀기만 한다는 둥, 자신의 상사는 지독한 일벌레라서 쉬지도 못한다는 둥 서럽게도 떠들어 댔다. 한참을 고발해 대던 눈물토끼가 보름의 얼굴을 보고 '아차' 정신을 차리며 본론으로 주제를 돌렸다.

"어쨌든! 중요한 건 지구에 팔리는 눈물이 예측치보다 턱없이 적다는 거예요!"

눈물토끼가 들고 있던 종이를 바닥에 펴냈다. 작았던 종이 뭉치는 계속해서 펼쳐지더니 눈물토끼의 몸만큼이나 커졌다. 커다란 종이에 비해 적혀있는 것은 단순했다.

가로축과 세로축이 그어진 막대그래프. '연도'라고 쓰여 있는 가로축을 따라 막대그래프가 점점 길어지고 있었다. 보름이 왼쪽으로 고개를 돌려 세로축에 쓰여 있는 '슬픔'이라는 글자를 찾아냈다.

"매년 슬픔 지수가 최고조에 달하고 있어요! 올해 역시 슬픔 지수가 높은 건 당연했죠. 저도 이 정도는 예상했다고요."

눈물토끼는 억울한 표정으로 연신 그래프를 손으로 딱딱 내리쳤다. 눈물토끼의 말대로 올해 연도가 표기된 그래프는 그 어떤 막대보다 길쭉했다.

"그런데 눈물이 팔리지 않아요! 당연히 슬픈 만큼 눈물이 팔려

야 하는데… 대체 사람들이 눈물을 흘리지 않는 이유를 모르겠
어요."

눈물토끼는 물이 떨어지는 귀를 양손으로 잡고 쭉쭉 짜냈다.
그러곤 고개를 도리도리 저어대며 마음껏 혼란과 슬픔을 뿜어
댔다.

"이것 때문에 다들 저를 원망하고 있어요. 반대로 옆 부서인
보조개 생산 팀은 비상이죠. 행복 지수는 나날이 줄어들어 가는
데, 어째서 사람들은 미소를 짓는 걸까요? 행복하지 않는데 웃다
니, 그건 정말 이상하잖아요?"

보름은 달에 있을 당시를 떠올렸다. 고개를 들면 푸르게 빛나
는 지구가 그녀의 머리 위에 펼쳐졌다. 그 푸른빛에 시선을 빼앗
기는 건 어쩌면 당연한 일이었다. 누구라도 그 아름다운 행성을
바라본다면 마음에 품게 될 것이다. 하지만 좀 더 자세히 들여다
본다면, 지구 속 생활이 모두 푸르지만은 않다는 것을 알게 된다.

슬픔에 잠겨도 눈물을 흘리지 못하고, 기쁘지 않음에도 미소
짓는 그들은 그것을 흔히 '사회생활'이라는 단어로 포장했다.

달토끼 역시 지구에서 지내려면 똑같이 행동해야 했다. 처음
엔 어색하기도 했으나, 생활이 길어질수록 그녀는 다른 사람들
처럼 살아갈 수 있게 됐다.

"보름 님은 알고 계시나요? 지구에 사는 사람들이 왜…"

"바토! 어디서 농땡이를 피우고 있는 거야? 빨리빨리 안 와?!"

성난 목소리를 향해 고개를 돌리자, 그곳에는 매서운 눈을 한 다른 눈물토끼가 바토를 노려보고 있었다. 눈 부위에 자리한 커다란 흉터 탓에 눈앞에 있는 눈물토끼와는 비교도 되지 않을 정도로 사나운 인상이었다.

"히익!"

기겁하는 바토가 얼른 명함 하나를 내밀며 소리쳤다.

"꼭! 그 이유를 아신다면 연락해 주세요. 부탁드립니다!"

"바토!"

다시 한번 울리는 괴성에 눈물토끼는 '후에엥' 울음을 터트리며 달려갔다. 달려가는 그의 얼굴에는 어떠한 가식도 걸쳐있지 않았다. 그는 슬프면 슬픈 대로, 억울하면 억울한 대로 표정을 지었다. 그게 상사의 앞이라도 말이다. 그 모습을 보고 있자니, 보름은 묘한 기분이 들었다. 그래서 가만히 그가 건넨 명함만을 만지작댔다.

가게로 돌아와 구매한 것들을 모두 내려놓자, 문이 다시금 그녀에게 눈빛을 보내왔다. 아직 살 게 남은 모양이다.

"또 있어요?"

"마지막으로 한 군데 남았어. 제일 중요한 곳이야."

달토끼는 한숨을 푹 내쉬었다. 그녀가 함께 가주리란 걸 알고 있는 문은 미소를 지었다.

문이 아무것도 없는 벽을 향해 손가락을 '딱' 튕기자 기다렸다는 듯이 새로운 문이 나타났다.

끼이이익, 그가 익숙한 듯 문고리를 돌리며 먼저 사뿐사뿐 안으로 들어갔다.

"에휴-"

유난히 발걸음이 가벼워 보이는 그의 뒤통수를 바라보며 달토끼는 한 번 더 숨을 크게 내쉬었다. 그러나 한숨은 금세 감탄으로 바뀌었다.

"와, 되게 넓네요. 이런 곳은 처음이에요."

문을 따라 들어간 곳은 도서관이었다. 책이 가득 꽂혀있는 책장들은 자로 잰 것처럼 일정한 간격으로 나란히 펼쳐져 있었다.

'어디까지 이어진 거지?'

끝을 가늠해 보기 위해 책장 사이로 목을 길게 빼고 둘러보았지만, 저 멀리 시야 끝조차 책장으로 가로막혀 있어 헤아릴 수 없었다.

"책들이 마치 살아있는 것 같아요."

낯설지만 따뜻한 장소. 끝을 알 수 없는 책장들이 소곤소곤 말을 걸어오는 것 같았다. 어떤 책에선 달콤한 사랑 노래가 들렸고, 어떤 책에선 용감한 기사의 심장 소리가 들렸다. 또, 어떤 책에선 술 냄새가 났다.

낯선 책들만 있는 건 아니었다. 어떤 책들은 가까운 곳에서 일어나고 있을 법한 이야기가 담겨있었다.

몇 년간의 노력이 수포가 된 어느 취준생의 이야기, 바쁜 삶 속에서도 꿈을 놓지 않는 직장인의 이야기. 무기력함에 빠져 눈물을 흘리고 있는 아이의 이야기. 이야기 없는 삶은 없다는 듯 모든 책이 밝게 빛나고 있었다.

"내가 옛날에 관리하던 곳이야. 한때는 여기서 일하던 게 보람차기도 했지."

처음 듣는 얘기였다. 문은 자기 이야기를 자주 하는 편이 아니었으니까.

보름이 고개를 끄덕이며 별생각 없이 문에게 물었다.

"왜 그만두셨는데요?"

"정확히는 잘렸지."

그가 목을 긋는 시늉을 하며 말을 이었다.

"책 내용에 관여하면 안 된다는 조항을 어겼거든. 늙다리들의 꽉 막힌 생각이지. 지금은 동생이 담당하고 있어."

문의 말을 듣던 달토끼는 자신의 동생이 생각나서 피식 웃음을 터트렸다. 늘 무슨 생각을 하는지 알 수 없던 그였는데, 오늘따라 닮은 점이 많다고 느껴졌다. 오랫동안 해오던 일을 그만뒀다는 점에서 특히나 그랬다.

'지킴이'를 사명으로 생각하던 시기가 떠오르자, 묘한 씁쓸함이 몰려왔다. 우울감에 빠지고 싶지 않아, 다른 질문을 문에게 던졌다.

"잘린 것치곤 용케 출입 허가를 받으셨네요? 그래도 현 담당이 동생분이라 다행이에요."

책장 하나에 멈춰 선 문이 서적 몇 권을 뽑아 읽어 내려갔다. 그는 시선을 책에 둔 채, 의문스러운 목소리로 입을 열었다.

"무슨 소리야? 당연히 출입 허가 안 내주지. 지금도 잡으려고 혈안이 되어있을걸? 잡히면 가게 접어야 해."

"네?"

심각한 이야기를 쏟아내면서도 문의 얼굴은 무척이나 평온했다. 당연히 농담이겠거니, 그녀가 그를 바라보며 '하하' 웃었다. 그가 책에서 시선을 뗀 채, 마찬가지로 그녀를 보곤 '하하' 웃었다. 영 심상치 않은 껄끄러움이 그녀의 등줄기를 타고 흘렀다.

"그럼 지금 여기에 무단으로 들어와 있단 말씀이세요? 에이, 거짓말이죠?"

"이 정도면 되겠다."

문이 품고 있던 책 한 아름을 보름에게 건넸다. 그녀가 얼떨결에 책들을 받아든 순간, '삐용삐용' 긴급한 경고 소리가 사방에 메아리치며 붉은빛을 번쩍여 댔다.

"아, 걸렸네."

"네에? '아, 걸렸네?' 그게 할 소리예요? 이제 어떻게 할 거예요?"

"이 책 없으면 술을 만들 수 없어. 그럼 나는 너한테 월급도 못 주고. 이야기들도 책장에 꽂혀서 먼지만 쌓이는 거보단 어딘가에 쓰이는 게 낫잖아?"

정상이 아니었다. 보름은 어디서부터 그의 말에 반박해야 할지 갈피가 서지 않았다.

좌라라락-!

햇살이 들어오던 창문 위로 보안 벽이 내려오며 점차 주위가 어두워졌다. 이대로 있다간 정말 무슨 일이라도 벌어질 것만 같았다.

"아익! 뭐 해요? 그럼 빨리 문이라도 열어요!"

"안 돼. 그 책 들고 문을 통과하면 들키거든."

"그럼 어떡해요?!"

"이야기를 통해서라면 들키지 않을 수 있어."

인상을 잔뜩 찡그린 그녀와 달리 문은 여전히 여유로운 얼굴로 책장을 둘러봤다. '쿵쿵쿵-' 무섭게 다가오는 발소리가 들리지도 않는 것처럼.

그는 느긋하게 다른 서적을 둘러보다가 마침내 마음에 든 책을 찾았는지 고개를 끄덕였다. 그러곤 보름의 이마에 올려놓았다.

"잘 부탁해."

"잘 부탁하긴, 뭘…!"

영문을 알 수 없는 소리. 하지만 안타깝게도 그에게 반박할 말을 찾기도 전, 이마에 닿은 서적이 빛을 뿜어댔다.

화악-!

일순 덮치는 빛무리와 함께 달토끼가 도서관에서 감쪽같이 사라졌다. 무장한 경비들이 자리를 덮쳤을 때는 문 역시 자리를 피한 이후였다.

"으악!"

눈을 질끈 감은 보름이 몸을 움츠렸다. 하지만 무언가 금방이라도 들이닥칠 것만 같던 긴박함은 사라진 상태였다.

천천히 눈을 뜨고 주위를 둘러보았을 때, 그녀는 자신이 달보다 한참 작은 행성에 서있다는 것을 깨달았다. 그녀의 품에는 문이 건넨 책들이 안겨있었다.

"나보고 어떻게 돌아가라고…"

그녀는 자신이 아는 별자리가 있지 않을까 고개를 빠르게 움직였다. 하지만 어둠이 뒤덮인 공간 속에선 익숙한 별빛 한 줌 보이지 않았다. 낭패였다.

'어디서부터 잘못된 걸까? 지킴이를 그만둔 거? 달을 떠나 지구로 간 거? 이상한 가게에 취직한 거?'

문을 만난 것부터가 잘못 아닌가 싶기도 했다. 땅이 꺼져라 한숨을 내쉬는데, '툭' 누군가 그녀의 어깨를 건드렸다.

"으악!"

"앗, 미안. 놀라게 할 생각은 없었어."

쿵쾅거리는 가슴을 부여잡고 고개를 돌리자, 익숙한 얼굴이 보였다. 우주 요정 중에서도 유독 키가 컸던 소녀. 다른 요정들의 비웃음에도 지킴이가 되겠다던 소녀의 눈망울이 눈앞에 있었다.

"파미나?"

"정말 오랜만이야, 보름아!"

보름 하면 파미나, 파미나 하면 보름. 어린 시절 둘은 실과 바늘 같은 존재였다. 파미나가 요정이면서 별을 지키는 지킴이가 되고 싶었다면, 보름은 힘센 토끼면서 요정처럼 별을 꾸미는 일을 하고 싶었다.

"오랜만이네."

깔깔거리며 서로에게 힘이 되어줬던 나날이 무색할 정도로 둘은 너무 자라버렸다. 정확히는 보름이 쪽에서 파미나에게 거리감을 느꼈다. 종업원으로 일하는 그녀와 달리, 파미나는 그토록 꿈꾸던 지킴이가 되어있었기 때문이다.

"여기서 뭐 하고 있어? 길이라도 잃은 거야?"

"사정이 있어서…"

파미나가 예전처럼 장난스레 웃었다. 하지만 보름이 시선을 피하며 고개를 숙이자, 분위기는 금세 어색해졌다.

보름은 지킴이 일을 그만둔 지 오래였다. 길을 찾는 나침반도 반납했다. 달토끼가 지킴이를 그만뒀다는 사실은 파미나 또한 소문으로 들었다. '뭐라고 말해야 좋을까?' 생각해도 떠오르지 않았다. 대신, 길을 찾는 법이라면 파미나에게 능숙한 일이었다.

"그렇구나. 어디로 가? 내가 안내해 줄게!"

보름은 별로 내키지 않았지만 달리 방법이 없었다. 그렇게 파미나를 따라 지구로 향했다.

지구로 가는 내내 파미나는 피리를 불었다. 피리에서 흐르는 아름다운 노랫소리가 주위의 행성들을 지켜주었다. 종종 사납게 떨어지는 암석들조차 그녀의 피리 소리 앞에선 길을 비켜주듯 멀어졌다. 보름은 파미나의 뒷모습을 가만히 바라보며 말없이 길을 따랐다. 그렇게 무사히 가게에 도착할 수 있었다.

"고마워, 파미나. 널 만나지 않았으면 우주 미아가 됐을 거야."

오늘따라 '드링크 서점'이라고 쓰여 있는 간판이 유독 작아 보였다. 그리고 그곳에 종업원인 자신도 초라하게 느껴졌다. 보름이 뜨거운 숨결을 억누르며 밝은 척을 했다. 파미나 역시 애써 어색한 분위기를 모른 척했다.

"보름아, 우리 다음에 같이 놀러 가지 않을래? 옛날처럼 말이야."

"좋아."

보름이 웃으며 고개를 끄덕였고, 파미나가 손뼉을 치며 기뻐했다. 그렇게 짧은 재회는 끝이 났다. 파미나는 다시금 제 할 일을 하러 발걸음을 옮겼다.

보름은 파미나의 모습이 보이지 않을 때까지 손을 흔들었고, 그녀가 완전히 멀어진 이후에도 멍하니 하늘만을 바라보았다.

"하아–"

딸랑–

문에 달린 방울 소리와 함께 은은한 조명이 그녀를 반겼다. 가게에 들어서는 보름의 기분은 퍽 좋지 않았다. 포근해서 좋다고 느꼈던 공간이 다르게 보였다. 적어도 지금은 마음에 들지 않았다.

"고생했어."

보름이 안고 있던 책들을 테이블에 올려놓자, 태평한 얼굴의 문이 그녀에게 인사를 건넸다. 울컥 짜증이 솟은 보름은 벽면에 걸린 시계를 가리키며 소리쳤다.

"저 퇴근 시간 지났어요. 지금부터 저는 손님이라는 뜻이죠!"

그렇게 말하곤 의자를 끌어다가 앉았다. 고용인과 피고용인 관계에서 손님과 바텐더라는 위치로 상하 관계가 뒤집혔다. 문은 힐끗 보름을 살피더니, 불꽃이라도 튈 것 같은 그녀의 눈동자를 바라보곤 살며시 입꼬리를 당겼다.

"어서 오세요, 손님. 주문하시겠어요?"

평소 장난을 칠 때와는 다른 미소였다. 정말 손님을 대하는 것처럼 그녀를 대했다. 보름이 메뉴판을 받아들곤 천천히 눈을 굴렸다. '감정'과 '배경' 중 '배경'이 카테고리인 메뉴판이었다.

지난번 그녀가 문에게 어떤 메뉴판을 내밀어야 하냐고 물었을 때, 그는 '마음에 가는 거로 집어, 이야기가 그들을 선택할 거야'라고 답했었다.

보름은 낭만이나 들먹여 대던 그의 행동을 부정할 셈이었다. 메뉴판에서 아무거나 선택한 후, 뭐가 됐든 '제게 어울리지 않는 술이네요'라고 말할 생각이었다.

"저는…"

분명 아무렇게나 고를 생각이었다. 가능하다면 이름이 끔찍한 것을 고르고 싶었다. 하지만 그녀로서는 도저히 지나치기 힘든 메뉴 하나가 딱 눈에 들어오고야 말았다.

그녀의 고민을 헤아린 것처럼 문은 '그걸로 드릴까요?'라고 물었다. 딱딱하게 얼어붙은 것처럼 입이 열리지 않았다. 그래서 결국 고개를 끄덕여 버렸다.

"금방 준비해 드리겠습니다."

문이 금세 재료를 손질하기 시작했다. 보기만 해도 상큼한 레몬과 달콤한 설탕들이 춤을 추는 것 같았다. 그의 손가락 몇 번에 끝나버리는 숙성과 보글보글 올라오는 탄산. 그 위에 흩뿌려지는 푸른 가루는 이전에도 본 적 있는 것이었다.

"여기 '우주 요정' 나왔습니다."

어린아이처럼 변했던 손님에게 문이 건넸던 음료. 파미나의 이야기가 그녀 앞에 놓였다.

"저번과 달리 알코올이 첨가돼 있습니다. 천천히 즐겨주세요."

지킴이가 되고 싶었던 키 큰 요정의 이야기. 문은 이전 어린 손님에게 '요정은 결국 지킴이가 되지 못했다'라고 이야기의 끝을 속였다. 알코올이 첨가되지 않은 음료는 이야기를 끝까지 보여주지 못했으니까.

하지만 지금은 달랐다. 술을 들이켜면 진실을 알 수 있다. 마음 속 깊은 곳에서 누군가 '이제 그만해!'라고 소리치는 것 같았다. 당장이라도 자리를 박차고 싶었으나, 반대로 호기심이 그녀의 손을 술잔으로 이끌었다.

'파미나는 어떻게 지킴이가 됐을까?' 달토끼는 결국 잡아 든 술잔을 단번에 들이켰다.

'지킴이는 힘센 토끼들만 할 수 있는 거란다' 그 말이 키 큰 요정의 꿈을 매번 박살 내버렸다. 그럴 때마다 키 큰 요정의 마음속은 텅 빈 우주와도 같았다. '포기해야 할까?' 그날도 소녀는 홀로 눈물을 훔쳤다.

폭포가 쏟아지듯 무수한 별똥별이 밤하늘을 수놓던 날. 다른 요정들은 별들의 대이동을 축하하며 즐겁게 웃고 있는데, 소녀만이 슬픈 눈으로 별똥별을 바라보았다.

어디론가 빠르게 사라져 버리는 별들이 마치 그녀가 쫓던 꿈 같았다. 아무리 손을 펴서 담아보려고 해도, 그것들은 금세 사라져 버렸다. 그 모습이 너무도 서글펐다.

별이 떠나간 자리에는 새로운 별이 찾아온다. 오늘이 지나면 검은 하늘은 아름다운 별자리들로 다시금 빛날 것이다. 그 사실을 알고 있었지만, 상심한 소녀의 기운을 북돋아 주기에는 부족했다.

쇼가 끝나고 요정들이 흩어지는 와중에도 소녀는 가만히 그 자리에 외롭게 남아있었다. 그러다 발견하고 만다. 모든 별이 떠난 자리에 소녀처럼 덩그러니 남아있는 별 하나. 빛이 너무도 약했기에 자세히 보지 않으면 보이지 않는 별이었다.

소녀는 그 희미한 빛에 이끌려 별에게 다가갔다. 별은 무척이나 작고 초라했다. 나이가 너무 많이 들어버린 행성이라 요정들이 꾸며두었던 장식들은 심각할 정도로 낡고 닳아있었다.

내버려 두면 금방 사라질 별이었지만, 소녀는 아무에게도 관심을 받지 못하는 별이 자신의 처지 같아 발걸음을 뗄 수 없었다. 키 큰 요정은 결국 행성을 청소하기로 했다.

어지럽게 놓여있는 돌멩이를 한곳에 모으기 위해 빗자루질 하던 중, 누군가 소녀에게 말을 걸었다.

"그럴 필요 없단다. 난 곧 사라질 테니까."

소녀는 목소리의 주인을 찾기 위해 주위를 둘러봤지만 보이는 이가 없었다. 한참을 두리번대던 소녀는 목소리의 주인이 이 작은 행성이라는 것을 깨달았다.

"그건… 너무 안타까운 일이네요."

키 큰 요정은 빗자루질을 이어가며 말했다. 탄생이 있다면 소멸이 따르는 것은 당연한 이치였지만, 소녀는 아직 어렸기에 그 사실이 슬펐다. 소녀의 말에 늙은 행성은 너털웃음을 지으며 답했다.

"안타깝긴. 내가 그토록 원하던 순간인걸."

늙은 행성의 말을 소녀는 이해할 수 없었다. 어떠한 별이라도 이 세상에서 사라지는 것을 반기는 별은 없을 것이다. 남들만큼 빛나지 않는 별이라도 말이다.

소녀의 당혹스러움을 헤아린 늙은 행성이 부드러운 목소리로 말을 덧붙였다.

"많은 이들이 별을 보며 소망을 품지. 어두운 밤하늘에서 밝게 빛나는 별일수록 말이야. 하지만 난 그러지 못했어. 다른 별들처럼 빛을 내지 못했지."

늙은 행성의 한 마디 한 마디가 키 큰 요정의 마음에 꽂혔다. 담담히 풀어내는 말들 속에 담긴 슬픔이 느껴졌기 때문이었다. 남들과 다른 자신이, 특별한 것이 아니라 뒤떨어진 것이라고 깨달을 때. 그 순간 마주한 슬픔은 이루 말할 수 없다. 파미나는 그런 슬픔을 아주 잘 알고 있었다.

"그래서 죽음을 기다리신 거예요?"

키 큰 요정이 서글피 물었다.

"아니, 절대 아니란다. 나는 분명 빛날 수 있을 거야. 여태껏 내가 어두웠던 이유는 남들보다 훨씬 밝게 빛나기 위해서였지. 난 그 순간이 바로 직전까지 다가왔음을 느낀단다."

늙은 행성이 노쇠한 목소리를 한껏 높였다. 하지만 키 큰 요정에겐 크게 와닿지 않았다.

그 모습이 자신에게 희망을 주기 위해 거짓말을 하던 할머니의 모습과 겹쳐 보였기 때문이다. 그래도 실망한 티를 내고 싶지 않아, 키 큰 요정은 애써 고개를 끄덕이며 청소를 마쳤다.

"고맙구나. 덕분에 개운해졌어. 선물을 주고 싶은데. 저기 있는 상자를 가져가겠니?"

늙은 행성의 말대로 한편에는 상자 하나가 놓여있었다. 키 큰 요정은 상자에 큰 흥미를 느끼지 못했으나, 행성이 줄 수 있는 마지막 선물인 것 같아 순순히 받아들였다. 그렇게 인사를 마친 소녀는 행성과 멀어졌다.

행성의 모습이 희미하게 보이는 거리까지 왔을 때, 키 큰 요정은 손에 든 상자를 열어보았다. 안에는 구멍이 송송 뚫린 길쭉한 피리가 놓여있었다.

'피리 불 줄 모르는데.'

고맙긴 하지만 그녀의 옛 장난감들과 함께 창고 신세가 될 물건이었다. 행성의 마지막 모습을 보지 못했다면 말이다.

우웅-!

낯선 진동에 키 큰 요정이 재빨리 뒤를 돌아보았다. 늙은 행성이 자리했던 방향이었다. 키 큰 요정은 숨을 죽여 행성의 마지막을 지켜봤다. 희미하게 남은 그 점이 한 번이라도 제대로 빛나길 소망하며.

하지만 그녀의 생각과 달리 빛은 점차 줄어만 갔다. 마침내 작은 점마저 사라졌을 때, 키 큰 요정은 왈칵 눈물이 쏟아질 것 같았다.

'이번에도 거짓말이었어' 코를 훌쩍이는 소녀가 눈가에 맺힌 슬픔을 거뒀다.

팡-!

순간 시야를 가득 채우는 빛이 눈을 멀게 했다.

"우왓!"

허공에 손을 허우적대던 키 큰 요정이 점차 돌아오는 초점에 놀란 마음을 달랬다.

"뭐였지?"

드넓은 우주를 순식간에 채운 백색의 빛깔. 섬광의 중심에는 아무것도 남지 않았다. 분명 그 자리는 늙은 행성이 있던 자리였다.

"거짓말이 아니었어. 정말이었어. 정말, 정말 남들과는 비교도 되지 않을 정도로 커다란 빛이었어"

키 큰 요정은 짙은 여운에서 벗어나지 못한 채, 한동안 가만히 그 자리에 서있었다.

늙은 행성이 보여준 마지막 순간은 그녀의 마음속 어둠을 걷어낼 정도로 밝았다. 키 큰 요정은 다시금 자신의 꿈을 떠올리게 됐다. 지킴이가 되고 싶었던 동기가 생생하게 떠올랐다.

'당신 말이 맞았어요. 정말 환한 빛이었어요.'

늙은 행성의 말을 생각하며 키 큰 요정은 마음 깊은 곳에서 솟아오르는 충만함을 느꼈다. 행성이 그녀에게 남긴 건 찬란한 빛만이 아니었다. 키 큰 요정은 힘들 때마다 행성이 건네줬던 피리를 불었다.

처음에는 낯설었다. 하지만 소녀는 계속해서 피리를 불어댔고, 마침내 노래 한 곡을 연주할 수 있게 되었다. 자신이 받은 피리가 신비한 힘이 있다는 것을 깨달은 건 그때였다.

매섭게 떨어지는 운석들을 이끄는 힘. 그녀의 피리 소리를 따라 많은 행성이 충돌을 피할 수 있었고, 그 공로를 인정받아 그녀는 결국 지킴이가 되었다.

"키야-"

너무도 달콤한 향이 보름의 코에서 뿜어졌다. 단번에 들이킨 탓에 뜨거운 열기가 순식간에 올랐다.

'콜록콜록' 기침이 이어지자, 문이 그녀에게 물 한 잔을 따라주었다. 보름은 벌컥벌컥 찬물을 마시고 나서야 진정할 수 있었다.

"더 드릴까요?"

문이 빈 술잔을 바라보며 물었으나, 그녀는 고개를 저었다. 지금도 어지러울 정돈데 더 마시면 감당이 되지 않을 것 같았다. 몇 잔이나 거침없이 들이켜던 손님들이 대단하다고 느껴졌다.

보름은 물먹은 스펀지처럼 무거워진 머리를 테이블에 기댔다. 단맛이 모두 지나간 입 안에는 쌉쌀한 건조함이 맴돌았다. 그녀의 마음도 딱 그런 상태였다.

"못난이…"

환상처럼 떠오른 이야기는 친구인 파미나의 이야기였다. 분명 잘된 일이고 축하해 줘야 하는 일인데, 못난 마음 탓에 마냥 즐겁지 않았다.

끝까지 꿈을 좇던 파미나와 달리, 달토끼는 '별 디자이너'를 포기하고 다른 힘센 토끼들처럼 지킴이가 되었었다. 당시에는 어쩔 수 없다며, 그게 최선이라고 자신을 타일렀다.

이상에 사로잡혀 있어서는 뒤처질 뿐이라고 마음속의 그림자가 끊임없이 속삭였다. 그렇기에 파미나 또한 결국 다른 요정들처럼 별 디자이너가 될 줄 알았다.

하지만 지금 와서 보니 뒤처져 있는 건 자신뿐인 것 같았다. 그녀는 아직도 삶의 나침반을 제대로 잡지 못하고 헤매는 꼴이었

다. 지킴이도 때려치우고 다시 한번 도전하겠다 내려온 지구. 그
러나 현실은 녹록지 않았다.

보름은 생각했다. 자신에게도 파미나와 같은 기회가 있다면
어땠을까? 의지가 꺾이려는 순간 만난 뮤즈라든가, 꿈을 이룰 수
있는 도구를 받게 된다거나. 그랬다면 그녀도 지금쯤 당당히 별
디자이너가 되지 않았을까?

술기운을 따라 억울한 마음이 스멀스멀 올라왔다.

"바보! 멍청이, 한심한 놈!"

뭐라도 원망할 게 필요했다. 하지만 목적 없는 비난은 결국 자
신에게 돌아와 꽂힐 뿐이었다.

보름이 화풀이하듯 문을 쏘아보았으나, 그는 평화롭게 잔을
닦기만 할 뿐이었다.

"위로라도 해줘야 하는 거 아니에요?"

그녀의 핀잔에도 그는 미소로 일관했다. 보름이 팔짱을 낀 채
그의 입이 열릴 때까지 노려보았다.

문이 잔 정리를 마무리하고 그녀와 눈을 마주쳤다. 그녀는 답
답한 마음에 문이 묻기도 전, 담아둔 말들을 두서없이 내뱉기 시
작했다.

"키 큰 요정이랑 저랑 동갑인 거 아세요? 친구거든요. 제가 지
킴이 합격하면서 걔한테 뭐라고 했는지 아세요?"

손으로 얼굴을 문대며 보름이 지난날을 회상했다. 파미나의 슬픈 표정이 함께 떠올랐다.

"이제 현실을 받아들여야지. 우리도 언제까지 어린애처럼 굴 수는 없잖아. 그렇게 말했어요. 정작 아무것도 아닌 건 저인데, 다 안다는 식으로 그렇게 말했죠. 지금 저를 보세요. 운도 없어 서 도둑질이나 돕고 있는 신센데."

보름이 테이블에 놓인 책들을 바라보며 한탄했다. 스스로가 참 운이 없다고 생각했다. 행성에게 선물까지 받은 파미나와 달 리, 그녀는 지구에 왔을 때부터 근로계약서에 적힌 '노동자의 권 리' 따위는 안중에도 없는 사람들을 수없이 만나왔다.

그저 열심히 일했을 뿐인데, 사람들은 아무것도 모르는 그녀 를 이용하기 바빴다. 지금이라고 뭐가 다르겠나?

"누가 그러더라고요. 될 놈은 되고, 안 될 놈은 안 된다고. 저 는 뭘 해도 잘 풀리지 않는 부류인가 봐요."

말하고 보니 더욱 서러워졌다. 취하긴 단단히 취한 모양이었 다. 보름은 목구멍을 타고 샘솟는 울음을 억지로 삼키며 애써 담 담한 표정을 지으려 노력했다.

'나 같은 사람이 많나 보네.'

슬퍼도 울지 않는다. 눈물토끼의 눈물이 잘 팔리지 않는 것은 많은 이들이 그녀와 같기 때문일 것이다. 빈 잔을 바라보며 보름이 한숨을 토해냈다.

"제 삶도 해피엔딩으로 끝날 수 있을까요?"

문이 무슨 말을 하든 달라질 건 없겠지만, 얄팍한 위로라도 받고 싶었다. 하지만 문은 그저 '글쎄'라고 답할 뿐이어서 보름은 그가 조금 미웠다.

"정말 너무하시네요."

그녀의 볼멘소리에도 문은 별달리 말을 잇지 않았다. 다만, 알록달록한 접시에 별 모양 수제 다과를 담아 그녀의 앞에 놓아주었다. 보름이 시큰둥하게 입을 열었다.

"저 이거 시킨 적 없는데요."

"오늘 재료 사는 거 도와준 답례야. 고생 많았어."

순수한 선의였지만 삐뚤빼뚤한 마음 탓에 미소가 지어지지 않았다.

한입 크기의 다과는 총 일곱 개였는데, 각기 색이 달라서 한데 모아놓으니 무지개 같기도 했다. 어찌나 아기자기하게 꾸며졌는지, 보고만 있어도 심술이 조금은 누그러들었다.

"이야기라는 건 몇 년에 걸친 일들이 모여 만들어지기도 하고, 단 하루에 일어난 일들로 완성되기도 해. 네 삶이라는 책에는 행복한 결말도 있을 거고 슬픈 결말도 있겠지."

문의 수수께끼 같은 이야기가 시작됐다. 보름은 뜨거운 볼을 테이블에 붙인 채, 가만히 오색빛깔로 꾸며진 다과를 들여다보 았다.

"저는 '꿈'에 있어서는 슬픈 결말들만 가득한 것 같아요. 이럴 줄 알았으면 달에나 계속 있을 걸 그랬어요."

"결말은 네가 꿈을 이루고, 이루지 못하고로 정해지는 게 아니 야. 네가 느꼈던 감정과 경험들로 만들어지지. 목적을 이뤄도 슬 픈 결말일 수 있고, 이루지 못해도 행복한 결말일 수 있어."

"그럼 좋은 결말이란 건 뭔데요?"

보름의 질문에 문이 처음으로 고민하는 표정을 지었다. 어떠 한 질문에도 술술 답하던 그가 이 물음만큼은 정말 답이 없다는 듯이 조심스레 입술을 움직였다.

"뒤돌아봤을 때, 후회가 적은 게 좋은 결말 아닐까? 고생했던 경험을 떠올리면서도 추억에 젖어 웃음을 터트리곤 하잖아. 그 땐 그랬지 하고."

깨끗하게 닦은 잔들을 일렬로 내려놓으며 그가 말을 이었다.

"후회란 건 언제나 우리의 뒤통수에 바짝 붙어 있어서 피하기 가 어려워. 하지만 대개 실패한 경우보다는 도전하지 못한 경우 에 후회가 더 크더라고. 숨이 다해가는 사람들이 가장 많이 하는 후회도 '겁먹지 말고 더 도전해 볼걸'이거든. 그런 면에서 너는 잘하고 있다고 생각해."

마지막 말을 입에 담는 그는 짧지만, 진심이 느껴질 정도로 부드러운 목소리를 냈다.

생각지도 못한 칭찬에 그녀는 조금 놀랐다. 하지만 여태까지 다른 사람들에게 들어왔던 비판 때문이었을까? 몽글몽글 올라오는 따뜻한 감정과는 달리, 그녀는 다시금 '툭' 하고 말했다.

"그래도 실패하면 의미 없잖아요. 앞이 막막해요. 정말 제가 잘하고 있는 건지, 지금이라도 남들이 하는 말처럼 살아가야 하는 건지 잘 모르겠어요. 슬픈 결말은 이제 지긋지긋 하다고요."

"봄이 오기 직전이 가장 춥고, 해가 뜨기 직전이 가장 어둡다는 말이 있어. 성공하기 직전이 가장 힘든 순간일 수 있으니 조금만 더 힘내보자는 예시로 많이 사용되지."

탁자에 일렬로 서있던 잔들이 마법에 걸린 듯 각자의 위치로 돌아갔다.

"하지만 내 생각은 좀 달라. 봄과 겨울이 가깝고 어둠과 빛이 맞닿아 있는 것처럼, 성공과 실패도 결국 비슷한 게 아닐까?"

"성공과 실패가 뭐가 비슷해요? 실패는 완전히 망한 거고, 성공은 짠! 좋은 건데."

보름이 혀 꼬인 소리로 투정을 부렸다. 문은 피식 미소를 지으며 말을 이었다.

"마음을 채우는 게 성공이라면, 실패는 마음을 성숙시키니까.

적어도 나는 성공한 이야기보다 성숙한 이야기를 좋아해."

"그거 그냥 저 위로하려고 하는 소리죠?"

"아니. 말한 적 없나? 나는 동화책을 보더라도 그런 장면을 좋아해. 아직 행운이 찾아오기 전, 한 치 앞을 모르는 불안 속에 나아가는 주인공들 말이야. 그들이 꿋꿋이 살아가는 모습은 많은 걸 느끼게 해주거든. 나는 그런 사람들을 진심으로 응원하고 있어."

보름이 여전히 긴가민가한 표정을 짓자, 문은 눈을 게슴츠레 뜨고 속삭이듯 말했다.

"그래서 내가 도서관 관리직에서 잘린 거야. 책에 개입하면 안 되는데 응원하고 싶은 마음을 참을 수 있어야지."

'푸핫' 이번에 웃음을 터트린 건 보름 쪽이었다. 그의 무모함을 듣고 있자니 마음을 콕콕 찌르던 통증이 조금은 풀어졌다.

"너도 마찬가지야. 진심으로 응원하고 있어. 많이 힘들고 어렵겠지. 앞이 보이지 않을 정도로 막막하고, 어쩌면 정말 실패할지도 몰라. 하지만 그럼에도 응원해. 멋있다고 생각하거든. 좋아서 건, 어쩔 수 없어서건. 포기하지 않고 아등바등 노력하는 모습이 밤하늘에 뜬 별 같아. 넌 참 멋져."

문이 눈을 똑바로 마주쳐 오며 말했다. 그 탓에 깔깔 웃던 보름이 어색한 표정을 지으며 토끼 귀를 매만졌다.

"그게 뭐예요."

낯간지러운 소리를 한 주제에 문은 금세 본래의 표정으로 돌아가 버렸다.

머쓱해진 얼굴로 그녀가 테이블에 놓여있는 무지개 다과 중 하나를 집어 입에 넣었다. 달콤한 맛이 순식간에 입 안을 채우며 저도 모르게 입꼬리가 올라갔다.

"맛이 어때? 오늘 산 재료들로 만든 거야."

"맛있어요."

보름이 순순히 고개를 끄덕였다. 씹을수록 향긋한 냄새가 코끝을 간지럽혀서 풍미를 더 했다.

달콤함에 빠져 입을 오물거리는데, 문득 장난스러운 표정으로 돌아간 문과 눈이 마주쳤다. 그가 테이블에 턱을 괸 채로 물었다.

"얼마나 맛있는데?"

종종 그가 그녀에게 술의 맛을 물어볼 때 짓던 표정이었다. 너무 흔하거나 성의 없는 대답을 하면 말꼬리를 잡고 질문 공세를 펼칠 것이다.

보름이 입 안에 있는 다과를 마저 씹으며 고심했다. 마침내 적절한 대답을 떠올렸다.

"오늘 하루를 행복하게 마무리할 수 있을 만큼이요."

5.
보석 요정

    매월 5일. 무엇 하나 다를 것 없는 아침이었지만, 달토끼에게
는 특별한 날이었다. 테이블 위에 먼지를 훔치는 손은 유독 날
랬고, 빗자루로 평소 쓸지 않던 곳도 구석구석 신경 썼다. 그러
는 와중에도 염탐하듯 문에게로 향한 시선만큼은 떨어질 줄 몰
랐다.

    "보름아."

    마침내 문이 고개를 돌렸을 때, 달토끼는 잽싸게 그의 앞으로
다가왔다.

    "이번 달도 고생 많았어."

    내밀어지는 월급봉투에 달토끼의 입꼬리가 씰룩였다. 저번 달
보다 봉투 두께가 두꺼운 까닭은 근로계약에 기재되어 있는 특

수 조항 덕이었다. 문이 시작했다던 인터넷 판매가 잘되는 모양이다.

"제가 이걸 받아도 될까요? 저는 인터넷 판매와 연관돼서는 도와드린 게 없는데."

달토끼가 미안한 표정을 지으며 슬쩍 문을 쳐다보았다. 말은 그렇게 해도 봉투를 쥔 손엔 잔뜩 힘이 들어가 있다. 문이 말을 바꾼다 한들 돌려줄 것처럼 보이지 않았다. 그런 그녀의 모습에 문이 피식 웃음을 터트렸다.

"한 게 없긴, 네 덕에 재료 배달비를 얼마나 아꼈는데. 직접 가지고 오는 게 아니었으면 주문해도 한참 후에나 도착하니까, 시간도 절약한 셈이지. 그리고 종종 손님들에게 내줄 음료도 먼저 맛봐주곤 하잖아."

그의 말에 달토끼가 붕붕 고개를 끄덕였다.

'그럼, 얼마나 고생했는데.'

그녀는 지난날 어깨가 빠지도록 짐을 옮겼던 순간을 떠올렸다. 도서관에서 도망치다 우주 미아가 될 뻔했던 걸 생각한다면, 이 정도 보너스는 합당한 보상이리라.

'앗싸!'

봉투 안을 확인한 달토끼의 표정이 환해졌다.

"네가 마신 술값은 뺐어."

싱글벙글하던 달토끼의 얼굴이 조금 굳어졌다. 하지만 이내 고개를 내저으며 표정을 되돌렸다.

'내가 했던 말이니까.'

손님이라 주장하며 술을 주문했던 건 자신이다. 합당한 대가를 치르는 건 당연한 일이었다. 허나, 그게 얼마였는지 달토끼는 조금 궁금해졌다.

달토끼의 의문을 눈치챈 문이 그녀의 호기심을 풀어주었다.

"보너스의 90%."

"네에-?!"

달토끼가 다시금 봉투 안에 있는 금액을 확인했다. 본래보다 많은 양이 채워져 있는 봉투에서 보너스가 어느 정도였을지 가늠했다. 그러곤 입이 떡 벌어졌다.

봉투 안에 있는 보너스가 고작 10%라면, 보너스의 100% 금액은 월급을 상회했다. 지난날 마셨던 술은 그녀의 월급만큼이나 비쌌다.

"너무 비싼 거 아니에요?"

달토끼가 억울한 표정으로 문을 바라보았다. 바가지라도 쓴 기분이다. 문은 달토끼를 지그시 바라보았고, 진중한 눈빛으로 입을 열었다.

"특별한 손님한테 싼 걸 내줄 수 있나? 재료 아끼지 않고 고급스럽게 대접했지."

"저 잘하고 있다면서요? 진심으로 응원하고 있다면서요? 좋은 말도 많이 해줬잖아요. 조금 정도는 할인해 줄 수도…"

"그건 손님일 때 이야기고, 지금은 직원이잖아."

그가 비즈니스 사원처럼 담백하게 답했다. 그러면서도 입가에는 능글맞은 미소를 보였다. 분명 그녀를 골탕 먹이기 위함이었을 것이다.

달토끼는 '꽥' 소리 지르고 싶었으나 간신히 화를 삼켰다. 그나마 다행인 건, 보너스가 믿기 어려울 정도로 많았다는 것이다. 인터넷 판매가 얼마나 잘되고 있는지는 모르겠으나, 다음 달도 크게 다르지 않을 거라고 달토끼는 마음을 추슬렀다. 그러면서도 다시는 그가 건넨 술을 먹지 않겠노라고 다짐했다.

딸랑-

가게 문에 걸린 종이 울렸다. 보너스의 맛을 본 달토끼는 붉은 눈동자를 반짝이며 빠르게 손님을 맞이했다.

"어서 오세요, 드링크 서점입니다."

달토끼는 습관적으로 향하던 걸음을 급하게 틀어야만 했다. 손님이 들어온 문이 정문이 아닌, 그 옆 쪽문이었기 때문이다.

"안녕하세요."

어깨까지 내려온 단발 사이로 손님의 앳된 얼굴이 보였다. 얼굴뿐이 아니었다. 단정하게 차려입은 교복은 그녀가 10대 청소년이라는 것을 증명하고 있었다.

"혹시 나이가 어떻게 되시나요, 손님?"

조심스럽게 물었지만, 진짜 궁금해서 묻는다기보단 그저 시간을 끄는 행위에 가까웠다. 달토끼의 시선은 이미 문에게 꽂혀있었고, 눈짓으론 벽장에 걸린 술병들을 어떻게 해보라고 신호를 보내고 있었다.

"여기는 미성년자가…"

달토끼는 당혹스러운 상황에도 최대한 티를 내지 않기 위해 노력했다. 하지만 손님의 입에서 튀어나온 말은 달토끼를 더욱 혼란스럽게 만들었다.

"저 여기가 어딘지 알고 있어요. 보름… 님."

이름 뒤에 뜸을 들인 것은 뭐라고 불러야 할지 고민했기 때문 같았다. 학창 시절 누군가의 이름 뒤에 격식 있게 '씨'나 '님'을 붙이는 건 드무니까.

문제는 그게 아니었다. 정확히 그녀의 가슴팍에 닿아있는 시선. 명찰에는 분명 '달토끼'라고 쓰여 있었다. 허나, 눈앞에 손님은 그 글자를 마주하고도 그녀를 '보름'이라고 불렀다.

"점장님."

해답을 얻지 못한 달토끼가 곤혹스러운 표정으로 문을 바라보았다. 그가 손짓했고, 손님은 달토끼를 따라 바텐더와 마주한 자리에 앉았다.

"뭐라고 쓰여 있는지 읽어보시겠어요?"

문이 자신의 명찰을 손가락으로 톡톡 건드리며 물었다. 명찰에는 '문'이라고 적혀있었다.

"달이요."

달토끼가 여태 만났던 손님들과는 다른 대답이었다. 모두가 그의 명찰을 보며 여닫는 문을 떠올렸었다. 달이라고 답한 사람은 한 명도 없었다.

일을 막 시작할 당시 문은 그녀에게 명찰을 주며 말했었다. 혹여 손님이 달토끼가 아닌 '보름'이라고 부른다면 거래에 주의하라고.

마치 전화금융사기 대처법을 알려주듯 심각한 표정으로 당부를 했었다.

"여기 맞죠? 특별한 음료를 파는 곳 말이에요."

소녀의 말에 달토끼는 오소소 소름이 돋았다. 다른 손님들과 다르게 소녀는 이곳이 어떤 곳인지 정확히 아는 듯했다.

'명찰을 다르게 보는 사람과 잘못 거래하면 어떻게 되는데요?'라는 질문에 '끌려가겠지' 나지막하게 답했던 문이 떠올랐다. 장난 같지 않던 말투에 달토끼는 머릿속에 피도 눈물도 없을 만한 냉혈한을 상상하며 침을 삼켰었다. 10대밖에 되지 않은 소녀가 명찰을 다르게 볼 거라곤 상상도 하지 못했다.

"네, 맞습니다. 손님."

문은 여느 때와 같이 평온한 미소를 지었다. 그의 대답에 소녀는 안도의 숨을 내쉬었다. 인터넷에서 산 음료 탓에 얼마나 마음고생을 했는지 모른다.

"문의드릴 게 있어요. 얼마나 찾았는데요."

"운이 좋으시네요. 찾아오셨으니까 말이에요."

문의 말에 소녀는 울컥 쌓여있던 불만을 터트리고 싶었다. 우연히 접속했던 사이트. 소녀는 음료를 즐겨 마시지 않음에도, 알록달록한 색상에 매료되어 상품 하나를 주문하게 됐다. 유일하게 'Non-alcoholic'이라고 쓰여 있던 제품이었다.

추후 일이 벌어지고 소녀는 재빨리 음료를 재주문하려 했으나, '매진'이라는 문구에 식은땀을 흘렸다. 언제 재입고되는지 문의하고 싶었으나, 전화번호도 주소도 사이트에서는 찾아볼 수 없었다.

"어?"

이상한 일이었다. '주소도 전화번호도 모르는데 어떻게 찾아왔더라?' 소녀는 아리송한 기분을 느꼈으나, 문과 눈이 마주치자 본래의 목적만이 떠올랐다. 소녀가 다급한 얼굴로 문에게 호소

했다.

"언제 재입고되나요? 푸른색에 노란 무늬가 섞인 음료 말이에요."

"차분해지는 탄산수를 말씀하시는 거군요. 어쩌죠? 당분간은 만들 계획이 없는 제품이네요."

문의 말에 소녀는 사색이 되었다. 소녀가 벌떡 자리를 박차고 일어나는 탓에 달토끼가 놀라 움찔 몸을 움츠렸다. 명찰을 다르게 보는 사람과 잘못 거래하면 끌려간다는 말이 뇌리에 깊게 남아있어, 달토끼는 경계를 늦추지 않았다.

"부탁드려요, 적어도 한 병만이라도 만들어 주세요. 다음 주에 꼭 필요해서 그래요."

소녀의 이름은 정소희. 총학생회장 선거를 앞둔 학생이다. 인망이 두터운 덕에 담임 선생님뿐만 아니라 많은 친구가 그녀를 돕기 위해 나섰다. 늦은 시간까지 만든 공약카드는 친구들이 머리를 맞대며 제안했던 내용을 그럴듯하게 담았다.

하지만 안심할 순 없었다. 그녀의 라이벌은 운동을 무척이나 잘해 인기가 많은 학생이다. 게다가 그의 집은 부유하기로 유명해서 홍보지 또한 그녀의 것보다 세련되었다.

"죄송합니다, 손님. 만들 계획도 없거니와 미성년자는 1인 1잔으로 제공량을 제한하고 있거든요."

쿠궁, 소희의 마음속에 불안이라는 벼락이 내리쳤다. 인터넷으로 구매할 때만 해도 특별한 인증절차는 없었다.

'이럴 줄 알았으면 그때 여러 개를 샀어야 했는데.'

후회가 소나기처럼 그녀의 마음에 추적추적 내렸다.

"제발요. 다음 주에 연설이 있는데, 제가 모든 걸 망쳐버릴까 봐 두려워요."

사실 그녀가 걱정하는 건, 경쟁자의 재력이나 뛰어난 친화성이 아니었다. 소희가 진정으로 걱정하는 건 자기 자신이었다.

"남들 앞에만 서면 심장이 터져버릴 것만 같아요. 분명 옛날에는 괜찮았는데… 이제는 도저히 어떻게 하면 좋을지 모르겠어요."

그녀는 선거 당일에 학생들이 모인 자리에서 연설을 펼쳐야 한다. 소희는 본래 자신의 이야기를 조리 있게 발표할 수 있었다. 하지만 언제부터였을까? 그녀에게로 꽂히는 수많은 눈동자가 두려워지기 시작했다. 다리는 벌벌 떨렸으며 이마에는 송골송골 땀이 맺혔다. 갑작스러운 변화를 받아들이기 어려웠다. 일시적인 현상이라고 치부했지만, 증상은 좀처럼 나아질 기미가 없었다.

"청심환을 먹어보는 건 어때요?"

이야기를 듣고 있던 달토끼가 살며시 말을 건넸다. 소희는 고개를 내저으며 한숨을 토했다.

"먹어봤어요. 그러면 졸음이 쏟아지거나 집중력이 떨어지더라고요. 몸에 안 맞는 것 같았어요."

달토끼를 향해있던 불안한 눈동자가 다시금 문에게로 옮겨졌다. 소희는 두 손을 꼭 맞잡고 애걸했다.

"여기서 주문한 음료를 마시고 음악 실기 수행평가를 봤어요. 그런데 아무렇지도 않은 거예요. 부작용도 없었어요."

음료의 효력은 그다지 길지 않았다. 소희가 화장실에 간 순간, 차분했던 마음이 다시금 불안해졌다.

"제발요, 한 병만 더 팔아주세요."

소희가 울상인 표정으로 말했다. 그 뒤로 달토끼의 따가운 시선이 느껴졌다. 유독 아이들에게 극성맞은 달토끼는 소녀의 편인 듯 보였다.

'한 병쯤은 괜찮지 않아요?' 달토끼가 눈으로 말했다. 문은 팔짱을 낀 채, 소희와 달토끼를 번갈아 보았다. 그러곤 특유의 장난스러운 미소를 지었다.

"말씀드린 대로 당분간 '차분해지는 탄산수'를 만들 계획은 없어요. 하지만 핵심 원액은 남아있어서 제공해 드릴 수 있을 것 같네요."

문의 미소를 엿본 달토끼는 영 불안한 마음이 가시지 않았다.

반면 소희는 안도감을 숨길 수 없을 정도로 얼굴이 환하게 밝아졌다.

"원액이라도 드릴까요? 대신 값이 좀 비싼데…"

소희는 불안한 얼굴로 주머니 속을 매만졌다. 뒤쪽에 있던 달토끼는 그에게 바가지를 당한 게 떠올랐다. 이번에야말로 어마어마한 금액을 말하면 꽥 소리를 지를 생각이었다.

"서비스로 두 개는 얹어 드릴게요. 차분해지고 싶은 전날 밤, 물에 타서 마시면 됩니다."

문이 직사각형의 작은 유리병 세 개를 테이블에 올려놓았다. 유리병 안에 든 푸른색 액체가 좌우로 흔들릴 때마다, 소희는 꼴깍 숨을 삼켰다.

"얼마죠…?"

"후불로 받겠습니다."

문이 양손을 테이블 위에 올리며 몸을 앞으로 숙였다.

'불공정거래 행위!'

앞쪽에 앉아있는 탓에 소희에게는 보이지 않았지만, 달토끼는 표정을 와락 구긴 채 그를 사납게 노려보았다. 눈앞에 있는 병을 내려다보던 소희는 결심한 듯 고개를 끄덕였다.

"감사합니다."

문이 미소로 화답했다. 달토끼가 말릴 새도 없이 소희는 병을 모두 들고서 밖으로 나갔다. 끼이익, 황급히 열린 쪽문이 천천히 닫혔다.

"젊은 것이, 쯧쯧."

번쩍, 소희가 눈을 뜬 곳은 공원의 벤치였다. 꿈을 꾼 걸까? 뻐근한 몸을 일으키며 주위를 살폈다. 몇몇 주민들의 곱지 않은 시선이 보였다. 답답한 마음에 공원을 내달렸던 게 떠올랐다. 잠깐쉬자는 마음으로 의자에 앉았었는데 어느새 까무룩 잠들었던 모양이다.

'그럼 그렇지' 한숨을 푹 내쉬는 찰나 '달그락' 손끝에 닿는 차가운 감촉이 느껴졌다. 푸른 액체가 담긴 유리병이었다.

"꿈이 아니었어."

소희는 병을 꼭 끌어안고 하늘을 올려다보았다. 머리 위에는 꽉 찬 보름달이 빛나고 있었다.

'아싸!'

마음속으로 쾌재를 질렀다. 가만히 있으면 손 안의 병이 잠결처럼 사라질 것 같아 재빨리 걸음을 재촉해 집으로 향했다.

"다녀왔습니다!"

쏜살같이 귀가 인사를 마치며 어머니의 잔소리를 피해 냉장고로 향했다. 그러곤 물병 하나를 꺼내 방으로 돌아가 이불 안으로 쏙 몸을 숨겼다. 골머리 썩이던 문제를 깔끔히 해결한 것만 같아 속이 뻥 뚫렸다.

한시라도 빨리 유리병에 든 음료를 테스트해 보고 싶었다. 잔에 물을 따르고 유리병 입구를 막은 마개를 잡아 뺐다.

'뻥' 하는 소리와 함께 향긋한 냄새가 올라왔다. 유리병을 기울이자, 투명한 물에 푸른 물감이 번지듯 몽환적인 분위기가 풍겼다.

"후우-"

잠시 주저하던 소희는 이내 눈을 질끈 감고 벌컥벌컥 잔에 든 음료를 단숨에 들이켰다.

'푸하-' 완전히 비워낸 후 천천히 눈동자를 굴렸으나, 특별히 달라진 건 느낄 수 없었다. 긴가민가한 표정으로 침대에서 일어나려는데 일순 쏟아지는 졸음과 함께 몸이 기울어졌다.

양치도 잊은 채, 소희는 그렇게 새근새근 잠에 빠졌다.

음료의 효력을 확인하는 데에는 오랜 시간이 필요하지 않았다.

"오늘 날짜가… 19번, 나와서 이 문제 풀어봐."

머리카락이 희끗희끗 바랜 선생님이 달력을 바라보며 번호를 호명했다. 19번은 소희의 번호였고, 그녀는 의자를 끌어당겨 일어나 천천히 칠판 쪽으로 다가갔다.

"훌륭하구나."

선생님의 칭찬과 함께 옅은 박수 소리가 교실 안에 번졌다. 쏟아지는 시선들. 하지만 떨리지 않았다. 예전처럼 사람들 앞에서도 편하게 웃을 수 있었고, 심장이 빠르게 뛰거나 다리가 풀리는 일도 없었다.

"뭐야? 울렁증 극복한 거야?"

수업이 끝나자마자 단짝 친구가 다가왔다. 단짝 친구의 이름은 윤예지다. 소희에게 입후보 등록을 권유하기도, 그녀의 선거운동을 주도적으로 도와주는 친구이기도 하다. 울렁증에 대해서도 가장 많은 걱정을 해준 친구였다.

"다행이네."

안도의 한숨을 내쉬는 단짝 친구. 그녀의 말대로 너무 다행이었다. 소희는 고개를 붕붕 끄덕이며 기쁨을 표했다. 그날은 선거운동을 마치고 다 같이 떡볶이집으로 향했다.

"난 금방 좋아질 줄 알았어. 소희 아니냐, 내 친구 정소희."

포크로 떡볶이 하나를 푹 찍으며 예지가 말을 꺼내자, 옆에 있던 친구가 웃음을 터트렸다.

"알기는 무슨. 네가 제일 호들갑 떨었잖아."

"아닌데, 아닌데?"

시시콜콜한 이야기로 보내는 시간. 이토록 마음이 편한 게 얼마 만인지. 소희는 새삼 의아스러웠다.

'뭐 때문에 그렇게 마음이 불편했던 걸까?'

사람들 앞에서 떠는 증상은 점점 심해져, 친구들과 함께 있어도 웃을 수 없는 수준까지 다다라 있었다. 하지만 지금은 아니었다. '내가 떨긴 떨었었나?' 싶을 정도로 그녀는 편하게 떠들었다. 어쩌면 증상이 완치됐을지도 모른다고 생각했다.

기대에 찬 소희는 그날 저녁 편하게 잠자리에 들 수 있었다. 푸른 연기가 점점 사그라드는지도 모른 채 말이다.

야구공만 한 크기에 사과처럼 붉은 몸통을 가진 날개 없는 요정. '루비'는 동그란 몸으로 주위를 이리저리 둘러보았지만, 일행을 찾을 수 없었다. 대열을 유지하라는 규칙을 어기고 보석을 파먹다가 결국 낙오된 모양이었다. 하지만 상관없었다. 루비는 강하니까!

루비는 양다리를 땅에 고정한 채, 튼튼한 두 손으로 땅을 헤치며 파고들었다. 루비의 눈매는 무척이나 매서워서 동물들도 가까이 다가가지 못했다. 호랑이도, 곰도 피하는 루비에게 다가오는 동물은 딱 하나였다. 바로 인간이었다.

"너 참 재주가 좋구나!"

루비는 인간이 하는 말을 알아들을 수 없었다. 그래서 '끼르륵!' 크게 울 뿐이었다. 다른 동물이었으면 꼬리를 말고 뒷걸음을 쳤을 텐데, 인간은 미간을 좁히면서도 하하 웃어 보였다.

자신을 두려워하지 않는 모습에 알 수 없는 마음이 싹텄다. 아무리 인간에게 소리를 질러도 그는 떠나지 않았다. 발을 걷어찰 만큼 시끄럽게 울었지만, 그는 귀마개를 하면서도 루비의 곁에 남아있었다.

"같이 할까?"

그는 루비의 행동을 흉내 냈다. 루비의 손과는 비교도 되지 않을 커다란 곡괭이를 가지고 있었지만, 자신의 행동을 따라하는 인간의 모습에 루비는 동질감을 느꼈다.

"하아- 하아."

소희는 일어나자마자 심장이 쿵쾅쿵쾅 뛰는 게 느껴졌다. 음료의 효력이 떨어진 탓일까? 하지만 지금은 누구의 앞에도 서있지 않은 상태다. 그저 침대에 누워있다가 막 잠에서 깼을 뿐이다.

'더 심해진 거야?'

소희는 어찌할지 모른 채, 한참을 침대 위에서 벌벌 떨었다. 그녀를 깨우는 엄마의 목소리가 들렸지만, 숨이 자꾸만 턱까지 차올라 답할 수 없었다. 대답이 없어 이상하다고 생각한 엄마가 방으로 들어와서야 온몸이 땀으로 젖은 그녀를 발견했다.

"소희야!"

놀란 마음에 냉큼 다가온 엄마가 그녀를 안아주었다. 터질 듯 맥동하던 심장이 조금 진정되었다. 긴장이 풀리자 소희의 눈가에서 눈물이 흘렀다.

"오늘은 집에서 쉴래요."

훌쩍이며 간신히 내뱉은 말. 엄마는 그녀의 머리를 쓰다듬어주며 고개를 끄덕였다. 태어나서 처음으로 해본 결석이었다. 하필이면 그날은 선거를 앞둔 마지막 평일, 금요일이었다.

'중요한 날이었는데…'

그녀는 온종일 침대에 누워있었다. 몇 번이고 자리를 박차고 학교로 가는 상상을 했지만, 그럴 때면 자꾸만 심장이 뛰어서 다시 쓰러지듯 이불 속으로 들어가야 했다.

선거 활동을 도와줬던 친구들에게 미안했다. '띠링, 띠링' 그녀의 핸드폰에 계속해서 부재중 전화와 메시지들이 날아들었지만 열어볼 수 없었다.

자꾸만 같은 장면이 머릿속에 그려졌다. 함께 떡볶이를 먹던 친구들, 그 모두가 동시에 그녀에게로 차가운 시선을 보내는 상상. 소희는 떠오르는 이미지를 지우려 안간힘을 써야 했다.

'실망했겠지?'

망상 속에서는 환하게 웃고 있던 친구들이 순식간에 표정을 구겼다. 단짝 친구인 예지는 그녀를 향해 손가락질까지 했다. 절대 그럴 일 없다고 생각하면서도 그녀를 괴롭히는 상상은 끝날 기미가 보이지 않았다.

'더는 못 버티겠어.'

소희는 침대 옆 책상에 놓인 물을 잔에 따랐다. 그리고 직사각형 유리병의 마개를 잡아 뺐다. 투명한 물 위로 푸른 물감이 영롱하게 퍼졌다.

벌컥, 벌컥. 그녀는 단번에 음료를 들이켰고, 거짓말처럼 물러가는 불안감과 함께 스르륵 잠에 빠져 버렸다.

루비는 오늘도 작은 몸으로 팔을 부지런히 움직여 땅을 팠다. 곁에는 마찬가지로 곡괭이질을 하는 인간이 있었다. 땀을 뻘뻘 흘리고 있는 남자에게 루비가 통통 몸을 튀기며 다가왔다.

"끼에엑"

손에서 빛나는 보석. 그건 루비가 먹다 남은 보석이었다. 불쌍해 보였던 걸까? 루비는 남자에게 그것을 내밀었다.

"나 주는 거야?"

보석을 건네받은 인간은 한참을 햇볕에 비춰 보며, 반짝이는 빛깔에 취했다. 기뻐하는 남자를 보자 루비 또한 기분이 좋아졌다. 둘은 그렇게 서로를 돕게 됐다.

루비는 땅에 묻혀있는 보석의 위치를 기가 막히게 알아챘고, 루비가 손짓하면 남자가 커다란 곡괭이로 땅을 팠다.

"오늘도 잘 부탁해"

문제는 남자의 식욕이 나날이 늘어간다는 것이었다. 루비가 배불리 보석을 먹고 나면 남는 보석은 남자의 몫이었다. 남자는 주머니에 보석을 담았기에, 루비의 눈에는 주머니가 그의 입처럼 보였다. 남자의 입은 자꾸만 커졌고, 커다란 자루가 되는 건 순식간이었다.

"넌 정말 훌륭해!"

루비는 매일 보석을 먹을 필요가 없었다. 하지만 자꾸만 찾아오는 남자 탓에 어쩔 수 없이 길을 나서야 했다. 보석을 너무 많이 파면 안 된다는 규칙이 있었지만, 기뻐하는 남자를 보고 있으면 루비는 마음이 약해졌다.

"반갑구나, 꼬마 친구"

시간이 지날수록 많은 사람이 찾아왔다. 그들은 모두 루비에게 상냥하게 굴었다. 사람들은 루비를 '보석 요정'이라고 부르기 시작했다. 어딜 가나 환영받았고 낯설었지만 싫지 않았다.

"보석 요정은 오늘도 예쁘네."

루비를 찾는 것이 사람들의 일상이 되었고, 그런 나날이 영원할 줄 알았다. 하지만 착각이었다.

"우리는 이제 다른 곳으로 떠나기로 했어. 그동안 즐거웠어, 꼬마야."

사람들이 떠나기 시작했다. 일대에 남아있는 보석이 없기 때문이었다. 하나둘 떠나가는 사람들은 자신이 향할 보금자리가 있었다. 하지만 루비는 아니었다. 홀로 남은 루비는 주린 배를 해결할 수 없었다.

"잘 있어, 보석 요정."

마지막 사람을 끝으로 루비는 덩그러니 남겨졌다. 해가 지고 어둠이 사방에 드리워도 루비를 찾는 이는 없었다. 아무리 둘러봐도 보석을 찾을 수 없었다. 이곳저곳 뚫린 구덩이뿐이었다. 보석을 먹지 않는 날이 길어질수록 루비는 몸을 움직일 수 없게 됐다.

"끼에엑"

깊어지는 공복보다 괴로운 건 가슴에 생긴 커다란 공허함이었다.

'무엇을 위해 그들을 도왔던 걸까? 내가 원했던 건 무엇이었을까?' 루비는 점차 좁아지는 시야를 끝으로 몸에 힘이 완전히 풀려버렸다.

'이상한 꿈이야.'

커튼 사이로 스며드는 빛줄기에 소희가 눈을 비비며 일어났다. 두근, 두근. 규칙적인 심장박동은 안정적이었고, 몸을 일으켜 침대 밖을 나서도 다리는 떨리지 않았다. 그제야 다시 온전한 자신으로 돌아온 것 같았다.

'하나 남았네.'

책상에 놓인 유리병 세 개. 그중 두 개는 비어있었다.

'뭐라도 해야 해.'

마지막 하나는 선거일인 월요일을 위해 사용해야 한다. 고비는 내일인 일요일이었다. 음료 효과가 떨어지면 다시 불안감에 파묻힐지도 몰랐다.

그녀는 서둘러 나갈 채비를 했다. 다시 한번 특별한 음료를 팔던 그곳으로 가야 했다. 만약 극심해진 불안감이 음료의 부작용이라면 따져 물을 생각이었다. 제대로 된 주의사항도 없이 팔다니 있을 수 없는 일이다.

"아."

소희는 그 전에 해야 할 일이 떠올랐다. 그녀의 핸드폰 화면에 가득한 부재중 기록. 걱정했을 친구들에게 연락을 취하기로 했다.

가장 먼저 연락한 것은 그녀의 단짝 친구인 예지였다.

"너 정말 괜찮아?"

예지는 전화를 받자마자 호들갑을 떨었다. 그러곤 학교에 나오지 않은 소희를 위해 학교에 있었던 시시콜콜한 이야기를 늘어놓았다. 자신 없이 선거 활동을 했을 친구들을 생각하자, 고마움과 함께 미안함이 몰려왔다.

"오늘 모이기로 했던 거 기억나? 무리하지는 말고, 혹시 괜찮으면…"

"응, 갈게!"

조심스레 말을 꺼내는 단짝 친구의 모습에 소희는 주저 없이 답했다. 실질적인 선거 활동은 학교에 가는 금요일로 끝이 났다. 그렇기에 토요일엔 회포를 풀기로 약속했던 것을 소희는 기억하고 있었다.

시계를 바라보니, 약속 시각에 늦지 않으려면 서둘러야 했다. 소희는 '조금 이따 봐'라는 인사를 끝으로 전화를 끊고 빠르게 외출 준비를 마쳤다.

그녀는 방에서 나와 일부러 더 밝은 목소리로 엄마에게 아침 인사를 건넸다. 엄마의 얼굴에는 근심이 드리워져 있었는데, 평소와 같은 그녀의 모습에 걱정이 누그러든 것 같았다.

"다녀오겠습니다."

힘차게 밖으로 나왔다. 따뜻한 햇볕과 새들의 지저귐은 근심을 거둬가기에 충분했다. 약속 장소에 도착했을 때, 소희는 평소와 같이 미소 지을 수 있었다.

"정소희! 얼마나 걱정했는지 알아?"

친구들은 하나같이 그녀의 상태를 확인하며 걱정 어린 시선을 보냈다. 진심이 담긴 눈빛들이었다.

'이렇게 좋은 친구들이 많은데 뭐가 무섭겠어?'

소희는 친구들을 위해서라도 꼭 완벽한 연설을 해내겠다고 다짐했다.

"배고프다. 우리 뭐 먹을래?"

하루 만나지 않았을 뿐인데 왜 이리도 반가운 걸까? 친구들과의 시간은 아쉬울 정도로 빠르게 지나갔다. 피자 가게에서 점심을 먹었고, 노래방에 가서 신나게 소리쳤다. 그 뒤엔 쉰 목을 축일 겸 카페에 들어갔다.

"소희야, 너도 바닐라라테 마실 거지?"

단짝 친구인 예지의 말에 소희가 고개를 끄덕였다. 예쁘기로 유명한 카페인 만큼 사람이 많았지만, 운이 좋아 빠져나오는 손님의 자리를 차지할 수 있었다.

오늘은 뭘 해도 잘되는 것 같아 소희는 기분이 좋았다. 하지만 음료가 나올 때쯤 던져진 친구의 질문에 그녀는 이상한 기분을 느끼고 만다.

"응?"

소희가 당혹스러움을 숨긴 채 친구를 바라보았다. 질문한 친구는 전학을 와 비교적 알게 된 지 얼마 안 된 아이였다.

"넌 대체 좋아하는 게 뭐야?"

악의적인 의도로 질문한 것 같지는 않았다. 쏠리는 시선에 그가 머리를 긁적이며 설명을 보탰다.

"아니, 그냥. 다른 애들은 어디 가자, 뭐 먹자 말하는데 소희는 뭐가 됐든 다 좋다고 하니까. 커피도 예지랑 똑같은 거 시키길래."

바닐라라테. 그의 말대로 단짝 친구인 예지와 똑같은 메뉴였다.

'내가 바닐라라테를 좋아했었나?'

문득 던져진 의문이 잔잔했던 마음을 떨리게 했다. 어젯밤 분명 차분해지는 음료를 먹었다. 그런데도 묘한 불안감이 다시금 마음 한구석 움트는 것 같아 당혹스러웠다.

"소희가 배려심이 깊어서 그렇지."

단짝 친구인 예지가 분위기를 전환하듯 말을 꺼냈다. 하지만 좀처럼 굳어버린 표정은 풀리지 않았다.

질문한 친구도 괜히 미안한 얼굴이 돼버려 어색한 공기가 흘렀다. 그가 주제를 바꾸기 위해 다른 질문을 했다.

"너 중학교 수학여행 때 연극 했었다며?"

예지가 눈을 동그랗게 뜨고 그를 쳐다보았다. 그 탓에 친구는 이번에도 자신이 좋지 못한 질문을 했음을 깨달았지만, 이미 엎질러진 물이었다. 다들 어떻게 말을 꺼내야 할지 고민하던 중, 소희가 먼저 입을 열었다.

"응, 했었지. 근데 내가 대사를 까먹어서 망해버렸어."

당황한 채 눈치를 살피는 예지와 달리, 소희는 아무렇지 않은 듯 답했다.

"정말 아찔했다니까."

소희가 옅게 웃음을 터트린 덕에 냉랭했던 분위기가 금세 사그라들었다. 예지만이 긴가민가한 표정으로 소희를 살폈다. 당시 온종일 눈물을 펑펑 흘렸던 모습을 바로 옆에서 보았었기 때문이다.

"그때 내가 좀 더…"

촤륵-!

소희가 들고 있던 잔을 실수로 테이블에 쓰러트려 버렸다. 주변이 순식간에 어질러졌고, 친구들이 놀란 표정으로 벌떡 일어났다.

"야, 괜찮아?"

"아, 미안. 괜찮아. 응, 아무렇지도 않아. 미안, 나 때문에."

어쩔 줄 모르는 아이들과 달리 그녀는 뜨거운 커피가 다리에 쏟아지는 데도 여유로웠다. 아니, 여유롭다기보단 감정이 없는 로봇처럼 미소만 짓고 있었다.

소희는 더러워진 손을 닦기 위해 화장실로 향했고, 친구들은 그녀의 손이 옅게 떨리고 있음을 눈치채지 못했다.

"오늘 즐거웠어."

카페를 나선 이후 친구들과 함께 오락실도 들리고 영화도 봤다. 소희는 평소처럼 웃고 떠들었지만, 머릿속은 온통 자신이 망쳤던 순간의 기억뿐이었다. 친구들과 헤어진 후에서야, 그녀는 입꼬리를 당겼던 힘을 뺄 수 있었다.

"다녀왔습니다."

현관에 들어서는 순간부터는 다시금 미소를 지었다. 어제 일로 걱정하셨을 부모님을 위해서였다. 그녀는 눅눅한 감정들을 기억 저편으로 밀어내기 위해 애썼다.

"아빠가 치킨 사 왔어."

거실에서 풍겨오는 그윽한 튀김 냄새가 침을 고이게 했다. 그녀를 기다리고 있던 건지, 남동생을 포함한 엄마, 아빠가 식탁에 모여있었다. 소희도 손을 씻고 얼른 자리에 앉았다.

"잘 먹겠습니다."

TV에서 흐르는 관중들의 웃음소리와 함께 식사가 시작됐다. 부모님의 시선이 느껴졌기에, 소희는 일부러 더 아무렇지 않은 척 밝게 치킨을 입에 넣었다.

"소희야, 너무 걱정하지 마라."

치킨 두 마리 중 하나가 뼈만 남았을 즘, 그녀의 아빠가 상냥히 미소를 지으며 말했다. 아빠는 엄마에게 소희가 월요일에 있을 연설 때문에 힘들어하는 것 같다고 전해 들은 상태였다.

"우리 딸은 분명 잘해낼 거야. 아빠는 믿고 있어."

아빠를 필두로 엄마가 그녀를 격려했다. 남동생 또한 잘해보라며 흘기듯 응원했다.

따뜻한 시선. 분명 힘이 나야 하는데 이상했다. 다시금 등줄기를 타고 흐르는 불안감에 헛구역질이 나올 것 같았다. 그녀는 숨을 꾹 참은 채, 미소로 고개를 끄덕였다.

"저, 잠깐, 친구가 앞에 왔나 봐요. 선거 활동 도와준 친군데, 잠깐만 보고 올게요."

그녀는 울리지도 않은 핸드폰을 괜스레 만지작대며 도망치듯 집 밖으로 나왔다. 계속 자리에 있다가는 다리의 힘이 풀려버릴 것만 같았다. 빠져나가야 한다는 생각뿐이었다.

"허억- 허억-"

집 근처에 있는 공원으로 향했다. 간신히 벤치의 앉자, 부들부들 떨리는 다리가 보였다.

'음료 효과가 끝난 건가?'

마지막 하나는 집에 두고 왔다. 아니, 가지고 있다 하더라도 먹어선 안 된다. 마지막 음료는 연설을 위해 남겨놓아야 했다.

'그만, 그만!'

아무리 속으로 되뇌어 봐도 불쾌한 기억은 사라질 기미가 보이지 않았다. 사라지기는커녕 더욱 선명하게 다가왔다.

수학여행 때 일이었다. 담임 선생님은 초임이었던 탓에 의욕이 굉장하셨고, 수학여행 마지막 날 밤을 위한 작은 역할극을 준비했다. 적극적으로 참여하는 아이들이 많아 순조롭게 진행되던 중, 주연 여자아이가 맹장이 터져 수학여행에 참여하지 못하게 됐다.

급하게 대타를 해야 할 학생이 필요했고, 그게 소희였다. 소희는 부탁을 거절하지 못하는 학생이었기에 분위기에 휩쓸려 수락했다. 남들 앞에서 이야기하는 게 어려운 일도 아니었기에 잘해낼 수 있으리라 스스로도 생각했다.

하지만 다른 아이들에 비해 연습량이 부족했던 탓일까? 무대에 오른 소희는 입이 꽁꽁 얼어버렸다. 예행연습 때 했던 대사들이 하나도 떠오르지 않았다. 그렇게 연극은 그녀의 계속되는 실수로 엉망이 되었다. 쏟아지는 관객들의 시선, 째깍째깍 흐르는 시간과 아무것도 해결되지 않는 상황. 조롱 섞인 웃음소리가 들렸을 때, 시야가 아득해졌다.

'그만, 제발 그만!'

잊었다고 생각했던 공포가 다시금 그녀를 괴롭혔다.

"너 여기서 뭐 해?"

일순 그녀에게 몰려오던 어둠이 걷혔다. 뚝뚝 땀을 흘리며 곁으로 다가온 사람은 다름 아닌 이번 선거의 라이벌이었다.

"박지웅⋯?"

"괜찮아? 상태 안 좋아 보이는데."

그의 말에 소희는 재빨리 얼굴을 가렸다. 이런 모습을 보여주고 싶지 않았다. 멀쩡하게 굴고 싶은데 자꾸만 입술이 떨렸다.

"그냥, 나쁜 꿈을 꿔서 그래."

되는 대로 한 소리였다. 그럴듯한 말을 하고 싶었으나, 당황한 머리는 그다지 도움이 되지 않았다. 소희는 여전히 고개를 숙인 채였고, 떠나는 발걸음 소리는 들리지 않았다.

"흠."

잠시 그녀를 내려다보던 그가 입을 열었다.

"무슨 꿈이었는데?"

"몰라."

"말해봐. 그럼 좀 나을지도 모르잖아."

소희는 그의 집요함에 조금 화가 났다. 가뜩이나 마음에 이는 감정 때문에 짜증이 난 상황이었으니까. 하지만 그녀는 화를 낼 수 없었다. 그녀는 항상 다정하고 친절한 사람이니까. 자신은 그런 사람이니까. 상대방의 기분이 신경 쓰여 가고 싶은 곳도, 먹고 싶은 것도 없이. 항상 남의 선택에 동조하는 사람이니까.

"그냥, 그냥. 보석을 먹는 요정이 되는 꿈이었어. 인간을 만났고 보석이 있는 곳을 다 말해줘서 자기 먹을 게 하나도 남지 않은 멍청한 요정이 되는 꿈."

"딱 너다운 꿈이네."

"뭐?!"

나에 대해서 뭘 안다고. 울컥 치미는 감정에 소희가 고개를 들었다.

"넌 남이 부탁하면 거절 못 하잖아. 진짜 너였어도 보석 위치 물어보면 다 알려줬을걸."

제대로 바라본 그의 등에는 커다란 가방이 들려있었다. 가방에는 큼지막하게 '신속 배달'이라고 적혀있었다.

"그건 뭐야?"

"뭐긴, 배달 가방이지. 아르바이트 중이야."

"너희 집 부자잖아. 용돈도 많이 받는다며… 홍보지도 주문해서 만든 거고."

그녀의 말에 지웅이 미간을 좁히며 어깨를 으쓱였다. 동의할 수 없다는 표현이었다.

"그거 헛소문이야. 용돈은 무슨, 전부 벌어 쓰는 건데. 홍보지도 아르바이트해서 번 돈으로 만든 거고."

'헛소문이라고?'

그녀가 질투했던 것들이 사실은 모두 그의 노력으로 이루어졌다는 게 받아들이기 어려웠다. 괜스레 마음이 삐죽해져, 그녀가 툭 하고 말을 뱉었다.

"그러면 일이나 하지, 왜 얼쩡거려?"

"기껏 신경 써줬더니 말투하곤. 너 옛날에 펑펑 울던 모습 생각나서 그랬다."

그는 그녀와 같은 중학교를 나왔다. 게다가 같은 반이었다. 전교생 앞에서 망했기에, 그녀는 망한 연극의 주인공으로 유명했다. 분명 망했기에 더 많은 관심을 받았으리라.

당시 소희가 크게 낙담하던 모습을 같은 반인 그는 퍽 가까이에서 봤다.

"이번에도 망칠 거야."

그를 보고 있으니 수학여행 때의 기억이 더욱 생생해졌다. 다시금 푹 고개를 숙인 그녀 앞으로 그가 한숨을 내쉬었다.

"그렇게 하기 싫으면 기권해. 내가 학생회장 하게."

"어떻게 기권해?! 애들이 얼마나 많이 도와줬는데!"

결국, 버럭 소리를 지르고 말았다. 남에게 화를 내보는 게 얼마만일까? 쉬익, 쉬익. 숨을 내뱉으면서도 혹 그가 상처받진 않았을까, 조심스레 고개를 들어 눈치를 살폈다.

그가 차분한 목소리로 말했다.

"넌 학생회장 되고 싶긴 하냐? 왜 하고 싶은데?"

입술이 꾹 다물어져 버렸다. 학생회장이 되고 싶은 이유. 사실은 단짝 친구인 예지가 권해서였다.

예지뿐만 아니라 선생님도 친구들도 응원해 줬으니까. 그들을 실망시키고 싶지 않았다. 지금 와서 생각해 보니 학생회장이란 그녀에게 '바닐라라테' 같은 것이었다. 남들이 좋아해서 시켰고, 맛도 나쁘지 않았다. 하지만 정말 그녀가 원하고 좋아하는 것이냐고 묻는다면 답하기 어려웠다.

"너는 왜 학생회장이 되고 싶은데?"

그녀의 질문에 지웅은 주저 없이 답했다.

"운동장에 잔디 깔고 싶어서. 그게 내 공약이잖아. 학생회장되면 건의할 거야."

그는 축구를 좋아한다. 그의 공약이 진정 학생들을 위한 것인지 그를 위한 것인지 아리송했다. 하지만 그의 너무도 명료한 대답에 피식 웃음이 났다.

"그러니까 하기 싫으면 기권하라고."

"그게 말이 되냐?"

현실을 떠올리니 다시금 기분이 가라앉았다. 가방을 내려놓은
그가 그녀의 옆에 앉았다.

"안 될 건 뭐냐? 하기 싫으면 싫다고 하면 되지."

그녀는 잠깐 그의 말처럼 상상을 해봤다. 연설 당일 포기하겠
다고 말하는 자신과 놀라는 친구들. 그들의 얼굴이 수학여행 때
보았던 담임 선생님의 얼굴과 겹쳐졌다. 단상 아래 학생들이 그
녀를 노려보며 손가락질하는 것 같았다.

"못 해. 애들이 다 비웃을 거야."

"어차피 남들은 너한테 별로 관심 없어. 관심 있어도 보고 싶
은 것들만 보지. 나 봐라, 부자라며?"

그가 발밑에 놓인 배달 가방을 툭툭 건드렸다.

"그래도 애들이…"

"애들한테 미안해서? 그래서 좋아하지도 않는 일 억지로 한다
고? 친구들이 참 좋아하겠다."

그의 말이 틀렸다고 생각하진 않았지만, 그렇다고 해서 그의
말대로 친구들의 기대를 저버릴 수는 없었다. 그녀가 그렇게 행
동하면 친구들의 태도가 변할 것 같았다. 그녀에게 대타를 제안

했던 담임 선생님도 그랬으니까.

"그리고 가족이든 친구든 아무리 좋은 의도라고 해도 네가 싫으면 아닌 거야. 아니면 뭐, 평생 맞춰주면서 살게?"

돌연 꿈속에서 보았던 보석 요정이 떠올랐다. 덩그러니 홀로 남겨진 루비. 인간들의 웃음이 싫지 않아 도왔다. 그건 분명 나쁜 게 아닐 테지만, 그로 인해 루비는 삶의 터전을 잃은 셈이었다.

처음 보석 요정의 모습은 어떠한 어려움을 마주쳐도 자신만만하게 헤쳐 나갈 수 있어 보였다. 하지만 마지막 모두가 떠나고 축 처져있던 모습에선 새로운 터전을 찾으려는 노력도, 일어나려는 의지도 보이지 않았다. 어쩌면 루비가 땅에서 파내던 건 보석이 아니라 자신의 진정한 모습이었는지도 모르겠다.

'내가 원했던 건 무엇이었을까?' 루비가 했던 질문이 그녀에게 내밀어졌다.

"나중에 괜히 후회하지 말고 너 하고 싶은 대로 해."

소희는 그가 조금 어른스럽게 느껴졌다. 점심시간이면 공이나 차러 다니는 줄 알았는데, 생각보다 깊은 배려심에 놀라는 참이었다.

"남들이 좋아하는 네 모습으로 살아가지 말고, 네 모습 그대로를 좋아하는 사람들이랑 살아가라고."

"너는 무슨 세상 다 산 사람처럼 말하냐."

"내가 원래 생각이 좀 깊어. 학생회장에 딱 어울리는 인재 아니냐?"

피식, 어이없는 웃음이 소희의 입에서 터졌다. 그 역시 답하듯 미소를 지었다. 돌연 눈에 들어오는 배달 가방에 소희가 물었다.

"일 안 가도 돼?"

"이 근처 피자 배달이 마지막이었어. 오늘은 배달 끝이야."

그가 울적해 보이는 그녀를 발견한 건 순전히 우연이었다. 그 우연이 소희는 조금 고마웠다. 그녀의 뒤에 바짝 눌어붙어 있던 불안감이 상당히 옅어졌기 때문이다. 그녀가 물었다.

"너 나 좋아하지?"

"뭐래."

지웅이 혐오하는 표정을 지었다. 그 반응이 웃겨 소희는 한 번 더 웃음을 터트렸다. 평소라면 하지 않았을 농담이었다. 상대방에게 어떻게 평가받는지 안다는 건 그녀에게 두려운 일이었으니까.

하지만 지금은 그런 장난을 칠 수 있을 정도로, 여태껏 하던 고민이 별것 아닌 것처럼 느껴졌다.

연극 실패를 직접 봤던 그였기에 더 편한 건지도 모르겠다. 이미 끔찍한 모습을 보였다는 사실이 반대로 편했다. 그는 자신에게 어떠한 기대도 품고 있지 않을 테니까.

"이제 갈래."

차분해지는 탄산수를 마신 것처럼 불안감이 누그러들었다. 고개를 들어 하늘을 바라보자, 동그란 보름달이 머리 위에 자리해 있었다.

$$\Y$$

월요일. 연설이 모두 끝나고 투표의 시간이 지나갔다. 당선자가 확정되고, 소감을 말하기 위해 단상에 오른 건 박지웅이었다. 그는 단상에 올라가자마자 잔디 구장의 필요성을 열거하기 시작했다.

"으으— 아까워!"

아쉬움을 토로하는 친구의 옆구리를 예지가 쿡 찔렀다. 그리곤 소희의 눈치를 살폈다. 낙담했을 그녀를 위한 배려였지만, 정작 소희는 사실 아무렇지도 않았다. 그야 연설을 일부러 망친 건 자신이니까.

'떨어버리자.'

소희는 마지막 남은 음료를 결국 마시지 않았다. 천천히 오른 단상. 막상 망칠 생각을 하니, 이제껏 느껴졌던 압박감은 찾아볼 수 없었다.

괜찮지 않은데 괜찮은 척하는 것보다, 괜찮은데 괜찮지 않은 척하는 게 훨씬 쉬웠다. 나름대로 그녀는 주연의 대타로 뽑힐 정도로 연기를 잘했다. 연설을 시작한 그녀는 긴장한 척 말을 떨기 시작했고, 자신 없는 모습은 투표 결과로 이어졌다. 다시 생각해도 훌륭한 연기였다.

"난 괜찮아."

이번 건 연기가 아니었다. 괜찮아서 괜찮다고 한 말. 하지만 단짝 친구인 예지는 괜히 울상이 되어 그녀를 안아주었다. 자신 때문에 모든 노력이 물거품이 됐다. 그런데도 친구들은 그녀를 위로해 주었고, 그 사실이 가슴 뭉클했다.

"특별 활동 과목 선택해서 앞에다 내!"

교실로 돌아오자 분주한 아이들의 모습이 보였다. 다음 주부터 시행되는 특별 활동 때문이었다. 여러 항목 중 하나를 선택해서 참여하는 수업이었다.

"소희야, 너도 영화 감상부 할 거지?"

영화 감상부는 영화를 보는 게 전부인 비교적 쉬운 수업이다. 영화를 보는 것 외에 특별히 할 게 없다는 점이 오히려 학생들에게 인기를 끌었다. 친구들은 모두 영화 감상부에 지원하려는 것 같았다. 찬찬히 내려다본 항목들. 지원서를 내러 가려는 예지에게 소희가 조심스럽게 입을 열었다.

"아니, 나는 다른 거 선택하려고."

"진짜?"

예지가 의외라는 얼굴로 그녀를 바라보았다.

"응. 요리부 신청하려고."

소희는 답하고 나서 꿀꺽 침을 삼켰다.

"너 요리 잘해?"

"잘하는 건 아닌데. 해보고 싶어서…"

입술이 타들어 가는 것만 같았다. 단상 위에서 전교생을 대상
으로 연기할 때보다 떨렸다. 쿵쾅대는 심장 소리는 '예지에게도
들리는 게 아닐까?' 싶을 정도로 시끄러웠다.

'뭐라고 할까?' 예지의 눈을 마주치는 게 두려워졌다. 다행히
침묵은 길지 않았다.

"그래? 그럼 나도 요리부 해야겠다."

"어? 아니야. 나 때문에 안 그래도 돼."

괜히 예지까지 다른 친구들과 멀어지게 하는 것 같아 미안했다.
다시금 불안이 피어오르려는데 예지가 밝은 목소리로 답했다.

"나도 요리 배워보고 싶었어."

마주치는 눈동자. 예지는 감정을 솔직히 말하는 편이었다. 그
녀가 한 번이라도 자신에게 거짓말을 한 적이 있던가?

"잘됐다."

소희는 기쁜 마음으로 고개를 끄덕였다. 더는 불안함이 느껴지지 않았다.

🍸

끼이익-

쪽문을 열고 들어온 문의 손에는 이것저것이 들려있었다. 입맛을 돋우는 냄새에 달토끼가 관심을 보였다.

"그게 뭐예요?"

"피자야. 주문한 건데, 공원에서 받아야 해서 시간이 좀 걸렸어. 먹을래?"

수수께끼 같은 말이었다. 피자를 주문했는데 왜 공원에서 받아야만 했는지 묻고 싶었으나, 이내 관두기로 했다. 물어봐야 알아듣기 어려운 이야기를 할 게 뻔했으니까.

테이블에 내려놓은 피자 옆으로 문이 작은 유리병을 꺼냈다.

"어? 이거 그때 팔렸던 거 아니에요?"

"하나 반납됐어. 필요 없어진 것 같더라고."

달토끼가 유리병을 들어 올렸다. 조명에 비춰 보자, 푸른빛 액체가 병 안에서 찰랑거렸다. 달토끼는 명찰에 새겨진 글자를 '보름'이라고 불렀던 소녀가 떠올라 문에게 물었다.

"점장님 명찰을 '달'이라고 읽는 사람은 조심해야 한다고 했잖아요. 끌려간다면서요?"

"사실 들키면 언제든 끌려갈 거야. 말 안 했나? 이거 불법이라고."

달토끼는 눈이 동그래졌다.

'누구한테 끌려가요?'라고 물으려다 문득 경보가 울리던 도서관이 떠올랐다. 문은 그곳의 관리자였지만 이야기에 개입해서 도망자 신세가 됐다.

"내 명찰을 달이라고 읽는 사람은 여기가 어딘지 알고 찾아온 분들이야. 이곳의 존재를 아는 사람과 거래하면 도서관에 들킬 가능성이 커져. 어쩌면 이사를 해야 할지도 모르겠네."

"그걸 알면서 왜 거래해요?!"

"이곳에 찾아왔으니까."

쿵-

문이 커다란 쇠공을 땅에 내려놓았다. 소녀에게 후불로 받기로 한 음료의 값이었다. 딱 보기에도 무거운 쇠공을 대체 어디다 쓰려는 건지 달토끼는 영 알 수 없었다.

"사실 도서관 집행관들한테 걸리는 것보다 손님한테 안 좋아. 내 운영 원칙이랑도 안 맞고."

폴짝 의자에서 내려온 달토끼가 쇠공을 가까이 보기 위해 다가갔다. 죄인들의 발에나 찰 것 같은 쇠공에는 '타인의 기대'라는 글자가 커다랗게 새겨져 있었다.

"여긴 그저 잠깐 통과하는 '문' 같은 곳이야. 들어오고 나가는 문. 손님들이 이곳의 문을 열고 들어오면 나는 이곳에 준비된 걸 내어주는 거지. 하지만 '달'은 달라. 사람들은 달을 보면서 소원을 빌잖아. 여긴 소원을 이루어 주는 곳이 아니야."

달토끼는 문의 말을 건성으로 들으며 고개를 끄덕였다. 그리곤 다시 테이블에 놓인 유리병으로 시선을 옮겼다. 문은 이 액체로 차분해지는 탄산수를 만들 수 있다.

"점장님은 신기한 것들을 참 당연하다는 듯이 만드시네요."

문이 살며시 미소 지으며 테이블에 놓인 피자에 손을 댔다. 피자는 아직 열기가 남아있어 그의 손을 따라 치즈가 쭉 늘어났다.

"그런가? 나는 차분해지는 음료를 만드는 것보다, 우울함에 빠진 친구를 위로해 줄 수 있는 게 더 신기하고 특별한 일이라 생각하는데."

⁓6.⁓
두 번째 이별

금요일 저녁. 시계의 시침이 '6'을 가리키자, 북적이던 사무실이 빠르게 정리되어 갔다. 오늘만큼은 야근하는 사람도 없을 것이다.

"추석 잘 보내세요."

탁자 위 달력에는 붉은색 숫자들이 동그랗게 표시되어 있었다. 주말을 포함해 월, 화, 수 연달아 쉬는 5일짜리 황금연휴를 알리는 표시였다.

직장 내에서는 진즉부터 해외여행을 계획한 사람도 있었고, 미뤄놨던 게임들을 몰아치려는 사람도 있었다. 이제 막 새내기 티를 벗어낸 '한아름'은 연휴 동안 고향에 내려갈 생각이다.

'서두르자.'

아름은 회사 공용 냉장고 안에 있는 반찬통을 여행용 가방 안에 담았다. 퇴근하자마자 바로 내려갈 생각이었기에, 아침에 따로 넣어놨던 반찬통이었다.

"늦지 말아야 하는데."

서둘러 퇴근을 마친 후, 북적북적한 지하철에 몸을 밀어 넣어 서울역으로 향했다. 많은 사람이 이동하는 날인 만큼 지방으로 향하는 고속 열차 탑승권도 한 달 전에는 예매해야 했다. 예약할 수 있었던 열차조차 퇴근 시간과 딱 맞아떨어져서 자칫 아슬아슬하게 놓칠 수도 있는 상황이었다.

"빨리, 빨리."

철로를 따라 줄줄이 정차해 있는 열차들이 보였다. 커다란 스크린 위로 이제 곧 출발할 열차와 승차장 번호가 떠올랐다. 안내 방송을 들으며 북적이는 인파를 뚫고 에스컬레이터에 오르면서도 계속해서 시간을 확인했다. 타야 하는 열차가 눈앞에 보이고, 아직 몇 분의 여유시간이 있었지만, 초조한 마음에 머릿속에선 갑자기 열차가 출발하여 귀성길에 오르지 못하는 자신이 그려졌다.

"하, 큰일 날 뻔했다."

다행히 불행은 상상에 그쳤다. 의자 시트에 털썩 기대고 나서야 불안한 마음이 가셨다. 열차표에 적혀있는 좌석 번호와 열차

번호를 몇 번이고 확인한 끝에 아름은 긴장했던 몸을 스트레칭하듯 쭉 뻗었다.

고객 여러분 안녕하십니까? 우리 열차는 부산역까지 가는 고속 열차입니다. 저희 승무원은 고객께서 편안히 여행할 수 있도록 정성을 다하겠습니다.

경쾌한 음악과 함께 안내 방송이 흘러나왔다. 걱정을 내려놓자 눌려있던 그리움이 피어올랐다. 참 오랜만에 들르는 집이다.

'어쩌다가 서울까지 와버렸지…'

학창 시절, '서울' 하면 동경심보다는 궁금증이 일었다. 호기심의 출발은 엄마였다. 서울에서 태어나 자란 엄마는 일 때문에 지방으로 출장을 왔다가 아빠를 만났다고 했다.

첫인상은 별로였는데 아빠가 자꾸 쫓아다녀서 마음이 열렸다고 한다. 엄마가 그런 얘기를 할 때면 아빠는 부정하지 않고 멋쩍게 헛기침을 했다. 그러면서도 '운이 좋았지. 세상에서 가장 다정한 사람을 만났으니까'라고 엄마가 말하면 아빠의 입꼬리가 씰룩였다.

"하암–"

창문 밖으로 빠르게 지나가는 풍경이 지루해질 때쯤 졸음이 쏟아졌다. 그녀는 왜인지 자동차를 타도 멀미 대신 눈꺼풀이 무거워졌는데, 열차를 타도 마찬가지였다.

특별히 무언가를 더 하지 않아도 목적지까지 무사히 도착할 수 있다는 안도감 때문일까? 의자가 침대처럼 부드러운 것도 아닌데 포근하고 편했다. 다행히 떠드는 사람도 없어 눈을 감고 노곤함에 젖어 들 수 있었다.

Ⓨ

…역에서 발생한 전차선 장애로 인하여, 현재 모든 고속 열차 운행이 중지되었습니다.

들려오는 안내 방송과 웅성거리는 승객들의 소리로 부스스 어지러운 머리를 일으켰다. 사람들은 하나같이 낭패스러운 얼굴을 하고 있어서, 잠에서 완전히 깨어나지 못한 상태로도 뭔가 잘못됐다는 걸 직감할 수 있었다.

이용하지 못한 승차권은 전액 반환되오니 이 점 참고하시기 바랍니다. 열차 운행에 불편을 드려 죄송합니다.

뒤이어 다른 대중교통을 이용하라는 말이 이어졌다. 피곤함이 확 달아나 버렸다. 다른 교통수단이라고 해봐야 추석으로 인해 자리가 있을지 없을지도 모르는 상황이었다.

'여기 어디야?'

짐칸에 넣어두었던 여행용 가방을 들고선 서둘러 열차에서 내렸다. 콩닥대는 가슴으로 낯선 풍경을 두리번거렸다.

승차장의 커다란 시계는 오후 9시 30분을 가리키고 있었고, 그 옆으로는 역사의 이름이 적혀있었다. 부산역에서 하나 전인 울산역이었다.

'제발, 제발!'

빠르게 앱을 실행시켜 자리가 있는 대중교통을 찾아보았지만 역시나 없었다. 택시를 잡는 방법도 있겠지만 예상 요금이 고속 열차 운임보다 비쌌다. 자연스레 손바닥이 지끈거리는 머리로 향했다.

"어쩔 수 없지, 뭐."

한참을 고심한 끝에 방법이 없음을 깨달았다. 갑작스러운 사태에 부정만 하고 있어 봐야 해결되는 일은 없다. 일단 부모님에게 전화부터 하기로 했다. 괜히 걱정하실 것 같아 최대한 부드러운 목소리를 내려 큼큼 목을 가다듬었다. '뚜루루-' 단조로운 신호음 몇 번에 통화가 연결됐다.

"어, 딸. 잘 오고 있지? 부산역으로 가고 있으니까 도착하면 연락해. 출장 왔다가 회의가 길어져서 이제 막 끝났어. 조금 늦을지도 모르겠네."

"그래? 잘됐네. 나도 좀 늦을 것 같아."

"왜? 차 시간 놓쳤어?"

"아니, 그건 아니고. 열차가 멈췄어. 무슨 문제가 있나 봐. 별건 아니고…"

"뭐? 어딘데? 열차 안에 있어? 지금 상황이 어떤데?"

걱정이 덕지덕지 묻어난 목소리였다. 차분히 말했다고 생각했는데, 걱정되는 건 어쩔 수 없나 보다.

"아이, 별거 아니라니까. 내렸어. 지금 울산역이야. 택시 타고 가려고."

"울산역? 그래 알았어. 마침 가는 길이니까 거기서 기다리고 있어. 데리러 갈게."

"뭘 또 와? 그냥 택시 타고 간다니까."

"아, 글쎄 갈 테니까 기다려. 거기서 택시 타면 얼마나 비싼데, 돈 아깝게. 괜히 추운데 역에 앉아있지 말고, 어디 식당이라도 들어가 있어."

"괜찮아. 춥긴 뭐가 추워."

"이제 가을이라서 추워! 말 들어. 알았지? 1시간은 걸리니까.

따뜻한 데서 기다리고 있어."

"괜히…"

"됐어, 됐어."

되긴 뭐가 됐는지… 그렇게 통화는 끝이 났다.

"1시간이나 걸리면서 무슨 가는 길이래."

허술한 거짓말에 반박하고 싶었으나, 불안했던 마음이 거짓말처럼 사라진 것도 사실이었다.

'얌전히 기다리자.'

역사를 나오자 잔뜩 서있는 택시와 버스들이 보였다. 괜찮은 식당 어디 없을까 둘러보았지만, 특별히 보이는 게 없었다. 생각 없이 걷다가 '그냥 역사 안에서 기다릴까?' 싶을 때쯤 저 멀리 희미한 불빛이 보였다. 홀린 듯 다가가자 주위 분위기와는 동떨어진 작은 가게가 있었다.

〈당신의 인생이 책 한 권과 같다면〉

'나쁘지 않은데?'

아늑한 분위기가 그녀의 취향에 꼭 맞았다. 문고리에 손을 대자, '끼이익' 낡은 경첩 소리와 함께 '딸랑' 문에 달린 종이 울렸다. 가게가 외진 곳에 숨겨져 있는 탓인지, 손님이 하나도 없었다.

"어서 오세요. 드링크 서점입니다."

밝은 목소리로 인사를 건네는 종업원의 머리 위로 토끼 귀가 보였다. 추석 하면 떠오르는 보름달의 토끼가 생각나 자연히 미소가 지어졌다.

'귀여워.'

살랑살랑 흔들리는 귀를 따라 자리에 앉았다. 메뉴판을 받고 선반 위에 놓인 술병들을 보고서야 술집이라는 걸 알아챘다. 술병들과 잔들이 어찌나 예쁘고 모양이 다양한지, 처음에는 차를 파는 곳인가 싶었다.

"안주는 없나요?"

메뉴판에서 시선을 떼 고개를 들자, 바텐더와 눈이 마주쳤다. 파란색 머리를 한 그에게선 이국적인 분위기가 풍겼다. 명찰에는 '문'이라고 적혀있었다.

"술을 고르시면 어울리는 음식을 서비스로 드릴게요."

"대박."

술을 고르면 안주가 공짜라니.

'남는 게 있는 걸까?' 싶다가도 '말도 안 되게 비싼 거 아니야?'라는 불안한 마음이 들었다. 메뉴판에는 술의 가격이 제대로 명시되어 있지 않았다.

'조그만 가게인데, 설마…'

그렇게 생각하면서도 그녀는 가장 저렴할 것 같은 메뉴를 손가락으로 짚으며 물었다.

"이건 얼만가요?"

"추석맞이 한정 메뉴를 골라주셨군요."

빙그레 웃으며 답하는 그의 입에선 생각보다 저렴한 금액이 흘렀다. 편의점 소주 가격과 크게 차이 없는 가격이었다.

한 잔에 소주 한 병 가격이었지만, 포도주나 칵테일 값치고는 저렴했다.

"이걸로 주세요."

그가 고개를 끄덕였고, 현란한 쇼가 시작됐다.

오른손에 있던 셰이커가 왼손으로 갔다가 어느새 공중을 한 바퀴 돌고 있었다. 처음 보는 광경에 멍하니 시선을 뺏긴 사이, 순식간에 술이 완성됐다. 쇼는 그게 끝이 아니었다.

'마술인가?'

기름을 두른 프라이팬을 들고 그가 손가락을 몇 번 '딱딱' 부딪치자 불꽃이 '화르륵' 타올랐다.

가스레인지가 있는 것도, 불을 붙이는 도구가 따로 있는 것도 아니었다. 그저 팬을 허공에 흔들어대는 것만으로 불꽃이 뿜어지고 열기를 머금었다.

토끼 귀를 한 종업원이 바텐더에게 달걀 물을 건네주었고, 술과 마찬가지로 어느새 계란말이가 눈앞에 나타났다.

"천천히 즐겨주세요."

콧잔등을 간질이는 따뜻한 냄새가 침샘을 자극했다. 입 안에 넣자마자 샤르르 녹는 계란과 함께 치즈 향이 그윽하게 퍼졌다.

'치즈는 언제 넣은 거야?'

계란말이라기보단 오믈렛에 가까웠다. 굉장히 만족스러웠다. 오물오물 입을 움직이며 자연스레 시선을 술잔에 두었다. 푸른 빛이 들어차 찰랑거리는 모습이 방파제에 부딪히는 파도 같기도 했고, 푸르디푸른 가을 하늘 같기도 했다.

'맛있겠지?'

혀끝에 남은 치즈를 삼켜내며 잔을 조심스레 입에 가져다 댔다. 향이 느껴지는 칵테일은 아니었다. 입에 담은 채 꿀꺽 삼켜내자, 저도 모르게 탄성이 터졌다.

"으엑."

혀가 쭉 내밀어질 정도에 씁쓸함. 재빨리 입을 손으로 가렸지만, 만들어 준 사람을 바로 앞에 두고도 절로 인상이 찌푸려질 정도로 맛이 없었다. 그나마 오믈렛을 허겁지겁 입 안에 넣자 끔찍한 맛이 중화됐다.

'이걸 어울리는 안주라고 불러도 되는 걸까?'

술집이 아니라 음식점을 차렸어야 했을 것 같다. 술잔을 더 기울일 마음이 나지 않아 스마트폰을 만지작댔다.

'역에서 내려오면 보이는 작은 술집에 있어.'

부모님에게 문자를 보냈지만, 운전하고 있는 건지 답장이 바로 오지는 않았다.

'예쁘긴 참 예쁜데…'

금세 올라오는 뜨거운 열기. 도수가 높은 술인 모양이다. 가만히 보고 있으면 푸른 바다와 높은 하늘이 잔 안에 비쳤다. 생긴 것만 놓고 보면 참 매혹적인 칵테일이었다. 혀에 닿은 감촉이 생긴 것과 전혀 어울리지 않을 뿐.

'첫 잔이라 썼나?'

다시 한 모금 입에 담았지만 역시나 마찬가지였다. 이번엔 대비하고 있었기에 표정이 일그러지기 전에 얼른 오믈렛을 집어먹었다.

"후하~"

들이쉬는 숨이 더욱 차갑게 느껴졌고, 내쉬는 숨이 더욱 달궈졌다. 나름 술 좀 마신다고 생각했는데 두 모금 만에 뺨이 화끈거렸다. 잔에는 한 모금 정도의 바다가 남아있었지만 마실 엄두가 나지 않았다.

'답답해.'

칵테일이 목으로 넘어갈 때마다 인상이 팍 써졌다. 그러면서도 흔들리는 물결을 보고 있으면 홀린 것처럼 금세 또 손이 잔을 향해 움직였다.

취기로 인한 열기와는 다른 무언가가 가슴속에서 꿈틀거렸다. 숨을 조이듯 눌려오는 압박에 '왁!' 소리를 지르고 싶은 충동까지 들었다.

'너무 지쳐서 그런가?'

알 수 없는 서러움이 몰려들었다. 연휴를 즐기기 위해 처리해야만 했던 업무들. 야근도 마다하지 않고 불사른 탓에 스트레스가 응어리졌나 보다.

'정말 그래선가?'

실수해서 상사에게 혼났을 때도 이렇게 답답하고 서럽지는 않았다.

'대체 뭐가 문제일까?' 고민하던 중, '딸랑' 뒤쪽에서 가게 문이 열리는 소리가 들렸다.

"딸!"

"엄마?"

반가운 목소리. 고개를 돌리자 이쪽을 바라보며 미소 짓는 엄마가 보였다. 그제야 가슴을 꽉 막고 있던 답답함이 녹아내렸다.

"어후, 술 냄새. 술도 못 먹는 게 여기서 뭐 해? 밥은 먹었어? 계란말이? 그걸로 되겠어? 밥을 먹어야지, 밥을."

옆자리에 앉는 엄마는 잔소리부터 쏟아냈다. 와락 부둥켜안고 폭풍 오열할 마음이 쏙 들어가 버린다. 괜히 입술만 삐죽 나와서 퉁명스럽게 답했다.

"내가 애야? 나 그리고 술 잘 마셔."

"잘 마시긴. 얼굴이 빨개 가지고 제정신도 아닌 것 같고만."

혀를 쯧쯧 차는 엄마는 고개를 절레절레 흔들었다.

"엄마는 무슨 말을 그렇게 해?"

"어휴, 괜히 성질은. 잡아먹겠다, 잡아먹겠어."

피식 웃음을 터트리는 엄마의 모습에 삐쭉 나왔던 입술이 자연스럽게 올라갔다. 그러다 왈칵, 댐이 무너진 것처럼 눈물이 쏟아졌다.

"진짜…"

울 상황도 아닌데 눈물이 나서 당황스러웠다. 엄마가 식탁에 놓인 티슈를 빼서 쏟아지는 눈물을 닦아주었다.

"왜 그래? 요즘 많이 힘들어?"

토닥토닥 등을 두드려 주는 엄마의 품은 참 따뜻했다. 자동차나 기차보다 훨씬 작은데도, 비교도 되지 않을 포근함이 전신을 감싸왔다. 훌쩍, 훌쩍. 터진 눈물샘이 잦아들 때쯤 엄마가 웃음을 터트렸다.

"넌 참 운도 없다. 하필 탄 열차가 멈추고 그런다니?"

"울산역까지 온 게 어디야."

짓궂은 말에 잠긴 목으로 항변했다. 하지만 달래줄 때는 언제고 엄마의 공격은 뒤로도 이어졌다.

"다 큰 애가 아직도 이렇게 눈물이 많아서 어떡해? 아직도 엄마 품에서 울고나 있고. 그렇게 눈물이 많으면 그거 닦아줄 멋진 애인이라도 사귀든가. 너희 아빠 같은 남자 딱 만나서 데려오면 좀 좋아?"

"에이씨, 나 아직 젊어."

"누가 결혼하래? 어디 괜찮은 애 좀 만나 봐, 엄마 걱정 안 하게. 지겹다, 지겨워."

"몰라, 미워."

심술 가득한 목소리로 답했지만, 엄마를 껴안은 팔을 풀 생각은 없었다.

"언제까지 애처럼 이럴 거야? 엄마가 평생 네 옆에 있을 수 있는 것도 아니고. 엄마 죽으면 무덤 위에서 울고 있을래?"

"아, 왜 그렇게 말하냐고!"

엄마의 말에 버럭 소리를 질러 버렸다. 엄마는 늘 이런 식이다. 옛날부터 말을 해도 참 속상하게 하는 능력이 있다.

"애인 생겨봐라, 니가 이렇게 엄마 안고 있기나 할까? 엄마는 나 몰라라 애인 좋다고 걔하고만 놀 거면서."

"엄마랑도 같이 놀 거야!"

"효녀 났네, 효녀 났어. 같이 놀긴, 뭘 같이 놀아. 셋이서 고스

톱이라도 칠까?"

화는 나는데 뭐라고 하든 불리할 게 뻔해서 입을 다물었다. 지금 할 수 있는 가장 큰 반항이라곤 그저 안고 있던 엄마에게서 떨어져 잔뜩 심술 난 표정을 하는 것 정도였다.

"됐어. 이제 집에 갈래."

"그래. 가야지."

술이 남아있는 잔을 만지작댔다. 마시고 싶지 않았지만, 술도 못 먹는다고 놀렸던 엄마가 바라보고 있어 남기기 싫었다. 괜히 시간만 늘어지던 차에 발밑에 닿은 여행용 가방이 떠올랐다.

"아, 맞다. 나 요리해 왔어."

"요리? 니가 그런 것도 할 줄도 알아?"

"가끔 보면 나를 너무 무시한다니까? 잡채만 해왔어. 차례 지낼 때 쓰려고."

지이익, 여행용 가방의 지퍼를 열어 옷더미 속에 소중히 파묻혀 있는 밀폐 용기를 꺼냈다. 안에는 잡채가 가득했다.

"차라리 아빠가 좋아하는 전을 해오지."

"아, 엄마 잡채 좋아하잖아!"

"응?"

"옛날에 차례 끝나면 맨날 엄마는 잡채만 먹었잖아. 그거 생각나서 해왔…"

왜지? 반찬을 다 챙긴 것도 아닌데, 왜 잡채만 만들었을까? 차례를 지낼 건데, 왜 엄마가 좋아하는 음식을 해왔지? 엄마가 만든 음식이 당연히 더 맛있을 텐데, 왜 내가 요리를 한 걸까? 근처 시장에서 살 수도 있는데, 왜 군이 여행용 가방에 담아 회사에까지 들고 갔을까?

돌연 가슴을 꽉 누르고 있던 것이 무엇인지 떠올라 버렸다. 실루엣처럼 흐렸던 기억이 점차 선명해질수록 숨이 턱 막혀왔다.

"엄마."

돌아가는 고개와 함께 흔들리는 엄마의 머릿결이 반짝였다. 피부도 푸석푸석하지 않았다. 마치 옛날처럼. 지금은 그럴 수 없는 것처럼.

"왜 나한테 숨겼어?"

엄마의 얼굴에서 웃음기가 사라져 갔다. 그럴수록 현실이 한 발자국 더 다가왔다.

'말하지 마, 말하지 마. 그냥 다 말하지 마!'

비상등이 켜진 마음이 외쳤지만, 입술이 멋대로 움직였다.

"아프면 아프다고 말을 해야지, 왜 나한테 숨겼냐고. 내가 얼마나 배신감이 컸는지 알아? 왜? 왜! 나한테는 왜 말 안 했는데…"

취업하기 전부터 서울에서 살고 있었으니까, 집에서 나온 지는 꽤 오래됐을 때였다.

나는 뭐가 그렇게 바빴던 걸까? 상사의 작은 호의에도, 거래처 사람의 농담에도 쉽게 귀 기울이곤 했으면서, 정작 엄마의 목소리는 제대로 듣지 못했다.

뭐가 그렇게 귀찮았을까? 웃으면서 부드럽게 전화 받을 수 있는 건데, 왜 그렇게 짜증을 내고 '다음'이라는 말만 앵무새처럼 반복했을까?

암이었다. 엄마의 속을 갉아먹는 병. 자식이 걱정한다며, 취업 준비하는 애 정신 산만해진다며, 회사 적응하는데 신경 끼치지 말라며. 엄마는 자신의 병을 나에게 말하지 않았다.

한참이 지나서야 알게 됐다. 홀쭉해진 엄마는 내가 알던 모습과 많이 달라져 있었다. 이제야 내가 엄마를 챙겨줄 수 있는데. 취업해서 맛있는 것도 사주고, 좋은 데도 같이 놀러 갈 수 있는데. 엄마는 기다려 주지 않았다.

잘못했다고 빌었다. 한 번만 더 기회를 달라고 신에게 빌었다. 다 필요 없다고. 우리 엄마 아픈 것만 해결해 달라고. 악성이니, 전이니 하는 말들 위로 빌고 또 빌었다. 하지만 허락되지 않았다. 작년 겨울 엄마는 그렇게 내 곁을 떠났다.

"엄마 많이 아팠지?"

뚝, 뚝. 흐려지는 시야 속에서 엄마를 잃지 않기 위해 안간힘을 썼다.

"엄마 많이 아팠잖아."

시선을 가리는 머리카락을 떼어주며 엄마가 웃었다.

"미안해. 딸한테는 아픈 거 안 보여주고 싶었어. 그리고 축하
해. 원하는 회사에 들어간 거. 축하파티도 제대로 못 해줬네."

"그게 다 무슨 소용이야?"

혼자만 꾹 눌러 담았던 울분 속에서도 엄마는 여전히 가만히
내 얼굴을 바라보고 있었다.

"아직도 안 믿겨. 엄마가 내 곁에 없다는 게. 고향에 돌아가면,
전화를 걸면 금방이라도 엄마를 볼 수 있을 것 같은데. 너무 보
고 싶은데…"

엉망이 된 얼굴로 엄마를 꼭 끌어안았다.

"안 가면 안 돼? 계속 이렇게 옆에 있어 주면 안 돼?"

부드러운 손길이 머리카락을 매만졌고, 상냥한 목소리가 귓가
에 닿았다.

"너 그때 기억나? 중학생 때였나, 고등학생 때였나. 방문이 안
잠겨서 짜증 난다고 소리쳤었잖아."

사춘기 때였다. 불쑥불쑥 방에 들어오는 엄마에게 짜증을 냈
던 날. 자기도 다 컸다느니, 사생활 침해라니, 하도 화를 내서 부
모님이 방문을 잠글 수 있도록 경첩을 달아줬었다.

"사생활 보호를 해줘야 한다면서? 엄마는 지금도 그래. 매일

너만 쳐다보고 있는 줄 알지? 아니야. 너도 다 큰 앤데 엄마가 계속 쳐다보고 있으면 되겠어?"

아무리 세게 끌어안아도 엄마의 무게가 줄어드는 것 같았다. 마치 병으로 말라갔을 때처럼.

"그러니까 너도 가끔만 엄마 생각해. 부담스러워."

괜찮은 척하지만, 엄마의 목소리도 희미하게 떨리고 있었다. 습기를 잔뜩 머금은 음성이 이별을 고하는 것만 같았다.

"나 엄마한테 너무 못 해준 게 많은 것 같아."

"아빠한테나 잘해."

스르륵, 엄마의 목소리가 멀어져 갔다. 품에 안은 촉감이 사라져 갔다. 탁자 위에 놓인 쓰디쓴 술 또한 완전히 비워졌다. 하지만 포근함만은 그 자리에 여전히 남아있어서 우느라 지친 몸을 쉬게 해주었다.

"아름아! 식당에라도 들어가 있으라니까, 왜 밖에서 기다리고 있어?"

"아빠?"

눈을 떴을 때, 덩그러니 길바닥에 웅크려 앉아있는 자신이 보였다. 주위를 둘러봐도 묘한 분위기를 풍기던 가게는 자취를 감춘 듯 보이지 않았다. 보이는 거라곤 근심 가득한 눈빛뿐이었다. 아빠는 역에서 통화했을 때만큼이나 걱정스러운 목소리로 안위를 살폈다.

"술 마셨어?"

"응, 조금."

"가자. 감기 걸리겠다."

아빠의 차에 몸을 실었다. 여름이 지나가고 밤은 찬 기운이 돌무렵인데도, 그녀의 몸은 누군가 꼭 껴안고 있었던 것처럼 따뜻했다.

"좀 늦었지? 차가 막혀서."

"요즘에도 출장 많아?"

"어? 그렇지."

운전대를 잡은 아빠의 옆모습을 가만히 바라보았다. 언제 이렇게 주름이 많아진 걸까?

"출장 많아서 힘들지? 맨날 다른 데서 자야 하잖아."

"힘들긴 뭐가 힘들어. 어차피 집에 혼자 있으면 심심해."

뒷좌석에 실어놓은 여행용 가방을 바라보며, 천천히 입술을 달싹였다.

"아빠, 엄마 잡채 좋아해?"

엄마가 떠나고 아빠와 엄마에 대해 말한 적은 거의 없었다. 갑작스러운 주제에 조금 당황한 아빠는 이내 살며시 미소를 지으며 답했다.

"아마, 옛날엔 싫어했지? 너도 잡채 안 좋아하잖아. 너 입맛 엄마 닮았어. 잡채는 할아버지가 좋아했었지."

차례가 끝나면 엄마는 늘 잡채를 먹었다. 그래서 엄마는 잡채를 좋아한다고 생각했는데, 알고 보니 그것도 다 잡채를 안 먹는 나 때문이었나 보다.

미어지는 가슴을 삼키며 어렵사리 입을 열었다.

"나 엄마 만났다."

"어?"

"술 취해서 잠이 들었던 것 같은데. 꿈에서 엄마 봤어. 진짜로 날 찾아온 것 같았어."

터무니없는 소리였기에 아빠도 뭐라고 답해야 할지 고민하는 눈치였다. 잠시 입을 다물고 있던 아빠는 고개를 옅게 끄덕이며 물었다.

"이쁘더냐?"

"응, 너무너무 예뻤어. 하나도 안 아픈 것 같았어."

눈시울이 조금 붉어진 아빠가 코를 한 번 훌쩍이곤, 담담하게 답했다.

"다행이네."

"응."

그렇게 고향 집으로 향했다.

"죽은 사람도 만나게 해주실 수 있어요?"

달토끼가 코를 훌쩍이며 문에게 물었다. 방금 왔다 간 손님을 보며 눈물을 흘린 듯 눈이 충혈돼 있었다.

"오늘은 추석이잖아. 달이 열리는 날. 만나게 해준다기보단, 찾아온 사람을 볼 수 있게 해주는 정도지."

"달 지킴이로 나름 오래 활동했는데, 점장님은 제가 모르는 것들까지도 빠삭하네요."

"나도 배운 거야. 그런 걸 가르쳐 주는 애가 있었으니까."

"그게 누군데요?"

문은 달토끼와 스치듯 눈을 마주치곤 잔을 정리하기 위해 몸을 돌렸다.

"있어."

분명 또 이해할 수 없는 말을 늘어놓을 줄 알았는데, 문은 비밀이라도 되는 것처럼 입을 다물었다. 이상하다고 생각했지만, 그의 표정이 묘하게 딱딱했기에 더 캐묻지는 않았다. 달토끼는 질문을 바꿔보기로 했다.

"점장님도 이별해 본 적 있어요?"

"있지."

"정말요?"

의외였다. 그동안 지켜본 결과 그는 어디든 원하는 곳이라면 문을 만들어 갈 수 있다. 보고 싶은 사람이 있다면 마찬가지로 금방 만날 수 있을 거라고 생각했다.

"누구였어요? 슬펐어요? 눈물 흘리고 그랬어요?"

"슬펐지. 산해진미를 입에 담아도 흙을 씹는 거 같았고, 장활한 풍경 속을 거닐어도 바람 한 점 느낄 수가 없었어."

조리 도구와 접시를 씻으며 그가 진심인지, 장난인지 모를 소리를 했다.

"산해진미에, 장활한 풍경… 이별 여행이라도 하신 거예요?"

"여행이라면 여행이지? 어디를 가고 싶었다기보다는 일상에서 벗어나야만 했거든."

웃음기 빠진 문의 눈은 조금 서글퍼 보였다.

"일상에 너무 녹아있어서 시도 때도 없이 떠올라 마음을 짓눌렀으니까."

"흐음."

그의 목소리를 타고 슬픔이 전해지는 것 같았다. 붉어진 눈에서 또 눈물이 흐를까 봐 보름이 토끼 귀를 씰룩이며 무심한 척 물었다.

"지금도 그리워요?"

시선을 피하지 않은 문이 가만히 눈을 마주쳤다. 그러곤 평소처럼 미소를 지었다.

"아니. 이제 괜찮아."

☙7.☙
노인이 된 청년

"허억, 허억."

달토끼가 두 다리로 있는 힘껏 땅을 박찼다. 이마에 맺힌 땀방울이 바람에 밀려가고, 폐가 쪼그라들 때까지 숨을 참아가며 힘차게 달렸다. 하지만 열심히 뛰고, 뛰어도 도저히 도망칠 수 없었다.

"멈추세요. 멈추세요, 보름. 당신은 이미 포위되었습니다. 멈추세요."

쿵쿵 뛰는 심장박동만큼이나 번쩍이는 불빛들이 그녀의 뒤를 바짝 쫓아왔다. 달토끼는 힘센 토끼였다. 우주에서 지킴이를 할 정도로 강력한 토끼. 마음만 먹으면 매끈해 보이는 다리도 금세 근육으로 빵빵하게 만들어 육상 선수처럼 뛸 수 있었다.

'왜 안 되는 거야?'

하지만 왜인지 본래 자유롭게 근육질로 변할 수 있었던 신체가 말을 듣지 않았다. 마치 누군가 그녀의 다리에 커다란 추를 엮어놓기라도 한 것 같았다.

그뿐만이 아니었다. 아무리 빠르게 달리고 달려도 주위의 풍경이 변하지 않았다. 마치 러닝머신 위에 있는 것처럼 지면만이 계속해서 뒤로 넘어갔다.

"허억, 허억!"

있는 힘껏 발을 굴러도 제자리인 달토끼와 달리, 번쩍번쩍 붉은색과 푸른색을 번갈아 가며 위협적으로 다가오는 이들은 점차 가까워졌다. 머리에 사이렌을 달고 있는 로봇들의 무서운 얼굴과 함께 다급함이 그녀의 마음을 꽉 짓눌렀다.

"안 돼!"

달토끼의 노력에도 끈질기게 쫓아오는 강철 팔이 결국 그녀를 잡아챘다. 달토끼는 비명을 질렀으나, 로봇들은 무정했다. 일순간 주위가 암전되며 그녀의 몸이 어디론가 휙 던져졌다.

보글보글-

별이 뜨지 않은 밤하늘에 풍당 빠진 기분이었다. 방향감각도 상실한 채, 빙글빙글 어지럽게 도는 듯한 착각만이 일었다. 아무것도 보이지 않는 공간에서 달토끼가 한참을 허우적댔다.

"흐핫!"

일순, 그녀의 어깨를 잡아당기는 강한 힘이 느껴졌다. 그제야 머리를 뒤덮고 있던 검은 천을 누군가 획 잡아챈 것처럼 주위가 환해졌다. 달토끼는 자신이 딱딱한 의자 위에 앉아있다는 사실을 알아챘다.

'여긴 어디야?'

어두운 공간을 비추는 단 하나의 알전구. 노란빛 조명 아래로 보이는 네모난 테이블에는 녹음기가 놓여있었다.

"똑바로 진술하셔야 합니다."

"거짓말을 하면 형량이 가중될 테니까!"

반대편에 앉아있는 두 명의 형사는 알전구를 쏙 빼닮아 있었다. 사람만큼이나 커다란 알전구에 강철 팔을 붙여놓고선, 매직으로 눈코입을 그려 넣은 것 같았다. 둘은 각각 파란색과 빨간색을 띠고 있었는데, 서로 말을 할 때마다 몸 전체가 반짝였다.

'크리스마스트리 장식 같네.'

얼핏 귀여운 모습에 긴장이 풀어졌다. 달토끼가 슬그머니 입꼬리를 올리자 붉은색 전구의 표정이 험악하게 일그러졌다.

"지금 장난 같아?!"

쾅-!

붉은색 전구가 테이블에 머리를 내리치자 '쨍그랑' 하는 소리와 함께 유리 파편이 사방으로 튀었다. 붉은색 알전구가 다시금 고개를 들었을 때, 달토끼는 속으로 비명을 질렀다.

그가 깨져서 날카로워진 자신의 머리를 들이미는 순간에는 식은땀이 흐를 정도였다. 거짓말을 하면 언제든지 찔러올 것만 같았다.

"당신은 우주 법을 위반했습니다. 알고 계시죠?"

옆에 있던 파란 알전구가 차가운 목소리로 달토끼에게 물었다. 그는 위험한 태도를 보이는 붉은 전구를 막을 생각이 없어 보였다.

달토끼는 그게 무슨 소리냐며 반박하고 싶었으나, 테이블에 올려진 사진 한 장에 입이 다물어졌다.

"이자는 제527번 도서관을 상습적으로 털어가는 흉악범입니다. 책에 멋대로 손을 대고 있죠. 이건 명백히 우주 법 제3조 29번 조항을 위반한 행위입니다."

파란 알전구가 강철 손가락으로 '딱딱' 테이블을 두들겼다. 사진 속 흉악범이라고 지목된 사람은 낯이 많이 익었다. 그녀가 일하는 곳의 점장. '문'이었다.

"저희는 당신을 공범으로 보고 있습니다."

파란 알전구가 두꺼운 파일철을 펄럭펄럭 넘기며 달토끼를 노려보았다.

"저는…"

달토끼가 입을 열기라도 기다렸다는 듯, 파란 알전구가 파일철을 '쾅' 테이블에 내려치며 호통쳤다.

"여기 보세요! 527번 도서관에 있던 CCTV입니다! 여기에 이 자와 함께 있던 게 당신 아닙니까?!"

그의 말대로였다. 음료의 재료를 샀던 날일 것이다. '문' 옆으로 길쭉한 토끼 귀를 가진 그녀가 보였다.

"이, 이건…"

"변명은 그쯤 하시죠. 당장 자백하면 재판 때 참작해 드리겠습니다."

"어서 네 죄를 인정해!"

파란빛과 빨간빛이 번쩍이며 그녀를 쏘아붙였다. 플래시처럼 터지는 빛이 달토끼의 평정심을 흩트렸고, 그 틈으로 강압적인 목소리가 더욱 몰아쳤다.

"그, 그러니까…"

"언제까지고 속일 수 있을 거라 생각했습니까?"

"사형이다! 사형!"

'대체 왜 이런 일이 벌어진 걸까?' 번쩍, 번쩍. 혼미해지는 시야 사이로 돌연 문의 모습이 보였다. 그는 강 건너 불구경하듯 벽에 기댄 채 여유로운 표정으로 달토끼를 바라보았다.

"점장님!"

다급하게 소리쳤지만, 그는 당혹스러워하는 그녀를 보며 뭐가 그리 즐거운지 '쿡쿡' 미소 지을 뿐이었다. 그러는 와중에도 위협적인 목소리가 달토끼에게로 쏘아졌다.

"이제 속일 수 없습니다. 다 들통났어요!"

"말해! 말해! 말해!"

점점 커지는 호통 소리에 귀가 먹먹해질 무렵, 문이 마침내 입을 열었다.

"나쁜 꿈이라도 꾸는 거야?"

신기하게도 그가 입술을 달싹이자 머리를 울려대던 시끄러운 소리가 멎었다. 알전구들은 여전히 험악한 얼굴로 땍땍댔지만, 달토끼의 귓가에 닿는 목소리는 잔잔한 문의 목소리뿐이었다.

'꿈?'

돌연 문의 말대로 '정말 꿈인 거 아닐까?' 하는 의문이 들었다.

"자백해!"

고요한 침묵도 잠시. 문이 입을 닫자 리모컨으로 볼륨을 높인 것처럼 다시금 날카로운 목소리가 달토끼를 괴롭혀댔다.

"꿈에서 깨려면 어떻게 해야 하는데요?"

그녀가 다급하게 소리쳤다.

"혀를 내밀고 웃긴 표정을 지으면 돼."

이상한 방법이었다. 하지만 문이 하는 일은 늘 머리로 이해하기 힘든 것들이었기에, 달토끼는 혀를 쭉 내밀곤 우스운 표정을 지었다.

'이러고 얼마나 있어야 하는 거야?'

달토끼가 살며시 문을 바라봤을 때, 그는 배를 부여잡고 웃고 있었다. 그가 눈동자에 맺힌 눈물을 털어가며 즐거운 듯 입술을 달싹였다.

"거짓말이야."

"이익!"

부끄러움으로 열이 오른 달토끼의 얼굴이 새빨개졌다. 너무도 화가 난 마음에 '불끈' 그녀의 가느다란 팔이 근육으로 부풀어 올랐다. 덕분에 눈앞에서 반짝이는 알전구를 밀어내는 건 일도 아니었다.

"잘됐네."

달토끼가 자신의 능력이 돌아왔다는 사실을 깨닫기도 전에, 문이 뒤편에 자리한 문고리에 손을 올렸다.

"기다려요!"

문을 열고 어디론가 사라지는 문. 화가 잔뜩 난 달토끼가 그 뒤를 따라 들어갔다.

"흐앗!"

그를 따라 문에 들어서자마자 땅이 훅 꺼지더니 무게 중심이 앞으로 기울었다. 그렇게 달토끼의 몸이 어둠 가득한 공간 아래로 곤두박질쳤다.

덜컹-!

"헙."

테이블에 엎드려 자고 있던 달토끼가 벌떡 일어났다. 잠기운이 남아있는 눈동자로 시선을 떨구자, 근육질로 변해있는 팔이 보였다. 누가 볼세라 잠결에 흘린 침을 슥슥 문대며 팔의 힘을 풀었다.

'진짜 꿈이었네.'

본래의 크기로 돌아간 팔을 확인하며 그녀가 조심스레 주위를 두리번거렸다. 다행히 지켜보는 사람은 없었다.

달그락, 달그락-

조리실 쪽에서 들려오는 요란한 소리. 달토끼가 빼꼼 조심스럽게 다가가자, 무언가를 만들고 있는 문의 뒷모습이 보였다. 요리에 열중하고 있는 터라 달토끼가 졸고 있었다는 사실은 모르는 눈치였다. 달토끼가 조심스럽게 물었다.

"뭐 만드세요?"

"단호박 수프."

문의 조리실은 조금 특별하다. 다소 협소한 홀에 비해 음식 전문점이라고 해도 어색하지 않을 정도로 넓다. 조리실 안에는 여러 조리 도구들이 마련되어 있다.

열기가 느껴지는 방향으로 고개를 돌리면, 도서관에서 훔쳐 온 책들이 한 줄로 놓여있었다. 책 위로는 각기 다른 냄비가 올라가 있었는데, 책에서 피어나는 빛에 따라 내용물의 색이 변하는 것 같았다. 자세한 원리는 알 수 없었다.

"우리 그런 메뉴 없잖아요."

"그냥 만들어 보고 싶어서."

고개를 갸우뚱한 그녀가 천천히 문에게로 다가갔다. 조리대 한편에는 사용하고 남은 호박이 보였다. 평범한 단호박이었다. 마찬가지로 달짝지근한 냄새가 올라오는 냄비 아래로는 책이 아닌 평범한 가스레인지가 놓여있었다.

"단호박 수프 좋아하세요?"

부단히 손을 움직이는 문의 옆으로 달토끼가 코를 킁킁댔다.

"그럭저럭? 직접 만들어 보는 건 처음이야."

신비한 것들은 그리도 손쉽게 만들어 내던 그가 만들어 보지 못한 음식이 있다니 조금 의아스러웠다.

"갑자기 왜 이게 만들고 싶었을까? 배가 고픈 것도 아니고, 그렇다고 좋아하는 음식도 아닌데."

"점장님 원래 괴짜잖아요. 냄새 좋네요. 처음치고 잘 만드신 것 같은데요?"

문은 둥그런 그릇에 단호박 수프를 담으면서도 생각에 잠겨있었다. 자신의 행동이 도저히 이해되지 않는다는 표정이었다. 하지만 눈을 반짝이며 그릇에 시선을 떼지 못하는 달토끼를 발견하자, 답을 알아낸 것처럼 표정이 풀어졌다.

"너 단호박 수프 좋아하지?"

"네? 네, 뭐. 좋아하는 편이에요."

달토끼는 애써 아무렇지 않은 척하면서도 그가 수프를 권하지 않을까 봐 내심 걱정했다. 단호박 수프는 그녀가 좋아하는 음식 중 하나이다. 삼시 세끼로 해결해도 좋을 만큼 좋아했다.

"너 때문에 했나 보다."

문이 피식 웃음을 터트리며 수프가 담긴 접시를 들고 홀 쪽으로 발걸음을 옮겼다. 그 뒤를 달토끼가 종종 따라갔다. 홀로 나온 문은 숟가락을 챙겨 2인용 식탁에 앉았다. 테이블에는 정확히 1인분의 식사가 준비됐다.

"먹어봐. 꽤 맛있을 거야."

문이 여유로운 표정으로 맞은편 의자를 가리켰다. 달토끼는 냉큼 의자에 앉았다. 단호박 수프가 담긴 그릇이 정확히 눈앞으로 오는 위치였다.

"저 혼자 먹어요?"

"그야, 너 때문에 만들었으니까."

"네? 진짜로 저한테 주려고 만드신 거예요? 왜요?"

"이유는 차차 알아봐야지."

음식을 만들어 줬는데, 그 이유가 '배고플까 봐'나 '새로운 음식을 만들어 보고 싶어서'도 아니고 '모른다'였다. 달토끼가 게슴츠레하게 눈을 뜨고 말했다.

"또 그런 거예요?"

"그런 거라니?"

달토끼가 미간을 좁히며 '큼큼' 목을 가다듬더니 문의 목소리를 흉내 냈다.

"이곳은 우연도 운명이 되는 곳이지. 이 수프를 만들고 싶었던 것도 분명 이유가 있을 거야. 맞죠?"

문은 부정 없이 고개를 끄덕였다. 그녀로선 농담으로 던진 말인데 수긍하니 조금 당혹스럽다.

"이런 운명이라면 언제든 환영이에요."

적당히 대답하며 달토끼가 숟가락을 쥐었다. 지금은 눈앞에 놓인 따끈한 수프가 먼저였다. 코끝을 맴도는 고소한 냄새 탓에 가만히 보고만 있기 어려웠다.

"우연이 운명이면, 대체 그 운명은 뭔데요?"

사실 진짜 궁금해서 물어본 건 아니었다. 그저 수프를 편하게 먹기 위해서 문의 주의를 돌리려는 속셈이었다. 작전은 성공한 것처럼 보였다. 그가 생각에 잠겨 입을 열기 시작했으니까. 이제 달토끼는 적당히 듣는 척 편안히 수프를 음미하면 된다.

"여기에 가게를 차린 것도, 손님들에게 이야기를 건네는 것도, 반대로 그들의 이야기를 내가 마주하는 것도, 후에 누군가 우리의 이야기를 읽게 되는 것도. 전부 운명이지. 네가 여기서 일하는 것도 그런 셈이고."

달토끼는 진지한 표정으로 고개를 끄덕였지만, 모든 신경은 미각에 집중되어 있었다. 코끝을 간질이며 혀를 즐겁게 해주는 수프는 도저히 처음 만든 사람의 것이라곤 생각되지 않을 정도로 맛있었다. 수프 장사를 하는 게 더 나을지도 모르겠다.

"그리고…"

"후읍?"

눈빛만 진지한 채 부단히 입을 움직이는 달토끼가 고개를 들었다. 듣기는 하는 건지 열심히 끄덕이긴 했다.

"근무 중에 낮잠 자는 직원을 위해 수프를 내어주는 것도 운명이지."

"푸읍."

그의 말에 달토끼는 순간 입에 있는 것을 내뿜을 뻔했다. 문은 괴롭게 기침하는 그녀를 위해 물 한 잔을 내어주었다. 달토끼가 단번에 들이켠 탓에 잔은 순식간에 비워졌다.

"그, 콜록. 날씨가 요즘 추워서, 콜록."

"토끼는 겨울잠 안 자잖아?"

달토끼는 자신의 일족이 본래 추우면 잠에 빠진다고 우겨볼까 하다가 관두기로 했다. 겨울이 왔다곤 하나, 달의 추위에 비할 정도로 온도가 낮을 리 없었다.

"자는 거 보셨어요?"

슬그머니 눈치를 보는 달토끼에게 문이 벽에 걸려있는 거울을 가리켰다. 거울은 테이블과 꽤 떨어진 거리에 있었지만, 그녀의 이마에 있는 커다란 붉은 자국을 비추지 못할 수준은 아니었다. 엎드려 잔 탓에 눌려서 붉어진 모양새였다.

"범인이라고 광고하는 꼴이네요."

달토끼가 손으로 이마를 문대던 중 돌연 찝찝한 기분이 들었다. 범인이라는 단어가 꿈의 내용을 떠올리게 했기 때문이다. 문은 인상을 찌푸리는 그녀의 표정을 놓치지 않았다.

"안 좋은 꿈이라도 꿨어?"

말을 꺼낼까 말까 고민하던 달토끼가 이내 단념한 듯 한숨을 푹 내쉬었다.

"이상한 꿈이었어요. 쫓기는 꿈이었는데, 도망쳐도, 도망쳐도 계속 제자리였어요. 결국, 붙잡혀 버렸죠."

파란색과 빨간색으로 빛나던 커다란 알전구를 떠올리자 부르르 몸이 떨렸다. 붉은 전구를 생각하면 특히나 그랬다. 책상에 머리를 박아 유리 조각이 사방에 튀던 게 아직도 생생했다.

"왜 쫓겼는데?"

"가게를 들켜서요. 전에 점장님이 여기 불법이라고 말씀하셨잖아요. 언제든 끌려갈 수 있다고. 그 말이 내심 신경 쓰였던 모양이에요."

막상 말을 잇다 보니 최근 마음이 불편했던 이유가 정리되는 기분이었다. 문의 명찰을 '달'이라고 부르거나, 그녀의 명찰을 '보름'이라고 읽는 사람들과는 거래를 조심해야 한다. 그들은 이곳이 평범한 술집이 아니라는 걸 알고 있는 사람들이고, 그들에게 물건을 팔면 가게를 들킬 가능성이 커지니까.

꿈은 그녀의 불안감이 만들어 낸 상상일 뿐이지만, 가게를 들켜 잡혀가는 건 충분히 일어날 수 있는 일이었다. 꿈속에서 파란 전구가 들고 있던 두꺼운 파일철은 우주 법서를 퍽 닮아있었다.

"혹시 우주 법에 관해 잘 아세요?"

"조금은 알고 있어."

"제3조 29번 조항이 뭐예요?"

법서도 일단은 책이었다. 책이란 책은 모두 알고 있을 법한 문이 곰곰이 생각에 잠겼다. 그러곤 마치 단어장에 쓰여 있는 단어를 떠올린 것처럼 답했다.

"절도와 관련된 조항일 거야."

순간 달토끼의 숨이 턱 막혔다. 자신이 보았던 건 정말 허구일 뿐이었을까? 예지몽이라도 꾼 게 아닐까?

그녀가 조심스럽게 한 번 더 문에게 물었다.

"몸이 전구처럼 생긴 종족도 있나요? 주로 우주 경찰을 목표로 한다거나…"

불안함에 말끝을 흐린 달토끼가 분위기를 살폈다. 그러다 가만히 그녀를 바라보는 문의 모습에 아찔함이 오소소 등줄기를 타고 흘렀다.

"설마…!"

달토끼가 사색이 되어 소리치자, 문이 마침내 참았던 웃음을 '빵' 하고 터트렸다. 얄밉게 웃는 게 영락없이 꿈속에서 보았던 모습이었다.

"왜 웃어요?"

"상상력이 풍부하구나 싶어서. 꿈에서 몸이 전구로 된 우주 경찰을 만났구나?"

"웃지 마세요."

달토끼가 미간을 와락 구겼지만, 문은 한동안 계속 웃었다.

"그럼 법서 3조 29번 조항이 절도에 관한 거라는 것도…"

"아니 그건 진짜야."

달토끼는 복잡한 심경이 돼버렸다. 말도 안 되는 꿈이라고 치부하려다가도, 왜인지 어쭙잖게 들어맞는 것이 찜찜함을 완전히 떨쳐내기 어렵게 했다.

"꿈이긴 해도 앞으로 여기가 어딘지 아는 사람한테는 음료 안 파는 게 어때요? 위험하긴 하잖아요."

"괜찮겠어? 보너스가 줄어들 텐데."

"잡혀가는 것보다야 낫죠. 그리고 점장님 운영 원칙이랑도 안 맞는다면서요?"

'여기는 통과하는 문일 뿐이지, 소원을 이루어 주는 곳이 아니다.'

문이 했던 말을 상기하자, 달토끼는 괜스레 기분이 좋지 않았다. 마법 같은 이 공간이라면 자신의 소원도 이뤄지지 않을까 했던 생각을 부정하는 꼴이었으니까.

"그래."

고개를 끄덕이는 문의 모습에 달토끼는 깜짝 놀랐다. 그가 이리도 쉽게 받아들일 거라곤 생각하지 못했기 때문이다.

"네?"

"인터넷 판매도 중단해야겠는걸? 이곳이 어딘지 아는 사람들이 접근하는 길목도 다시 숨겨놔야겠어."

"자, 잠깐만요. 너무 갑작스러운 거 아니에요? 전 그래 봐야 종 업원일 뿐이고…"

그의 목소리에선 장난스러움이 느껴지지 않았다. 자신이 한 말 때문에 손님들이 가게를 찾아오지 못하게 된다는 생각에 달 토끼는 덜컥 불안해졌다.

"여긴 우연도 운명이라면서요? 여기가 어딘지 알고 오는 손님 들도 찾아오는 방법을 우연히 발견한 거고요."

달토끼의 말에 그가 잠시 눈을 마주쳐 왔다. 그러곤 미소 지으 며 별것 아니란 듯 어깨를 으쓱였다.

"우연이라는 건 그런 거잖아. 여러 가능성이 겹치고 겹쳐 발 생하는 사건. 네가 이곳에 종업원으로 일하는 것도, 의견을 내는 것도 하나의 가능성이고."

"그렇지만…"

"계속 고민하는 것보단 한번 해보는 게 낫지. 일어날 일은 어 떻게든 일어날 거야."

'일어날 일은 일어난다.'

묘하게 안심이 되는 말이었다. 달토끼는 그가 자신의 의견을 귀담아 준 것이 조금 고마웠다.

입 안에 담은 따뜻한 수프만큼이나 마음이 따뜻해졌다. 그녀가 기쁘게 고개를 끄덕이려던 차였다.

딸랑-

가게 문에 달린 풍경 소리와 함께 차가운 공기가 밀려 들어왔다. 두꺼운 코트를 입은 노인이 가게 앞에 서있었다.

"날이 많이 차가워졌군요."

툭툭 발을 털어내는 노인에게선 그의 머리카락과 같은 흰 눈가루가 떨어져 나온다. 밖은 눈이 한창 내리는 모양이다. 손님을 발견한 달토끼가 메뉴판을 들고 얼른 그에게로 다가갔다.

"당신 말대로 여기는 변함이 없군요."

달토끼를 마주한 노인의 입꼬리가 깊게 팬 주름을 따라 올라갔다. 가게 안을 두리번거리는 노인은 마치 추억에 빠진 것처럼 천천히 바텐더와 마주한 자리로 걸음을 옮겼다. 이곳의 정체를 아는 듯한 손님의 거동에 달토끼가 재빠르게 자신의 명찰을 가리키며 물었다.

"혹시 여기에 뭐라고 쓰여 있는지 읽어보시겠어요?"

힐끗 그녀의 명찰을 확인한 노인이 씩 미소를 지으며 달토끼의 눈을 쳐다보았다. 그러곤 손을 내밀며 인사를 건넸다.

"반갑습니다. 보름 씨."

"아, 네."

불쑥 들이밀어진 호의에 당황한 달토끼가 노인의 손을 맞잡아주었다. 그러곤 그가 자신의 이름을 알고 있다는 사실에 뒤늦게 놀랐다. 노인은 달토끼라고 쓰여 있는 명찰을 '보름'이라고 읽어 냈다.

'진정하자, 진정해.'

머릿속에서 붉은 경고 신호가 '삐용삐용' 울렸다. 혹 불법으로 장사하는 걸 잡으러 온 건 아닐까 싶어 식은땀이 흘렀다.

"전에 오신 적 있으시죠?"

문이 노인을 바라보며 빙그레 미소 지었다. 그제야 달토끼도 조금 안심할 수 있었다. 노인은 '허허' 털털하게 웃음을 흘리며 믿을 수 없다는 듯 천천히 고개를 저었다.

"네, 분명 그랬죠. 제 기억이 틀리지 않았다면 말입니다."

노인은 오랜만에 아이처럼 웃음을 터트렸다. 그가 이곳에 마지막으로 들린 것은 대략 50년 전이었다. 오래된 기억은 바짝 마른 낙엽처럼 쉽게 부서지고 메말랐지만, 추억 속 요술쟁이는 아직도 노인의 마음에 선명히 남아있었다.

"달을 자주 보신다고 들었었는데, 요즘에도 올려다보시나요?"

"그걸 말이라고요? 이곳이 생각날 때마다 바라봤었죠. 거의 매일…"

노인은 당연하다는 듯이 고개를 끄덕이다 이내 무언가 떠오른 듯 슬픈 눈을 했다. 그가 허공을 휘저으며 조심스럽게 입을 열었다.

"아니, 아니지. 근 1년간은 보지 않았던 것 같네요. 허튼 소원을 빌 것 같아서 말입니다."

노인의 마음을 헤아리듯 문은 입을 여는 대신 고개를 끄덕여주었다. 문은 테이블에 놓인 메뉴판을 치우곤 볼이 작고 길쭉한 샴페인 잔을 그에게 내밀었다. 투명한 유리잔에 담긴 붉은빛 음료 사이로 보글보글 거품이 올라왔다.

"점장님! 여기가 어딘지 아는 사람한테는 안 팔기로 했잖아요."

놀란 달토끼가 작은 목소리로 속삭이며 문의 옆구리를 쿡 찔렀다. 그런데도 문은 노인에게 건넨 샴페인을 회수할 생각이 없어 보였다. 달토끼가 문을 노려보자, 그가 평온한 얼굴로 어깨를 으쓱였다.

"이건 예외야. 인과가 성립돼야 해서 어쩔 수 없어."

"인과요? 이게 무슨 음료인데요?"

"50년 전의 자신과 만나게 해주는 음료. 이분은 50년 전에 '50년 후의 자신과 만나게 해주는 음료'를 드셨었어. 정확한 날짜로 50년은 아니고, 대략 50년이야."

딱 들어봐도 위험한 내용이었다. 우주 법을 잘 몰라도 '시간'에 관한 조항이 까다롭고 중하게 다뤄진다는 것은 누구나 아는 사실이었다.

"대체 왜 이런 음료를 만드신 건데요?!"

아까 느꼈던 감동이 깡그리 날아가 버렸다. '일어날 일은 일어 난다'는 그 말이 더는 좋게 들리지 않았다. 아무리 생각해도 결 론이 좋게 끝나지 않을 것 같았기 때문이다. 우주 재판에 넘어가 처벌을 기다리는 상상만이 달토끼의 머리에 가득해졌다.

"당시에 딱 맞게 재료가 있었고, 음료가 완성된 후 기가 막힌 타이밍에 손님이 찾아왔었으니까. 50년 전에는 겁도 없었지. 뭐 든 일단 만들고 봤으니까."

문은 의미심장한 말을 어린 시절의 장난쯤으로 추억하듯 이야 기했다. 여태까지 끌려가지 않은 게 용하게 느껴질 정도다.

"으으."

달토끼가 어디서부터 반박해야 할지 고민하는 와중, 노인이 샴페인 잔을 바라보며 입을 열었다. 그의 눈동자는 지나간 세월 을 추억하고 있었다.

"전에도 비슷한 걸 마셨었죠. 감회가 새롭군요."

"부디 즐거운 시간이길 바랄게요."

톡톡 튀는 탄산에 홀린 듯 노인은 한동안 가만히 잔 안을 들여 다보았다. 노인의 어깨가 몇 차례 들썩였지만, 좀처럼 손이 나아 가지 못했다.

그렇게 얼마나 주저했을까? 맴돌기만 하던 노인의 손가락이 투명한 유리잔에 닿았고 '띵-' 울리는 소리와 함께 침묵이 깨졌다.

"술은 참 오랜만이네요. 아내가 항상 제 건강을 걱정했거든요. 그녀의 잔소리는 술 취한 머리에 굉장히 효과적이었죠."

잔을 가까이하자, 달콤한 향기가 그의 콧잔등을 간지럽혔다. '꿀꺽' 혀를 타고 목으로 넘어가는 감촉이 옛 젊은 날을 떠올리게 하는 것 같았다. 노인은 예전처럼 단번에 술을 들이켰다.

"후우-"

날숨과 함께 뿜어지는 열기. 그가 너무 늙어버린 탓일까? 아니면 술이 유달리 독했기 때문일까? 한 잔뿐임에도 그는 어질어질한 머리를 가누기 위해 노력해야 했다.

빈혈과 같은 짧은 일렁임이 끝나고 주위의 소리가 잦아들었다. 고개를 들자, 벽면엔 가게 문과 비슷하게 생긴 문이 새롭게 나타나 있었다. 전체를 새파랗게 칠해놓은 문. 노인은 천천히 그곳으로 발걸음을 옮겼다.

"따뜻하군."

문고리를 돌린 노인이 그대로 방 안으로 들어섰다. 겨울이라고는 생각되지 않을 포근함이 몸을 감쌌고, 그보다 포근해 보이는 의자가 눈앞에 놓여있었다.

의자는 동그란 테이블을 중심으로 양 끝에 하나씩 놓여있었다. 그는 뜨거운 숨을 몰아내며 반대쪽에 자리한 노란색 문으로 시선을 옮겼다. 기다림은 길지 않았다.

"으, 추워."

벌컥, 반대편 문을 열고 들어온 사람은 젊은 남성이었다. 여름용 정장을 차려입은 그는 갑작스러운 한기에 몸을 움츠렸다.

"당신이…"

노인을 보고 흠칫 놀라는 청년과 달리, 노인은 여유로운 표정으로 청년을 올려다보았다.

"일단 좀 앉게나."

노인의 말에 동그래진 청년의 눈동자가 흔들렸다. 그는 조심스럽게 의자를 빼내면서도 노인을 향한 시선을 거두지 않았다. 잔뜩 경계하고 있는 모습이 고슴도치와도 같아 노인은 쓴웃음을 지었다.

"당신이 정말 미래의…"

"맞네. 난 자네의 미래일세."

꿀꺽, 청년이 숨을 삼켰다. 노인의 하나하나를 뜯어보는 듯한 눈동자는 노인의 것과 같은 색을 띠고 있었다. 그가 노인을 바라보며 조심스레 자신의 얼굴을 만져보았다. 그에게는 아직 없는 주름을 찾아보는 듯했다.

의자를 양 끝에 두고 그사이에 자리한 테이블에는 어떠한 벽도 설치되어 있지 않았다. 하지만 서로를 마주한 청년과 노인은 마치 중앙에 거울이 있기라도 한 듯 흡사했다.

"많이 늙었네요."

비슷한 듯하면서도 자세히 보면 차이점이 많았다. 머리카락의 색, 주름의 수, 눈동자의 생기. 하물며 입술까지도. 둘은 닮은 듯 달랐다.

"그래, 무엇이 궁금한가?"

일정하게 떨어지는 물방울이 깊은 구덩이를 만들고, 거대한 바위가 오랜 시간 바람에 깎여나가듯이 긴 세월은 노인의 옛 기억을 녹슬게 하고 마모시키기에 충분한 힘을 가졌다.

노인은 50년 전, 미래의 자신과 나눴던 말들이 잘 떠오르지 않았다. 그 분위기만이 흐릿하게 남아있을 뿐이었다. 그렇기에 그저 그때와 같이 과거의 자신에게 궁금한 걸 묻고, 하고 싶은 말을 답하면 될 문제였다.

'진짠가?'

청년은 몇 번이고 노인의 얼굴을 뜯어봤다. 아무리 닮았다고 해도 눈앞에 펼쳐진 기묘한 현상은 현실감이 떨어졌다.

'꿈이라도 꾸는 건가?'

오늘 청년은 지원한 극단에서 떨어진 통에 기분이 영 좋지 않았다. 연거푸 좌절되는 꿈 탓에 술이나 한잔 마시고 싶었을 뿐이다. 주머니에는 지폐 몇 장이 전부였기에, 곧 망할 것처럼 낡은 술집에 발을 들였다. 작은 술집이 뭐든 잘 풀리지 않는 자신의 모습과도 비슷해서 끌렸다.

"첫 손님이라서 서비스로 드리는 거예요."

술집에 들어서자마자 종업원이 반갑게 인사하며 술 한 잔을 따라주었다. 혹 꿍꿍이가 있는 게 아닐까 의심도 들었지만, 그녀의 환한 미소에 경계심이 거짓말처럼 사그라들었다.

처음 그녀의 머리 위로 난 토끼를 닮은 길쭉한 귀를 보았을 때는 깜짝 놀랐다. 하지만 그녀는 사람의 속내를 풀어내게 만드는 말주변이 탁월했고, 청년은 불안한 심정을 그녀에게 모두 토로하게 되었다.

"참 걱정이에요. 제 미래가 어떻게 풀릴지 말이에요."

술에 취해 자조적인 말을 뱉었을 때, 그녀는 아무렇지도 않게 허황된 소리를 했다.

"직접 만나보는 건 어때요?"

우스갯소리였기에 청년은 웃음을 터트렸다. 하지만 그녀는 여전히 진지한 표정으로 술 하나를 내밀었고, 마시면 미래의 자신을 만날 수 있다고 말했다.

"정말 멋지겠네요."

말만 그렇게 했을 뿐 특별한 감흥은 없었다. 그저 현실을 잊고 싶었기에 적당히 고개를 끄덕이며 잔을 비워냈다.

그리고 지금, 정말 종업원의 말대로 청년은 미래의 자신을 마주하고 있었다.

"혹시 몇 년도에 살고 계시나요?"

"자네에겐 50년 후쯤 될 걸세."

50년. 그건 청년이 살아온 시간에 곱절이 조금 안 되는 시간이었다. 술로 벌게진 얼굴로 연신 입술을 꿈틀댔지만, 막상 미래의 자신을 앞에 두니 무엇부터 물어야 할지 알 수 없었다.

"저는 극단에 들어가게 되나요? 아니, 유명해지나요? 그것도 아니면 다른 일을 하게 되나요? 무슨 일이죠? 병은 없나요?"

청년은 떠오르는 궁금증을 되는 대로 떠벌렸고, 덕분에 정리되지 못한 말들이 두서없이 나뒹굴었다.

"제가 하지 말아야 할 행동이 있을까요? 가령 조심해야 할 것들이요. 복권 번호를 알려줄 수 있나요?"

열심히 입을 놀리는 청년을 노인은 가만히 바라보았다. 끓는 기름에 물 한 방울을 떨어트린 것처럼 순식간에 기세를 높이는 청년의 젊음이 그립기도 했고, 부럽기도 했다.

'나도 저런 얼굴을 했었군.'

젊은 시절의 얼굴은 노인에게 조금 어색했다. 연기 연습을 위해 거울 앞에 서서 다채로운 표정을 짓던 그였지만, 정작 자신이 평소에 어떤 표정을 짓는지는 관심이 없었던 모양이다. 극단에 줄줄이 떨어졌던 이유를 이제야 조금 알 것 같았다.

"자네는 외우고 있는 복권 번호가 있는가? 몇 회차의 당첨 번호인지까지 정확히 알고 있는 복권 번호 말이야."

이야기를 듣던 청년의 얼굴이 굳어졌다. 이미 지나간 번호를 외우고 있을 리 없었기 때문이다. 노인 또한 마찬가지라고 생각하니 청년은 티를 내지 않으려고 해도 실망한 기색이 역력했다.

"노력하지 않고 얻은 것은 무척이나 달콤하지. 하지만 그만큼 허무하게 끝나는 것도 없을 걸세. 대단한 가치를 지닌 물건조차 말이야."

노인이 다른 질문에 대해서도 답했다.

"자네가 무슨 일을 하든 내 나이면 은퇴를 하게 될 걸세. 병? 이 나이에 병 하나 없을 수 있겠는가. 하지 말아야 하는 것? 의사가 하지 말라는 건 되도록 하지 말게. 술이나 담배 같은 거 말일세. 규칙적으로 적당한 운동을 해주면 더 좋겠지."

새로울 것이 하나도 없는 고리타분한 말뿐이었다. 느긋하게 움직이는 눈동자는 일부러 그가 원하는 답을 말해주지 않는 것 같아 짜증까지 났다. 청년은 노인에게 어떤 질문을 하면 에둘러 답하지 못할까 곰곰이 생각해 봤다.

"미안하지만 난 자네에게 가급적 많은 것을 말하지 않을 생각이네."

입을 먼저 뗀 건 노인 쪽이었다. 마치 청년의 마음을 읽기라도 한 듯한 말이었다. 청년은 이해할 수 없었다.

"왜죠?"

"자네의 미래가 변하지 않았으면 하기 때문이지."

'성공하게 돼서 그러나?' 노인의 말에 청년은 조금 혼란스러웠다. 아무리 일이 잘 풀린다고 한들 바꾸고 싶은 과거가 전혀 없다는 건 말이 안 된다.

"후회하는 일이 없나 봐요?"

끌끌, 옅은 미소를 흘린 노인이 고개를 천천히 저었다.

"그럴 리가. 작은 실수부터 잘못된 선택까지 생각해 보면 너무도 많네. 인생이 어디 계획대로 풀리던가?"

"그럼 왜…"

노인은 잠시 입을 다문 채 자신의 왼손에 자리한 반지를 매만졌다. 그는 젊은 시절의 다짐을 떠올리기 위해 기억을 더듬어야만 했다. 지나온 세월에 부서지고 바래버렸지만, 다행히도 아직 노인의 마음에 남아있는 것이 있었다.

"자네가 직물 공장을 그만둔 이유가 뭔가?"

청년은 규모가 큰 직물 공장에 관리직으로 일하고 있었고, 그의 성실함은 다른 사람들에게 인정을 받기에 충분했다. 급료 또한 나쁘지 않았다. 청년이 일을 그만둘 때만 해도 주변의 많은 이들이 그를 말렸다.

"멀쩡한 직장을 놔두고, 극단이라니?"

모두가 충고를 들먹이며 비관적인 말들을 쏟아냈지만, 청년은 결국 제 뜻을 굽히지 않았다.

"도전하고 싶었으니까요."

누군가는 젊은 패기가 만들어 낸 객기라고 말했다. 청년 역시 그 말을 완전히 부정할 순 없었지만, 마음속에서 들끓는 열정은 눌러 담기엔 너무도 뜨거웠다.

"지금처럼 잘되지 않을 거라는 예상은 못 해봤나?"

수많은 불합격 통지. 처음 몇 번은 견뎌낼 수 있었다. 오히려 더 열심히 하고자 이를 악물었다. 하지만 계속되는 거절은 그를 초라하게 만들기에 충분했다. 청년을 더욱 조급하게 했고, 굳건했던 각오도 무뎌지게 했다.

"해봤었죠."

청년은 가슴이 뜨겁게 불타던 때를 떠올려 보았다. 노인에 비한다면 그에게는 멀지 않은 과거였기에 어렵지 않은 일이었다. 당연하게도 그 열정은 청년의 마음속에 확실히 자리하고 있었다.

"수많은 사람이 제게 실패를 논했어요. 저 역시 일이 잘 풀리지 않을 거라는 상상을 해봤었죠."

"그걸 알면서도 왜 이런 무모한 짓을 했나? 두렵지 않던가?"

당시 '이게 정말 옳은 선택이야?'라는 질문을 누구보다도 많이 던진 사람은 청년 본인이었다. 수없이 물었고, 수없이 대답했다.

"만약 실패를 알았다고 해도 저는 똑같은 선택을 했을 거예요. 실패하더라도 직접 경험해 보고 싶었으니까요. 당연히 두려웠죠. 하지만 물러서고 싶지는 않았어요."

노인은 청년의 눈을 들여다보았다. 노인은 그저 그가 잊고 있던 작은 불씨를 건넨 셈이었고, 청년의 눈동자는 마른 장작에 불을 붙인 것처럼 총명하게 빛났다.

"잘 모르는 것을 마주한다는 건 두려운 일이에요. 하지만 무섭다고 눈을 감고 있으면 공포는 계속될 뿐이죠. 그래서 도전했어요. 눈을 똑바로 뜨고 부딪쳐 보고 싶었어요. 제 가능성에 대해서요."

말을 마친 후에도 청년의 입김은 술에 젖은 듯 뜨거웠다. 한참을 가만히 바라만 보던 노인이 입술을 움직였다.

"난 젊은 시절의 나를 존중하네. 아니, 존경하는 수준이지. 어두컴컴한 앞길을 마주하고도 당당히 나아가며 제 뜻대로 걸어가는 자네 말일세."

노인이 자신의 손가락에 끼워진 반지를 조심스럽게 빼내었다.

"나는 결국 자네가 채운 것들로 가득하네. 자네가 돈을 좇으면 돈이 있을 거고, 권력을 가까이하면 권력이 들어차겠지. 자네가 뭘 가까이하고 채울지는 온전히 자네의 선택이야. 내 대답을 직접 듣지 않더라도 자네의 마음속에서 찾을 수 있을 걸세."

탁, 테이블에 올려진 반지가 청년에게 내밀어졌다.

"살다 보면 쉬어가도 돼. 하지만 애석하게도 삶에 후퇴는 없지. 후회 없는 선택이란 없겠지만, 가급적 자네에게 어울리는 선택을 하길 바라네."

노인은 미련이 남은 것처럼 쉽사리 반지를 놓지 못했다. 그는 한숨을 푹 내쉬었고, 마침내 해야 할 일을 끝마치듯 조심스레 반지에서 손을 뗐다.

"이만 끝내세. 이 반지는 종업원에게 건네주겠나? 술값이라고 말하면 알아들을 걸세."

드르륵, 의자에서 일어난 노인이 옷매무새를 정리했다. 그 모습에 청년이 다급히 입을 열었다.

"하나만 더 물어봐도 될까요?"

"뭔가?"

"가진 걸 내려놓는 좋은 요령이 있으신가요?"

"애늙은이 같은 질문이군."

인간은 누구나 죽는다. 그렇기에 인생의 상승기가 있다면 하강기가 있다. 청년이 물질적인 욕심이 많았다면 절대 꿈을 좇는다고 직장을 그만두지는 않았을 것이다.

그는 '죽기 전에 후회하지 않으려면' 따위의 고민이 많은 사람이었고, 덕분에 앞으로 얻게 될 것들만큼이나 내려놓아야 할 것들에 대해 관심이 많았다.

젊은 지금은 '포기하는 것'이 더 어렵지만, 시간이 지나면 '포기하지 않는 게' 더 어려운 순간이 찾아올 것이다. 그런 점에서 내려놓는 법은 노인이 그보다 뛰어날 것이라고 청년은 생각했다.

"그건 아직 나도 어렵다네. 평생의 숙제겠지."

시원한 답변은 아니었지만, 청년은 고개를 끄덕였다. 그러곤 파란색 문으로 향하는 노인에게 작별 인사를 건네듯 말했다.

"그쪽도 집중하고 계신 거 잘 풀렸으면 좋겠네요!"

노인은 그에게 현재 무언가를 열심히 하고 있다고 말한 적이 없었다. 실제로 무언가를 열심히 하고 있지도 않았다. 노인은 최근 너무도 우울했기 때문이다. 이해하지 못해 고개를 돌리자, 청년이 미소를 지으며 뒷말을 더 했다.

"제가 채운 것들로 이뤄져 있다면서요? 당신은 아직 모든 걸 내려놓기엔 젊어 보여요."

농담이었을까? 문득 기억 저편에 남아있는 노인의 모습이 어렴풋이 떠올랐다. 50년 전 보았던 미래의 자신. 그건 아무것도 할 수 없는 늙은이 따위가 아니었다. 그 사실이 노인은 조금 충격적이었다.

다 타버린 장작 속에서 작은 빛을 본 듯한 기분이었다. 자신의 마음속에도 청년이 가진 것과 같은 열기가 남아있을지 모른다는 생각이 들었다. 노인이 젊은 자신을 바라보며 말했다.

"여태까지 잘해왔네. 앞으로도 잘할 거고."

파란색 문의 문고리를 잡은 노인이 스치듯 마지막 말을 뱉으며 문 안으로 들어갔다.

"크림 스파게티의 조리법은 배울 기회가 있을 때 익혀두게."

탁, 그렇게 파란색 문이 닫혔다. 다시금 돌아온 가게 안에는 짐짓 팔짱을 끼고 있는 보름이 문을 보며 잔소리를 퍼붓고 있었다. 시간이니, 우주 법이니 하는 그녀의 목소리는 꽤 성이 나 있었으나, 돌아온 노인을 발견하고선 차분한 얼굴로 돌아갔다.

"어땠나요?"

살며시 미소를 짓는 문이 노인을 반갑게 반겨주었다. 달토끼와 달리 그는 여전히 평온한 얼굴이었다.

"자꾸만 목구멍에 하면 안 될 말이 차올라 혼났죠."

몇 번이고 내뱉고 싶었던 이야기. 그건 반려에 대한 것이었다. 오늘은 아내가 세상을 떠나간 지 딱 1년이 되는 날이었다.

교통사고였다. 노인은 젊은 시절의 자신에게 말하고 싶었다. 앞으로 넌 정말 지혜롭고 현명한 여자를 만나게 될 거고, 결혼

해서 아이도 얻을 거라고. 그리고 49년 후, 그녀가 마트를 간다고 하면 절대 버스를 타지 못하게 하라고. 아니, 반드시 데려다주라고.

하지만 노인은 그럴 수 없었다. 혹 그의 욕심 탓에 그녀와 쌓았던 추억이 모두 사라져 버릴 것만 같았기 때문이다. 그녀와 만나게 된 건 순전히 '우연'이었다.

드라마에서처럼 여러 우연이 겹치고 겹쳐 스치게 된 인연. 그렇기에 노인은 그녀에 대해서 청년에게 말할 수 없었다. 자칫 말실수라도 하면 우연의 실이 엉켜버릴 게 뻔했다.

'짧으니까 예쁘고 아름다운 게 아닐까?'

야속한 세월을 논할 때 그녀는 들판에 있는 꽃 하나를 바라보며 그런 말을 했었다.

'우리의 추억도 그래. 그래서 난 과거로 돌아가고 싶지 않아.'

어느 날, 요술쟁이 덕에 미래의 자신과 대화한 적이 있다고 말했을 때도 그녀는 그런 반응이었다. 그녀의 현명함은 늘 그를 놀라게 하곤 했다. 그렇기에 이번에도 자신의 욕심보다는 그녀가 행동했을 법하게 굴었다.

"그녀와 비교하면 전 아직도 멀었군요."

밖은 아직도 눈이 내리고 있었다. 문은 따뜻한 음료를 내어주었고, 노인은 차가운 손을 잔에 대어 온기를 느꼈다. 그의 왼손

약지에는 반지 자국이 선명하게 남아있었다.

"충고를 해줘야 하는 처지라고 생각했어요. 그런데 막상 만나보니 제가 느낀 게 더 많군요."

노인은 그녀가 떠난 후 무기력한 시간만을 보내왔다. 삶을 지탱하던 아내를 잃는다는 건, 감당하기에 너무도 가혹한 슬픔이었다. 가능하다면 하루라도 빨리 그녀의 곁으로 가고 싶었다.

"무언가를 도전하기엔 늦은 나이라고, 이제는 삶을 정리할 때라고 착각했네요. 내려오는 게 무서워서 오르지 않는다니, 바보 같은 생각이었어요. 다시 뭐라도 해봐야겠네요. 제 아내에게 당당할 수 있으려면 말이에요."

젊은 시절의 노인은 굉장히 도전적인 사람이었다. 그 덕에 아름다운 여인을 만났고, 그녀는 그의 추진력 있는 모습에 반했었다.

그녀가 사랑에 빠졌던 총명한 눈동자를 만나고 오니, 노인의 마음속에서도 '타닷, 타닷' 열기가 피어올랐다.

"오는 길에 눈에 띄는 광고지를 발견했어요. 연극 동호회 모집 광고였는데 나이 제한이 없더군요. 지원해 봐야겠습니다."

따뜻한 음료를 축인 덕에 추위가 조금 물러갔다. 그는 채비를 마친 후 다시금 길을 나서기 위해 가게의 문고리에 손을 댔다. 그러곤 달토끼를 바라보며 미소 지었다.

"당신 말이 맞았어요. 정말 도움이 되는 시간이었습니다. 고마워요."

"네? 아, 네."

보름이 깜짝 놀라 대답했다. 감사의 표현이 문이 아닌 자신에게 향해있어 의아스러웠지만, 달토끼는 미소로 화답했다.

"그럼 이만."

문을 열고 나서는 노인의 머릿속에 퍼뜩 스치는 장면 하나가 있었다. 흐려진 기억 속, 달토끼의 모습은 지금과 사뭇 달랐다.

"아! 머리 스타일을 바꾸셨군요. 예전엔…"

뒤를 돌아보았지만, 가게의 문은 보이지 않았다. 바로 몇 발자국 디뎠을 뿐인데 딸랑거리던 종소리도, 고동 색깔의 문도 찾아볼 수 없었다.

50년 전이랑 똑같았다. 거짓말처럼 모두 사라진 상태였다. 당시 주변에 이야기해도 우스갯소리로 받아들여지곤 했다. 그때 기억이 떠올라 노인은 살며시 미소를 지었다.

이번에도 종소리는 자취를 감췄지만, 그 울림만큼은 마음속에 여운처럼 깊게 남았다.

'가볼까.'

눈은 계속해서 쏟아지고 있었다. 하지만 그의 발걸음은 올 때와 마찬가지로 성큼성큼 앞을 향해 나아갔다.

"끄으응."

청년이 정신을 차렸을 때는 테이블에 엎드려 있는 상태였다. 분명 반지를 줍고 노란색 문을 열었던 것 같은데, 멍한 정신 탓에 모두 꿈이었나 싶기도 하다.

"어땠어요?"

바짝 다가온 얼굴 탓에 놀란 청년이 벌떡 몸을 일으켰다. 그는 아직 술집 안이었고, 그에게 술을 건넸던 토끼 귀 여인도 눈앞에 있었다. 단발머리의 그녀는 수첩에 무언가를 연신 끄적였다.

"스파게티⋯?"

노인이 마지막으로 했던 말이 그의 입가에 맴돌았다. 하지만 그것이 추후 만날 그의 연인이 좋아하는 음식이라는 것을 알 리 없는 청년은 금세 잊어버렸다.

차츰 정신이 돌아온 그는 눈을 반짝이는 여인에게 취조당해야만 했다.

"어땠어요? 미래의 자신은?"

"네? 아, 생각보다 잘살고 있는 것 같았어요."

몽롱한 여운을 음미하며 청년이 답했다. 그녀의 허무맹랑한 소리를 들으며 잠에 빠져, 그런 꿈을 꿨으리라고 그는 생각했다.

"개운하네요."

술을 마셨는데 개운하다니 신기한 일이었다. 마음을 괴롭히던 자조 섞인 감정들이 깔끔히 날아가 있었다. 대신, 처음 공장을 그만두며 각오를 다졌던 열정이 다시금 피어올랐다. 가게 안으로 들어올 당시만 해도 세차게 내리던 비 또한 멈춰있었다.

"어?"

그가 알 수 없는 이물감에 손가락을 꿈틀댔다. 자세히 보니 꿈 속에서 보았던 반지였다. 무늬가 참 독특하다.

인상에 깊게 남은 무늬는 추후 그가 청혼하기 위해 반지를 고를 때 같은 것을 선택하는 계기가 된다.

"아! 이걸로 지불하시는 거군요."

생긋 미소를 짓는 달토끼가 냉큼 반지를 잡아챘다. 자신의 물건을 뺏긴 것 같아 청년은 기분이 썩 좋지 않았지만, 그가 마신 모든 술값을 퉁 쳐준다기에 고개를 끄덕였다. 처음부터 그의 것도 아니었기에 손해 볼 게 없는 제안이었다.

"손님은 운이 정말 좋으신 거예요. 나중에 분명 저에게 감사할 걸요?"

달토끼가 신나게 떠들어 댔지만, 청년에게는 딱히 와닿지도 않고 수긍되지도 않았다. 그는 적당히 고개를 끄덕이며 돌아갈 채비를 했다.

"안녕히 계세요."

청년이 문고리를 돌렸을 때, 타이밍 좋게 들어오는 사람이 있었다. 초록색 머리를 한 남자. 그는 퍽 사나운 인상을 하고 있었기에 시선을 피하며 지나쳤다.

"오셨어요?"

"너, 이거…"

달토끼는 남자를 보자마자 환하게 웃었다. 반면 남자는 가게 안으로 들어서면서부터 눈매가 더욱 매서워졌다.

테이블 위에 올려진 술의 내용물을 확인하는 것 같았다. 그의 목소리는 너무도 날카로워서 가게의 문이 닫혀있어도 들려올 정도였다.

"시간선 이탈은 위법이라고 했지? 추후 어떤 이상 반응이 일어날지 모른다고!"

"앗, 괜찮아요! 문제없어요. 제가 봤거든요."

"네가 미래에 일어날 일을 어떻게 보고 와!"

사나운 외침에 청년은 마치 자신이 잘못한 것 같아, 서둘러 발걸음을 돌렸다.

❧8.❧
달에서 보름까지

자로 잰 듯 일정한 간격으로 늘어선 책장들 사이로 새근새근 잠들어 있는 이야기들의 숨소리가 들려왔다. 은은한 향이 풀풀 풍겨오는 도서관을 걷고 있으면 숲속을 걷는 것 같은 착각까지 들었다.

"이쪽이야."

문이 느긋한 표정으로 천천히 그사이를 걸어 나갔다. 분류표 하나 없어 책장을 구별하기 어려웠으나, 이곳의 담당자였던 그는 눈을 감아도 길을 잃지 않을 것이다.

"서두를 수 없을까요? 들키면 어떡하려고요."

문과는 달리 뒤따르는 달토끼의 표정은 편치 못했다. 그녀는 지난날 도서관 전체에서 울렸던 경고음이 떠올라 몸을 부르르 떨었다. 꿈에서 보았던 빨간색, 파란색 알전구가 언제라도 뛰쳐나올 것만 같았다.

"오늘은 찾는 책이 있어서 말이야."

문의 여유로운 태도는 일반 서점에서 책을 고르는 것과 별반 다를 게 없었다. 하지만 지금 그들의 입장은 손님이라기보단 도둑에 가까웠고, 달토끼는 한시라도 빨리 이곳을 벗어나고 싶었다.

"대체 이 책들은 누가 쓴 거예요?"

책은 때때로 다른 세상으로 갈 수 있는 문이라고 불린다. 경험해 보지 못한 삶을 간접적으로 체험할 수 있게 해주고, 달콤한 상상을 자극하여 새로운 장소를 꿈꾸게 하기 때문이다.

그런 점에서 이 도서관에 있는 책들은 여느 책과 다를 바가 없다. 하지만 분명히 다른 점이 있다면, 이곳에 책들은 비유가 아닌 실제 다른 사람의 삶과 연결되어 있다는 것이다.

"사람들이 쓰지."

"어떤 사람들이요?"

"모든 사람이."

끝을 모르고 줄지어 있는 책장들. 그 하나하나마다 책들이 빼곡하게 꽂혀있었다. 수많은 제목을 스치며 보름이 인상을 썼다. 문이 그런 그녀를 보며 옅게 웃음을 흘렸다.

"네 책도 있어."

"제 책이요? 그걸 어떻게 알아요?"

"봤으니까."

눈이 동그래지는 것도 잠시 보름이 의심의 눈초리로 문을 바라보았다. 그저 미소를 유지한 채, 책들을 훑어보는 그의 생각을 읽기란 쉽지 않았다.

"결말까지 봤어요?"

"응, 봤어."

"진짜예요? 어떻게 끝나는데요?"

장난 같지 않은 목소리에 달토끼는 콩닥콩닥 심장이 뛰기 시작했다. 자신의 결말은 과연 어떨까? 별 지킴이가 되고 싶었던 요정처럼, 힘센 토끼도 모든 역경을 이겨내고 별 디자이너라는 꿈을 이룰까?

"궁금해?"

문이 걸음을 멈추고 그녀와 눈을 마주쳤다. 대답을 듣고 싶다는 호기심과 귀를 막고 도망치고 싶다는 충동이 동시에 일었다. 그의 입술을 따라 그녀의 운명이 정해질 것만 같아 싫으면서도 듣고 싶었다. 달토끼는 조심스럽게 고개를 끄덕였다.

"네, 알려주세요."

마침내 문이 천천히 입을 열었다.

"안 알려줘. 너도 안 알려줬잖아."

"네? 제가 뭘요?"

뜬금없는 소리. 달토끼는 문의 말을 이해할 수 없었다. 그녀가 집요하게 캐물었으나, 문은 입술을 꾹 닫은 채 앞으로 나아가기만 했다. 그 모습이 장난을 일삼던 평소 모습과 거리가 멀어 달토끼는 의심했다.

"역시 거짓말이죠? 저는 책을 쓴 적도 없고, 쓴다고 해도 미래에 관해서까지 쓸 수 있을 리 없잖아요."

문은 한동안 말이 없었다. 그러다 스치듯 조금 씁쓸한 목소리로 답했다.

"맞아, 거짓말이야. 몰라. 누가 썼는지, 어디서 왔는지, 왜 이런 책이 생겨나는 건지."

의외였다. 항상 요술 같은 능력으로 뭐든 뚝딱 만들던 그가 막상 음료의 주재료인 책에 대해서 잘 모른다는 게 이상하다고 느껴졌다.

"그냥 생겨나니까 관리하는 거야. 실제로는 어떻게 해야 할지 몰라 보관할 뿐이지. 하늘 출신들은 책의 내용에 함부로 개입해서는 안 된다고 생각하니까."

하늘 출신. 달토끼는 아직도 그들이 존재한다는 '하늘'의 정확한 위치를 알지 못했다. 달을 지키며 종종 올려다보았던 지구는 아름다웠다. 푸른 바다와 초록빛 나무 그리고 땅 위를 걷는 사람들. 하지만 지구에서 바라본 하늘이 우주에선 보이지 않았다. 대기권에는 그저 솜사탕 같은 구름만이 가득할 뿐이었다. 광활한 책들을 품은 도서관도, 눈물을 생산하는 토끼들과 보조개를 제조하는 강아지도 보이지 않았다. 달토끼가 하늘을 방문할 수 있는 건 오직 문이 만든 문을 지날 때뿐이었다.

"점장님도 하늘 출신이라고 하셨죠?"

문이 고개를 끄덕였다. 가뜩이나 수수께끼투성이인데, 함께하는 시간이 길어질수록 그에 대해서는 온통 의문으로 가득하다. 여느 때와 같이 이해하는 것을 포기하려는데, 문득 달토끼의 시선을 사로잡는 책이 있었다.

"여기서부터는 책들이 공격적이니까 조심해."

"공격적이라뇨?"

"잘못 만졌다가는 억지로 책을 읽게 될 수도 있어."

문의 경고와 보름이 책에 손을 댄 것은 거의 동시였다. 불현듯 달토끼의 그림자에서 검은 손이 뻗어져 나왔다.

검은 손들은 순식간에 그녀의 입을 막고 몸을 아래로 끌어당겼다. 달토끼가 팔에 잔뜩 힘을 주어 근육을 부풀렸지만, 그럴수록 그림자에서 뿜어지는 손도 부풀어 올랐다.

"우읍! 읍."

다급해진 보름이 소리치려 했으나, 입을 꽉 막고 있는 그림자 때문에 목소리가 나오지 않았다. 그런 상황도 모른 채 문은 저만치 앞을 향해 멀어지고 있었다.

달토끼의 눈동자가 불안으로 요동치기 시작했다. 도움을 바라듯 주위를 황급히 훑는 눈동자. 그 앞으로 그녀가 손을 댔던 책이 포식자처럼 입을 쫙 펼쳤다.

"우읍!"

책에서 뿜어지는 빛과 함께 검은 그림자가 그녀를 완전히 덮쳤다. '콱-!' 손쓸 틈도 없이 책이 닫혔다. 빛은 잦아들었고 힘을 잃은 책은 바닥에 떨어졌다. 덩그러니 자리한 책의 앞면에는 커다란 글씨로《달에서 문까지》라고 쓰여 있었다.

《달에서 문까지》는 다음과 같이 시작된다. 가까우면서도 조금은 멀리 떨어져 있는 세상. 하늘이라고 불리는 곳에 도서관이 있었고, 그것을 지키는 관리자가 있었다.

"귀하는 제527번 도서관의 관리를 통하여 하늘 질서에 이바지한 공로가 크므로 이에 표창합니다."

언제부턴가 하늘에 모습을 드러낸 책. 누가 썼는지, 어디서 왔는지도 모르는 책은 하루에도 수를 헤아릴 수 없이 쏟아져 나왔고, 그에 따라 도서관의 수도 늘어갔다. 도서관의 관리자가 늘어나는 건 당연한 일이었다. 그들은 이따금 모여 정보를 공유하거나, 모범이 되는 관리자에게 상을 수여했다.

"축하합니다."

관리자들이 모여 있는 자리에서 한 남자가 대표로 상을 받고 있었다. 그의 능력은 우수했고 책을 보호하는 실력이 뛰어났다. 존경과 질투, 축하와 시기가 섞인 박수갈채가 터져 나왔다.

여러 감정이 뒤섞인 공간에서 상을 받는 남자만이 무표정했다. 짙은 초록색 머리카락 아래로 보이는 날카로운 눈매.

문이었다.

"오랜만에 만났는데 파티라도 어떤가?"

행사가 끝나고 문에게 제일 먼저 친근하게 말을 건넨 건, 500번 도서관의 담당자였다. 그는 문보다 훨씬 나이가 많았으나 표정에 이는 생기만큼은 문보다 반짝였다.

"죄송합니다. 복귀해야 해서요."

"좀 쉬엄쉬엄하게. 어차피 미래가 창창하지 않은가? 소문으로는 자네가 300번 이하 도서관으로 승진한다던데. 아주 잘됐군. 기분이 어떤가?"

"맡은 바 최선을 다할 뿐입니다."

"내가 오랫동안 관리자로 일했지만, 자네처럼 많은 절도범을 잡아낸 경우는 본 적이 없네."

"감사합니다."

친근한 그의 말투에도 문은 칼같이 답할 뿐이었다. 문이 손가락을 튕기자, 그의 앞으로 가야 할 장소가 열렸다. 표창장을 꽉 쥔 채 문은 발걸음을 옮겼다.

"자네처럼 붙임성 없는 관리자도 처음이고 말이야."

혀를 차는 소리에도 문은 발걸음을 멈추지 않았다. 문틀을 넘어서자, '탁' 문이 닫히는 소리와 함께 손잡이가 신기루처럼 사라졌다.

시야에는 온통 자로 잰 듯 일정하게 나열된 책장들로 가득했다. 무거운 발걸음을 옮기며 책으로 가득 찬 나무들을 지나 관리자 의자에 앉았다. 문은 서류뭉치가 쌓여있는 관리자용 책상에 표창장을 던지듯 아무렇게나 올려놓았다.

"하아-"

매섭던 눈매가 지친 기색에 눌려 감겨버렸다. 저도 모르게 흘리는 한숨과 함께 답답함이 그에게 쉴 틈도 주지 않고 밀물처럼 몰려왔다.

도난율 0%. 문이 527번 도서관에 임명받고 이룩해 낸 수치는 가히 경이로운 수준이었다. 아무리 도서관을 나누고 관리자를 늘렸다고 한들, 도서관 하나가 감당해야 하는 책의 수는 부담스러울 정도로 방대했다. 원하는 곳 어디로든 열리는 그의 문이 아니었다면, 결코 불가능한 일이었다.

'피곤하다.'

몸을 의자에 푹 기댔지만, 좀처럼 편안하지 않았다. 한때는 스스로가 자랑스럽기도 했다. 자신만이 해낼 수 있는 일이라며 사명감을 느끼기도 했다. 마음 가득했던 충만함은 대체 어디로 가버린 것일까? 그건 분명 그에게 잡혀 애통하게 눈물짓던 자들 탓일 것이다.

'자신의 책을 찾아 수정하면 미래도, 과거도 마음대로 바꿀 수 있다.'

오래된 소문. 근거 없이 퍼진 말이었으나, 사실일지도 모른다는 기대감이 도서관 관리자들의 속을 썩였다.

처음 도서관 관리직에 위임됐을 때만 해도 문제가 되지 않았다. 이기심과 욕망으로 책에 손을 대는 이들을 잡아넣는 것은 그에게 일도 아니었다.

"부탁드립니다. 제발 부탁드려요."

시작은 한 청년에게서 비롯되었다. 도서관에 무단으로 출입한 자를 제압하고 집행 요원을 호출했을 때, 청년이 머리를 바닥에 대고 빌고 빌었다.

"저는 한평생 불효만 범했습니다. 저를 벌하셔도 좋습니다.

어머니께 용서를 구할 기회를 제발 단 한 번만이라도 허락해 주세요."

놀랍게도 청년의 손에는 본인의 책이 쥐어져 있었다.

'이토록 넓은 곳에서 어떻게 자신의 책을 찾아낸 걸까? 그는 어째서 부모가 세상을 떠난 뒤에야 변한 걸까? 잠깐의 대화 정도라면 괜찮지 않을까?'

많은 생각이 스쳤으나, 무엇 하나 시원하게 해결되기도 전에 집행 요원들이 청년을 끌고 갔다. 당연하게도 기회는 주어지지 않았다.

"딸이 아픕니다. 제가 대신 고통받아도 좋아요. 한 번만 도와주세요."

"제가 왜 이런 사고를 당해야 하죠? 제가 무슨 잘못을 했습니까?"

"남들처럼 살고 싶었어요. 남들처럼만."

그 뒤로도 자신의 책을 발견한 사람들이 종종 나타났지만, 문이 할 수 있는 일은 하나였다.

애통한 울음을 듣지 않기 위해 귀를 닫고, 흐르는 눈물을 보지 않기 위해 눈을 감았다. 떨어진 공문에 따라 피어오르는 감정을 잘라내야만 했다.

'차라리 없었다면…'

처음부터 책이 나타나지 않았다면, 헛된 희망을 품는 자도 없었을 것이다.

'세상을 만든 신이 존재한다면 이번만큼은 실수를 범한 게 아닐까? 그게 아니라면 사람들이 좌절하는 모습을 보는 악취미라도 있는 걸까?'

피로는 극단적이고도 부정적인 생각들을 자꾸만 끌어당겼다.

띠- 띠- 띠-

탁자 위 서류 뭉치들 사이로 붉은색 버튼이 반짝였다. 도서관에 침입자가 들어왔다는 신호였다. 가뜩이나 행사 탓에 이리저리 끌려 다녔던 하루였다. 오늘은 책 정리도 밀어둔 채 쉬고 싶었는데, 도저히 환경이 그를 내버려 두지 않았다.

"하아-"

저도 모르게 한숨이 흘렀지만, '달칵' 문고리가 돌아가는 소리에 묻혀버렸다. 표정을 고쳐 잡으며 침입자가 들어선 곳으로 이어놓은 문을 통과했다. 잡념보다는 신념이 필요할 때였다. 침입자가 어떤 표정을 짓든, 무슨 말을 하든 손을 꺾은 후 책을 뺏고, 집행관들을 부를 것이다.

'책을 빼앗는 게 침입자라면 진짜 침입자는 도서관의 관리자가 아닐까?'

끝내 눌러 담지 못한 의중을 애써 무시하며 그가 발걸음을 옮겼다.

"도서관 출입 증서를 제시해 주시기 바랍니다. 불법 출입일 경우…"

"아."

습관처럼 입에 붙은 말을 늘어트려 놓다 침입자와 눈이 마주쳤다. 놀란 듯 커지는 눈과 살짝 벌어진 입술. 하지만 다른 침입자에게 보이던 두려움과 불안의 기색은 느껴지지 않아 의외였다.

'이런…'

다른 점은 그뿐만이 아니었다. 여태껏 책 몇 권만을 슬쩍 빼내던 침입자들과는 규모부터가 달랐다.

'대체 무슨 짓을 벌인 거야?'

책장 하나가 완전히 뒤로 넘어가 있었다. 덕분에 책 벼락이라도 맞은 듯 그녀의 주위는 이리저리 쏟아진 책들로 가득했다. 스르륵. 머리 위를 덮고 있던 책이 떨어지자, 찰랑거리는 단발머리 사이로 길쭉한 토끼 귀가 나타났다.

"이쪽 출신이 아니시군요."

문이 미간을 구겼다. 날카로운 눈매 밑으로 피로가 깊어졌다. 골치 아파질 게 뻔했다.

'어디 출신이지?'

이래서야 함부로 제압하기도 고민스러웠다. 이해관계가 얽혀

있는 상층부에서 쓴소리가 나올지도 모른다. 짜증이 몰려올 때쯤, 바닥에 주저앉아 있던 침입자가 잡념에서 깨어난 것처럼 번뜩 정신을 차렸다.

"여기 출입증이요."

불쑥 꺼낸 종이 한 장. 그녀의 말대로 도서관 출입 허가서였다. 믿을 수 없었다. 여태껏 제대로 된 출입 허가서를 지닌 사람은 없었으니까.

"흠."

문은 그녀가 건넨 출입증을 꼼꼼히 뜯어봤다. 그러다 그럴 줄 알았다는 듯 김빠지는 숨을 뱉었다. 승인서 유효 기간이 얼토당토않았기 때문이다. 위조한 게 틀림없었다.

"미래에서 오기라도 했나 봐요?"

유효 기간이 지난 거였으면 그나마 이해하겠으나, 승인서에 적힌 날짜는 다가오려면 한참이나 먼 미래였다. 다른 부분은 진짜와 똑같이 만들어 놔서 속을 정도였지만, 정작 중요한 부분에 치명적인 실수를 저질러 놨다.

"네. 미래에서 왔을 수도 있죠, 뭐."

그녀는 입에 침도 바르지 않은 채 고개를 끄덕였다. 너무도 당당한 말투에 당혹스러울 정도다. 승인서에는 그녀에 대한 정보도 적혀있었다.

'힘센 토끼.'

별 지킴이에 주로 종사하는 그들은 정의롭고 믿음직스러운 이미지가 강했는데, 모두가 그렇지는 않은 모양이다. 이렇게 아무렇지도 않게 거짓말을 하는 토끼도 있으니까 말이다.

"조사에 응해주셔야겠습니다."

"왜요? 승인서 드렸잖아요."

그녀가 환한 미소를 지으며 장난스럽게 웃었다. 반면 문의 표정은 일그러졌다.

'토끼들은 원래 이런 질 나쁜 장난을 좋아하나?'

불법을 저지르면서도 미소를 띠는 침입자를 이해할 수 없었다. 가뜩이나 도서관에서는 불필요한 소음을 금하고 있다. 장난을 치기에 적절한 공간이 아니다.

"못 믿으시겠으면 위조 판독기로 확인해 보는 게 어때요? 당신의 쉼터에 있잖아요."

그녀의 말에 문의 미간이 좁아졌다. 어쩜 저리도 뻔뻔할까? 미래에서 왔기에 뭐든 안다는 설정을 잡기라도 한 모양이다.

"후우."

모든 도서관에는 쉼터가 있고, 판독기 대부분이 그곳에 있다. 문의 쉼터에도 마찬가지로 판독기가 있었기에, 그녀가 다 아는 것처럼 말한다 한들 놀라울 일도 아니었다. 적당히 때려 맞혔을 뿐일 것이다.

"승인서 위조는 중죄입니다."

"위조 아니라니까요!"

뻔뻔하게 거짓말하는 모습이 괘씸했다. 승인서를 위조했다는 정황이 확인되면, 단순히 도서관에 무단으로 출입했다는 정도의 처벌로는 끝나지 않을 것이다. 타 출신들에게 관대한 상층부에서도 심도 있게 다룰 수밖에 없다. 그 사실을 아는지 모르는지 눈앞에 침입자는 당당했다.

"검사해 봐요!"

다른 날이었으면 무시한 채 집행관들을 불렀을지 모른다. 하지만 오늘은 무척이나 지친 날이었고, 짜증도 극에 달한 상태였다. 그녀가 지금 자신이 하는 거짓말을 얼마나 가볍게 생각하는지는 모르겠으나, 그에 대한 책임을 지게 해야겠다고 생각했다.

"마지막 기회입니다. 솔직하게 말하세요."

"진짜예요. 저는 당신에게 거짓말하고 싶지 않아요."

그녀는 눈을 피하지 않은 채, 마치 깊은 다짐이라도 하듯 차분히 입술을 달싹였다. 통 속을 읽을 수 없었다. 한숨을 푹 내쉰 그가 쉼터와 연결된 문을 만들어 냈다. 끼이익, 문고리를 돌리며 그가 경고하듯 말했다.

"여기서 대기하세요. 금방 돌아오겠습니다."

달칵, 문을 열고 들어서자마자 아슬아슬 돌탑처럼 쌓인 서류 더미를 피해 주변을 뒤졌다. 골동품처럼 구석에 처박혀 있는 판독기 위로는 먼지가 뽀얗게 내려앉아 있었다.

"푸후."

툭툭, 건성으로 먼지를 털어내며 승인서를 올려놓고 기계를 작동시켰다. 팩스를 보내는 것처럼 승인서가 판독기에 빨려 들어갔다. 이제 기다리기만 하면 끝이다.

"배가 고파서 그러는데 주방 좀 써도 되죠?"

들려오는 목소리에 깜짝 놀란 문이 고개를 돌렸다. 침입자는 도서관을 넘어 쉼터까지 침입해 있었다. 문이 사라지기 전에 따라 들어온 모양이다. 문이 인상을 구기며 으름장을 놓았다.

"기다리라고 했잖습니까."

"범인이 도망가면 어쩌려고 그렇게 혼자 두세요?"

지끈지끈 머리가 아팠다. 도서관에 들어선 이상 어디로 도망치든 능력을 이용하면 어렵지 않게 잡아낼 수 있다. 그보단 쉼터에 들어온 것이 더욱 심기를 건드렸다.

쉼터란 단순히 잠깐 쉬는 공간이 아니다. 음식을 만들고, 잠을 청하며, 일에 관한 생각을 내려놓고 편하게 지낼 수 있는 관리자들의 사적인 공간이다. 그녀는 그만의 공간에 멋대로 침입한 셈이었다.

"당장…"

버럭 소리치려는데 '삐삐삐' 판독기에서 이상 반응이 일어났다. 너무 오랫동안 사용하지 않은 탓에 오류가 난 것 같았다. 문이 표정을 구기며 기계와 씨름하는 동안, 그녀가 향한 주방에서도 덜그럭, 덜그럭 요란한 소리가 들려왔다.

'제기랄.'

짧은 욕지거리와 함께 오작동을 일으키던 판독기가 정상으로 돌아왔다. 타이밍을 맞추기라도 한 것처럼 그녀 또한 주방에서 나왔다. '특별한 능력을 발휘해서 기계를 잠시 고장 낸 게 아닐까?'라는 의심이 들 정도로 정확한 타이밍이었지만, 말도 안 되는 상상이었기에 고개를 저었다. 그저 기가 막히게 맞아떨어졌을 뿐이다. 우연이었다.

"재료가 마침 딱 맞게 있더라고요. 커피도 새로 내렸어요."

생글생글 웃으며 그녀가 탁자 위에 들고 있던 접시를 내려놓았다. 달짝지근한 냄새가 식욕을 돋우며 커피 향과 매끄럽게 어우러졌다.

"꽤 맛있을 거예요."

맛있으면 맛있는 거지, '꽤' 맛있다는 건 뭘까? 그녀의 행동이 거슬리기 시작하자, 별것 아닌 말에도 트집이 잡혔다.

삐빅.

마침내 나온 판정 결과를 문이 난폭하게 집어 들었다. 내용은 확인해 볼 것도 없이 뻔했다. 당장 그녀를 쫓아내면 그만이었다. 분명 그럴 줄 알았다.

'어째서?'

성큼성큼 그녀에게로 향하던 발걸음이 접시가 놓인 탁자와 가까워질수록 기세를 죽였다. 그녀가 포크를 들며 그를 올려다보았다.

"거짓말 아니죠?"

문은 심각한 얼굴로 몇 번이나 판정서를 확인했다. 결과는 승인서가 위조된 것이 아님을 알렸다.

'일을 대체 어떻게 처리하는 거야?'

당혹감도 잠시, 문은 승인서를 발급해 준 직원이 실수를 저질렀다고 결론지었다. 까다로운 척은 세상 제일인 것처럼 유난을 떨더니, 유효 기간 하나 제대로 맞추지 못한다는 게 어이가 없었다.

"발급처에서 실수를 범한 모양입니다. 가능한 빠른 시일 내로 돌아가서서 재발급 요청을 해주세요."

"사과하세요! 잘못은 그쪽에서 해놓고 저를 범죄자 취급하셨잖아요."

"승인서가 잘못되지 않았나 본인이 확인해 보셨어야죠."

"잘 발급됐다고 했단 말이에요! 문제없다고요. 거짓말쟁이들!"

불만을 토로하는 그녀는 볼에 바람을 불어 넣어 시늉만 할 뿐 진심으로 화난 것처럼 보이진 않았다.

'…진상.'

어쨌든 유효 기간이 잘못돼 있긴 하니 대충 쫓아낼까 싶을 때쯤, 그녀가 볼에 바람을 빼며 미소를 지었다.

"미안하면 대신 같이 먹어요. 저도 주방이랑 재료 썼으니까 비긴 거로 칠게요."

미안한 마음이라곤 눈곱만큼도 없었다. 하지만 시끄럽게 구는 그녀가 빨리 떠나주길 바랐기에 적당히 장단에 맞춰주기로 했다. 마침 허기가 지던 참이다.

"어디서 오셨나요?"

문이 방문자 기록표를 꺼내며 의자에 앉았다. 그녀에 대해 기록해 놓으면, 후에 문제가 생겨도 할 말이 생긴다. 승인서를 잘못 발급한 부서가 책임을 지게 될 것이다.

"저는 달을 담당하고 있어요. 달토끼라고 불러주세요."

기록표를 건네받은 달토끼가 휘리릭, 이름과 함께 사인했다. 그러곤 슬그머니 그에게 눈짓했다. 만든 음식을 어서 맛봐달라는 신호 같았다.

"수플레 팬케이크에요. 프랑스에서 '수플레'는 달걀흰자만으로 거품을 내서 취향껏 재료를 넣고 오븐으로 구워 크게 부풀린 과자나 요리를 말해요. 크게 부풀렸다는 게 핵심이죠. 납작한 팬케이크와 다르게 통통한 모양이잖아요? 수플레와 달리 오븐을 사용하진 않았지만요."

그녀가 담당하는 달이 지구와 가깝기 때문일까? 외부 출신이었지만 지구 음식에 대해 퍽 빠삭한 듯했다.

"오븐 대신 팬에 기름을 살짝 바르고 약한 불로 달궜어요. 구름을 입에 담는 기분일 거예요."

달토끼는 설명을 이으며 세 개의 수플레 팬케이크 중 하나를 해치웠다. 그녀는 먹어치운 팬케이크에 했던 것처럼 나머지 두 개에도 꿀을 덧칠했다. 단 음식을 그리 좋아하지 않는 문은 별로 먹고 싶지 않았으나, 또 하나를 먹어치우고 남은 하나를 내미는 그녀 탓에 억지로 포크를 움직여야 했다.

'단 건 질색인데.'

그는 한 번에 해치울 요령으로 단숨에 팬케이크를 입에 넣었다. 마치 솜사탕을 입에 담는 것처럼 두꺼운 팬케이크가 순식간에 오므라들었다. 입 안 가득 퍼지는 달걀 냄새. 꿀이 잔뜩 발라져 있음에도 생각보다 달지 않아 먹을 만했다.

"읍."

그러던 중 일이 났다. 순식간에 변하는 풍경. 풍덩, 어느새 몸이 푸른 물에 잠겨있었다. 어두침침한 해저가 아니었다. 맑고 투명한 공간. 숨이 차거나 공포가 몰려오지도 않았다.

그저 평온했다. 하늘을 날고 있는 것 같기도 했다. 그렇게 생각
하자 주변이 정말 하늘처럼 변했다. 몸을 구속하던 물의 저항감
이 공기의 저항감으로 변했다. 그는 어느새 낙하하고 있었다. 아
니, 날고 있었다. 하늘과 땅이 뒤집힌다. 그는 솟아오르고 있으
면서도 지상과 가까워졌다. 푸른 하늘이 끝이 나고 펼쳐진 회색
빛 건물들. 그 사이 은은한 갈색빛 천장 안으로 빨려 들어갔다.

"안녕."

낯선 목소리가 그의 입에서 흘렀다. 반전되었던 세상이 원래
대로 돌아가고, 그는 한 커피집에 앉아있었다. 떨리는 자신의 목
소리만큼이나 반대편에 앉은 여자도 떨려 보였다.

"중요한 이야기라는 게 뭐야?"

그녀는 조심스럽게 입을 열면서도 끝말을 흐렸다. 남자가 무
슨 말을 할지 눈치챘기 때문이다.

그와 그녀가 서로 알게 된 지 꼬박 한 달이 되는 날이었다. 남
자는 자꾸만 구실을 만들어 여자와 만났고, 여자도 그 구실이 별
의미 없다는 걸 알면서도 매번 부름에 응했다.

의미 없는 날들이었다. 이유 없이 만나고 그저 음식을 먹고, 카
페에 들리며 시간을 허비했다. 목적성 없이 그저 시간을 축내는
의미 없는 날들이었지만, 남자에게만큼은 일생에서 더없이 떨리

고 특별한 시간이었다. 그렇기에 결심했다.

"그… 그게…"

준비해 온 말이 있는데 자꾸만 몸이 떨려 주머니 안을 만지작거렸다.

"이거 주고 싶어서."

간신히 꺼내든 물건. 그건 값비싸지도, 반짝이지도 않는 팔찌였다. 지나가는 길에 보았던 노점상에서 그녀가 '예쁘다' 작게 중얼거렸던 팔찌. 막상 꺼내고 보니 참 볼품없어 보였다. 기껏 결심했던 마음이 쪼그라들며 모습을 감췄다.

'고백은 다음에 더 멋진 물건으로 도전하자.'

그렇게 생각했을 때 그녀가 그의 손을 덥석 잡았다. 놀란 남자가 퍼뜩 고개를 쳐들었다. 얼굴이 새빨개진 그녀. 하지만 그녀는 눈을 피하지 않았다. 홍조를 타고 그녀의 아름다운 미소가 번졌다.

"고마워. 소중히 할게."

싸구려 팔찌를 보면서도 그녀는 다이아를 받은 것처럼 기뻐했다. 아마 선물 안에 담겨있는 그의 마음이 다이아몬드만큼이나 빛났기 때문일 것이다.

그녀는 반짝이는 무기체보다 투박스러워도 따뜻하게 느껴지는 유기체를 사랑했고, 남자의 커다란 덩치 안에는 그 따뜻함이 엿보였다.

고백은 '도전'이 아니라 '확인'이라고 했던가? 중요한 건 그들의 말이 아니라 마음이었기에, 서로를 보며 미소 짓는 것도 오랜 시간이 걸리지 않았다.

"하아, 하아…"

마음속에서 피어오르는 몽글몽글한 떨림. 숨소리 사이로 흐르는 목소리는 틀림없이 문의 것이었다. 찰나의 시간 그는 많은 것들을 보았다. 동그랬던 눈동자가 금세 날카로워지더니 달토끼를 향해 쏘아졌다.

"무슨 짓을 한 거야?"

날 선 목소리. 늘 건조해도 격식을 지켰던 문이었지만 이번엔 상황이 달랐다.

"무슨 짓을 한 거냐고."

쿵. 그가 탁자를 내려치자, 달토끼의 귀가 놀란 듯 번쩍 세워졌다. 그녀가 불안한 눈으로 답했다.

"그냥 주방에 있는 재료로 만들었어요."

아차 싶은 생각이 들어 문이 재빨리 주방으로 향했다. 열기를 품고 있는 물건. 그건 가스레인지나 오븐 따위가 아니었다. 책이었다.

"참 신기해요."

어느새 뒤쪽까지 바짝 다가온 달토끼가 속삭이듯 말했다. 화들짝 놀란 문이 거리를 벌리며 곤혹스러운 표정을 지었다. 변명거리가 없었다.

"어떻게 책에서 저런 빛이 나는 걸까요?"

하늘에서 책은 멋대로 만져선 안 되는 물건이다. 그렇기에 책을 수호하는 도서관이 있고, 관리자가 있다. 그런데 정작 관리자인 문이 책을 건든다니, 들킨다면 자격을 박탈당할 것이다.

"저거 불법이죠?"

달토끼가 순진한 얼굴로 눈을 치켜뜨며 물었다. 그러곤 머뭇거리는 그를 바라보며 씩 미소를 지었다.

"들키면 큰일 나는 거죠?"

'불찰이다. 어떻게 해야 하지? 뭐라고 둘러대야 할까? 그녀는 책에 대해서 얼마나 자세히 알지? 상층부와 연루된 인물인가? 입을 막아야 하나? 모두 털어놓고 자수해야 할까?'

주마등이 스치는 것처럼 수십 가지의 방안이 머릿속을 휘저었다. 어떤 것도 좋은 결말에 닿는 것은 없었다. 극단적인 상황만이 머릿속에 아른거렸다.

"비밀로 할게요. 대신 당분간 여기 있게 해주세요."

그녀의 입에서 예상치 못한 말이 흘렀다. 대체 무슨 속셈인 걸까? 책을 빼돌리려는 걸까?

"훔치진 않을게요. 대신 책들을 마음껏 읽게 해주세요!"

"안 돼."

칼 같은 대답이었다. 도서관 출입 승인서가 있다고 해서 도서관에 있는 책들을 마음대로 읽을 수 있는 건 아니다. 도서관 관리자 또한 책을 지킬 뿐 함부로 읽어선 안 된다.

그녀의 주장은 규칙에 어긋나는 말이었다. 모든 걸 들키고 처벌받는다고 할지언정, 개인의 이익에 따라 책이 사용되는 것을 내버려 둘 순 없었다.

"치, 자기는 봤으면서."

"나는…"

반박하려던 문이 지그시 입을 다물었다. '달칵' 그저 자리에서 일어나 문을 만들었다. 그녀를 쫓아낼 셈이었다. 눈치챈 달토끼가 바닥에 고정된 탁자를 힘껏 잡아끌었다.

"나가."

"아, 아! 그럼, 여기 있기만 할게요! 옆에서 지켜보기만 할게요."

문이 있는 힘껏 달토끼를 잡아당겼으나, 그녀는 꿈쩍도 하지 않았다. 가녀리던 그녀의 팔다리는 온데간데없고 굵직한 근육이 탁자를 끌어안고 있었다. 힘센 토끼라는 말이 딱 어울리는 모습이었다. 눈살을 찌푸린 그가 손가락을 튕기자, 문이 열리며 그녀를 빨아 당겼다. 바람이 어찌나 강한지 탁자까지 뜯어질 판이었다.

"자, 잠깐만요. 문! 당신의 책을 봤어요!"

주춤, 그의 눈빛이 흔들렸다. 그녀에게 이름을 알려준 적은 없다. 잠시 침묵을 지키던 그가 한 번 더 손가락을 튕겼고, 그녀를 빨아 당기던 문이 닫혔다. 이리저리 헝클어진 머리를 하고선 그녀가 숨을 돌렸다. 덕분에 우람했던 팔도 본래의 모습으로 돌아왔다.

"내 책?"

"네, 당신의 책이요. 본 적 있어요."

모든 이의 이야기가 책이 되어 도서관에 모인다. 언젠가 문도 상상해 본 적이 있다. 자신의 책도 존재할까? 그렇다면 어디까지 쓰여 있을까? 결말까지 모두 적혀있을까? 이미 모두 정해져 있다면 살아갈 이유가 있을까? 어떤 끝을 맞이하게 될까? 꼬리에 꼬리를 무는 질문이 피어올랐다.

"곁에 있으면서 조금씩 알려드릴게요. 전부 말하면 쫓아낼 테니까요."

달토끼가 '허억, 허억' 숨을 돌리며 조심스레 문의 눈치를 보았다. 사실을 말하고 있는지 확신할 수 없었다. 알고 있다 하더라도 들어선 안 되는 것일지 몰랐다. 이성은 그녀를 쫓아내라고 소리쳤지만, 자꾸만 답답한 마음이 숨통을 옥죄었다. 문은 결국 고개를 돌렸다.

"당분간만이야."

"네!"

그의 고심을 아는지 모르는지 달토끼는 여전히 해맑았다. 그녀에게 강아지와 같은 긴 꼬리가 있었다면 사정없이 좌우로 흔들렸을 것이다. 어찌 되었건 불편한 동행은 그렇게 시작되었다.

"흐으음~ 흐음~"

문의 꽁무니를 강아지처럼 졸졸 따라다니는 달토끼는 뭐가 그리 좋은지 매번 콧노래를 흥얼거렸다. 하지만 도서관의 일은 그녀의 기대처럼 늘 새롭거나 환상적이지 못했다.

날이 지날수록 지루함이 늘어갔다. 침입자가 매번 찾아오는 것도 아니고, 그렇다고 해서 바쁘게 돌아다녀야 하는 직업도 아니었다. 527번 도서관이 관리해야 하는 책의 수는 딱 정해져 있었다. 대부분의 하루가 서류를 처리하는 것으로 끝났다.

문이 여섯 시간가량 움직이지도 않고 서류만 처리했을 때, 마침내 달토끼의 입에서 퉁명스러운 목소리가 흘렀다.

"벌써 일주일째잖아요. 책 한 권쯤은 괜찮지 않아요?"

"안 돼."

문은 달토끼가 나타난 이후에도 이전과 똑같은 일과를 보냈다. 그녀는 그게 썩 마음에 들지 않아 보였다.

"지루하죠? 매번 똑같은 일만 하고."

"아니."

"사실 똑같지도 않죠? 저 빨리 가라고 일부러 더 재미없게 사는 거죠?"

"아니, 똑같은데."

"거짓말! 책 뒤적거리는 작업 안 하잖아요!"

달토끼가 빽 소리를 지르자, 문이 급하게 그녀의 입을 막아버렸다. 도서관에 메아리치는 그녀의 목소리. 듣는 이가 따로 있는 건 아니었으나, 책을 마음대로 만진다는 이야기는 자랑하고 다닐 만한 게 아니었다. 미간을 구긴 문이 그녀를 쏘아보았으나, 그녀 또한 지지 않고 미간을 좁혔다.

"다 알아요! 원래는 매일 책을 들여다봤잖아요!"

"네가 어떻게 알아."

"당신의 책을 통해 봤으니까요!"

말이 턱 막히는 순간이었다. 정말로 그의 책을 보기라도 한 걸까? 문도 나름대로 불만으로 가득했다. 그녀의 말대로 진행하던 연구를 멈췄기 때문이다.

"그냥 평소대로 해요! 비밀로 해준다고 했잖아요. 한배를 탄

사이끼리 계속 이러기예요?"

"한배는 얼어 죽을…"

"아, 몰라, 몰라! 그냥 하면 되잖아요! 문도 하고 싶잖아요? 그냥 하란 말이야!"

달토끼가 바닥에 드러누워 떼를 쓰기 시작했다. 끝을 모르는 농성. 반복적인 일상은 위험에 대한 경계를 약하게 만들었다. 문 또한 될 대로 되라는 식으로 쉼터에 들어섰다.

"얌전히 있어. 아무것도 건드리지 마."

"네, 네. 그럴게요. 가만히, 죽은 것처럼 있을게요."

"하아–"

책 한 권을 조심스레 내려놓고 문이 주문을 읊기 시작했다. 그의 능력은 단지 문을 만드는 것에 그치지 않았다. 문의 입술에 따라 페이지가 펄럭펄럭 넘어갔다. 때론 굵고, 때로는 부드러운 음성에 따라 '탓' 하고 정확한 지점에서 책이 멈췄다.

뿜어지기 시작한 열기. 달토끼가 만들었던 수플레 팬케이크를 재연할 생각이었다.

"여기요!"

가만히 있겠다는 말이 무색하게 달토끼가 요리를 도왔다. 문은 한마디 쏘아붙이려다 참았다. 지금 중요한 건 책을 이용한 요리에 성공하는 것이다.

달걀노른자에 박력분을 체 쳐서 넣은 후, 우유를 붓고 바닐라 오일과 소금을 첨가했다. 거품기로 머랭을 치는 건 달토끼의 일이었다. 근육질로 변한 그녀가 달걀흰자에 설탕을 넣고는 휘저었다. 머랭이 단단해졌을 즘, 거품이 꺼지지 않게 노른자 반죽과 조심스레 섞었다. 그러곤 책의 열기를 이용하여 팬을 달구고 완성된 반죽을 구웠다. 전에 맡았던 달짝지근한 냄새가 퍼져나갔다.

"먹음직스럽네요!"

일반 팬케이크보다 두께가 두툼한 크기의 수플레 팬케이크가 접시에 담겼다. 위에 꿀을 뿌리자 이전과 완전히 같은 모습이었다. 문은 무표정한 얼굴로 포크를 들었다. 조심스레 잘라낸 팬케이크 조각을 천천히 입에 담았다.

"…"

입에 담는 순간 말을 잃었다. 마찬가지로 팬케이크를 입에 담은 달토끼가 어색하게 웃으며 문을 바라보았다.

"맛있네요."

문은 여전히 입을 다문 채였다. 맛만 놓고 보자면 저번과 크게 다르지 않았다. 아니, 똑같다. 문제는 이전과 달리 이야기가 보이지 않는다는 것이다.

옅은 기억의 파편 따위가 눈에 어른거리는 것 같았지만, 착각이라고 생각할 정도로 희미한 정도였다. 실패했다. 눈앞에 있는 건 평범한 팬케이크에 불과하다.

'저번과 뭐가 다른 거지?'

쥐고 있는 포크에 힘이 들어갔다. 지난번엔 그저 운이 좋았을 뿐인가? 이번엔 정말 성공하는 줄 알았다. 해냈으니까, 저번처럼만 하면 가능성이 있다고 생각했다.

얽히고설켰던 수수께끼의 해답을 드디어 밝혀냈다고 생각했다. 하지만 아니었다. 하늘 높이 솟은 풍선처럼 기대로 가득했던 마음이 '펑' 하고 터져버렸다.

"만족스럽지 않으신 거죠?"

"내 책 봤다며. 알면서 뭘 물어."

"하하…"

꿈에서 깨어날 시간이었다. 문은 일말의 희망으로 애써 피하고 있던 현실을 마주하기로 했다.

"책의 내용 제대로 기억 안 나지?"

누군가의 이야기가 담긴 책. 문이 읽어보지 않았을 리 없었다. 그리고 깨닫는다.

미래와 과거조차 바꿀 수 있을 것만 같은 책에는 치명적인 약점이 있다는 사실을. 그건 책을 읽어도 내용이 마치 꿈을 꾼 것처럼 일부만 기억에 남는다는 것이었다. 내용을 고친다고 해도 무엇을 어떻게 고쳤는지, 또는 고쳤다는 사실조차 기억하지 못했다. 고쳐지긴 한 건지도 미지수였다. 미래와 과거를 보아도 마찬가지로 기억의 파편처럼 남은 조각은 별 도움이 되지 않았다.

'헛된 꿈이었어. 책을 읽는 것처럼.'

문이 책을 이용해 음식을 만드는 목적은 하나였다. 희미하고 왜곡되는 이야기를 온전히 읽을 수 있게 만드는 것.

후회하는 사람들을 보았다. 괴로워하는 목소리를 들었다. 그들을 집행자에게 넘기면서도 그들에게 진실을 알려주지 않았다. 그들에게 남은 작은 희망을 꺾어버리고 싶지 않았다. 대신 그들이 진실로 원하는 것을 만들려고 노력했다.

하지만 몇 번을 도전해도 성공하지 못했다. 지난번 그녀가 만든 팬케이크를 통해 성공했다고 생각했지만 착각이었다. 우연일 뿐이었다.

어쩌면 그게 단지 우연일 뿐이었다고 이미 알고 있었을지 모른다. 종종 그런 적이 있었으니까. 그가 일주일이나 책의 연구를 미뤘던 건, 찰나라고 할지라도 희망에서 깨어나고 싶지 않았기 때문이다.

반짝이는 별똥별처럼 하루아침에 희망이 사라지는 것을 더는 느끼고 싶지 않았다. 문은 이미 지칠 대로 지쳐있었다.

'단지 보관만 하는 게 옳은 걸까?'

책이 나타난 것에는 이유가 있으리라 생각했다. 상층부와는 다른 의견이 그의 마음속에 싹텄다. 책은 읽히기 위해 만들어진다. 그렇게 생각했다. 하지만 제멋대로 나타난 책은 여전히 제멋대로였다.

"이제 돌아가."

문의 안에서 무언가 꺾여나가는 소리가 들렸다. 그는 천천히 몸을 일으켜 도서관으로 향했다. 그의 뒷모습을 바라보며 달토끼는 아무 말도 할 수 없었다. 그저 가만히 그 자리에 앉아 팬케이크를 내려다볼 뿐이었다.

그러다 문득 머릿속을 스치는 의문이 있었다. 그녀는 재빨리 몸을 움직였다.

"자네 들었나?"

문에게 말을 건 인물은 500번 도서관의 담당자였다. 근처에 볼일이 있어 잠깐 들렸다고 했다. 허리를 꼿꼿이 편 그가 신이 난 목소리로 말했다.

"책을 훔쳐낸 도둑놈 하나가 스스로 목숨을 끊은 모양이야. 책이 모든 걸 해결해 준다고 생각했나 보지? 그건 그냥 신기루

272

일 뿐이야. 아직도 그런 생각을 하는 멍청이가 있다니 웃길 노릇이지."

호탕한 조롱이 그에게 비수처럼 꽂혔다. 자신은 얼마나 다를까? 문은 멍한 눈으로 고개를 끄덕일 뿐이었다.

"자네는 여전히 재미가 없군. 늘 일에 파묻혀 사는 탓이지. 어떤가? 이번에야말로 나와 같이 파티에 갈 텐가?"

"권유는 감사하지만 사양하겠습니다."

문의 딱딱한 말투에 500번 담당자가 입을 쩝 다셨다. 그는 문의 어깨를 두드리곤 도서관을 떠났다. 문은 한동안 그가 떠난 자리를 바라만 보았다.

'신기루일 뿐이야.'

500번 담당자가 했던 말이 짙게 남아 텁텁한 입 안을 맴돌았다.

"문! 알아냈어요!"

달토끼가 문에게 다시 말을 건 것은 그로부터 3일이 지난 후였다. 그동안 문은 도서관으로 돌아가 기계처럼 일과를 치렀다. 단 3일뿐이었으나, 그의 안색은 꽤 초췌해져 있었다.

"알았다고요, 문! 책의 내용과 음식의 궁합이에요! 제가 확인해 봤는데…"

"아직도 있는 거야? 떠나라고 했잖아."

"아, 그게 있잖아요. 그 음식의…"

"관심 없어."

"네?"

기대에 부풀었던 달토끼의 얼굴이 조금씩 굳어갔다. 그녀는 애써 입꼬리를 잔뜩 당기며 눈웃음을 지었다.

"문, 들어봐요. 제가 방법을 찾아냈다니까요?"

그녀가 조심스럽게 문에게로 다가왔다. 손에는 작은 쿠키가 담긴 그릇이 보였다.

"이게…"

"필요 없다고."

툭, 그녀의 손에서 그릇이 떨어지는 건 순식간이었다. '쨍그랑' 깨지는 소리와 함께 토끼 귀가 놀라서 곤두섰다. 재빨리 바닥에 떨어진 쿠키를 주우려는 달토끼를 문이 밀쳐냈다.

"내 책 좀 읽었다고 다 아는 거 같아? 그래봤자 기억하는 건 일부뿐이잖아."

뿌드득. 그가 떨어진 쿠키를 짓밟았다. 밝았던 달토끼의 얼굴이 어두워졌다. 붉어진 눈동자 사이로 슬픔이 타고 흘러내렸다.

"돌아가."

진작에 이랬어야 했다. 다시는 그녀가 눈앞에 나타나지 않기를 바랐다. 옅은 희망에 흔들리던 멍청한 짓도 종지부를 찍어야 할 때가 됐다. 차라리 혼자가 편했다. 그는 혼자가 되는 법을 누구보다도 잘 아는 사람이었다.

"쓸데없는 희망 품지 말고."

문이 눈물을 흘리는 그녀를 내버려 두고 등을 돌렸다. 터벅터벅 빠르게 다가오는 소리. 어깨를 붙잡는 강한 힘에 순간 몸이 다시 돌아갔다. 그러곤 '짝' 하는 소리와 함께 시야가 점등했다.

"멋대로 하지 말아요!"

볼에서 느껴지는 뜨거운 감촉. 고개를 들자, 부들부들 떨리고 있는 손바닥이 보였다. 힘센 토끼답게 근육을 부풀렸으면 그녀의 손바닥이 저릿할 일이 없었겠으나, 그녀는 그렇게 하지 않았다. 아직 부족한 모양이다. 그가 땅에 처참히 으스러져 있는 쿠키를 바라보며 비웃듯 입을 열었다.

"그까짓 과자…"

"당신의 꿈을 멋대로 하지 말라고요! 속이지도 말아요. 혼자 거짓말하는 거 관두시라고요!"

어쭙잖게 만들어 내던 표정이 굳어버렸다. 그녀는 떨리는 눈동자를 주체하지 못하면서도 시선을 피하지 않으며 소리쳤다.

"왜 그만두는 건데요? 계속 실패해서? 상황이 어쩔 수 없으니까?"

불쾌했다. 함부로 추측해 대는 달토끼가, 이를 악물어도 평정심을 유지하지 못한다는 사실이. 그녀를 두둔하듯 마음속에서 꿈틀대는 울분이 불쾌했다.

"뭘 안다고…"

"알아요! 당신이야말로 내가 몇 번이고 계속, 계속 봐왔는지 알아요? 당신은 늘 그런 식이에요. '효율적이니까, 간단하니까, 이게 옳은 일이니까' 그렇게 멋대로 생각하고 포기하잖아요!"

응어리진 감정이 터진 것처럼 그녀가 말을 쏟아냈다. 고작 일주일 정도 알고 지낸 주제에, 오랜 서러움을 풀어내듯 눈물을 흘렸다.

"당신이 느끼는 감정도, 꿈도 중요한 거잖아요. '최고다, 최선이다' 기계처럼 굴지 말아요! 밀어내려고 애쓰지 말라고요. 그냥 힘들면 힘들다고 말을 하고, 기쁠 땐 마음껏 웃으시라고요. 그건 약한 게 아니란 말이에요."

붉디붉은 눈보다 더 붉은 입술로 그녀가 말을 이을 때마다 낯선 감정이 고개를 쳐들었다. 늘 잘라내듯 외면했던 그의 나약함을 향해 그녀가 선언했다.

"누구든 가끔은 도움이 필요해요. 모든 이야기가 그렇잖아요. 때론 유리구두가 필요할 때도 있고, 두꺼비의 도움으로 밑 빠진 독을 막기도 하잖아요."

슬픔으로 일그러진 얼굴이 결국 고개와 함께 떨궈졌다. 목이 멨는지 그녀의 목소리가 중얼거림에 가까워졌다.

"그러니까 돕게 좀 해주세요. 응원한단 말이에요. 동화에서 기적이 일어나는 건, 가장 절망적인 순간이잖아요. 노력에 배신당하고 앞이 하나도 보이지 않는 상황. 그 부분만 넘어가면 이제 행복한 결말이 기다리고 있는데, 이야기가 중간에 멈춰버리면 안 되는 거잖아요."

잠깐의 침묵이 흘렀다. 머릿속에선 적절한 답이 떠올랐다. 논리적으로 반박할 말들, 합당하면서도 모난 말들. 그저 입을 움직이면 될 일이었다.

"..."

그런데 왜인지 입술이 꼼짝도 하지 않았다. 그녀는 눈물로 얼룩진 뺨을 소매로 닦아내며 멀어져 갔다. 그는 여전히 가만히 서 있을 뿐이었다. 다만 시선만을 아래로 내렸다. 바스락. 발끝에서 들려오는 소음 아래 박살이 난 쿠키의 파편이 보였다. 조심스럽게 몸을 숙여 그 작은 조각을 입에 담았다.

으득-

옅게 피어오르는 설렘. 하지만 잠시뿐이었다. 뿜어진 연기처럼 허망하게 사라졌다. 실패작이었다. 혀끝에 닿은 그 감촉은 무척이나 씁쓸했다.

도서관에서 유일하게 관리자만을 위해 만들어진 공간. 오직 문의 공간이었던 쉼터는 여기저기에 낯선 자취가 남아있었다. 제멋대로 펼쳐진 책들을 지나, 작업대 앞에 놓인 의자에 털썩 몸을 맡겼다. 도서관만큼이나 자주 시간을 보냈었는데, 홀로 가만히 앉아있는 게 무척이나 오랜만 같았다.

'난 뭘 하고 싶었던 걸까?'

눈을 감고 곰곰이 생각에 잠겼다. 퀴퀴한 방 안에서 보석을 찾는 것만큼이나 어색하고 어울리지 않는 일이었다. 그나마 도서관 관리자가 되고 싶었던 이유는 떠올릴 수 있었다. 악인들을 단죄하고 싶다는 어린 시절의 꿈과 많은 이들이 원하는 직업이라는 유명세가 상충한 결과였다. 어쩌면 문제는 이때부터 일어났는지도 모르겠다. 그가 잡아들인 침입자들은 상상했던 악인의 모습과 매우 달랐으니까.

과거를 후회하는 사람, 사랑하는 이를 잃은 사람, 불행한 사고를 당한 사람. 그들의 간절한 호소가 마음을 불편하게 했다. 그들의 말처럼 책에서 불행을 지워낼 수 있었으면 좋겠다는 생각까지 들었다. 그가 느낄 정도니, 당사자들은 얼마나 원했을까? 그래서 책에 손을 댔다.

하지만 결심과는 달리 결과는 처참했다. 책의 내용을 바꾸기는커녕 제대로 내용을 들여다보는 것조차 이루어지지 않았다. 시간이 계속해서 흘러갔다. 이야기를 담을 수 있을 만한 방법을 여럿 시도해 봤다. 여러 시도 끝에 음식에 이야기를 담을 방법을 알아냈고, 알맞은 재료를 찾기 위해 노력했다.

그런 과정 중에도 그는 계속해서 호소하는 침입자들을 집행관에게 넘겨야만 했다. 감정을 죽이는 것이 처음처럼 어렵지 않았다. 그래서 반복했다. 그들에게 공감하기보단 들리지 않는 것처럼 행동하는 게 편했다.

'의미가 있을까?'

500번 담당자를 통해 책을 훔치고도 자살했다는 사람의 이야기를 들었다. '책의 내용을 볼 필요가 있을까?' 의문이 들었다. 그가 하는 일이 불필요하고도 가치 없게 느껴졌다. 그래서 포기하려던 차였다.

'기적이 일어나는 건, 가장 절망적인 순간이잖아요.'

'이야기가 중간에 멈춰버리면 안 되는 거잖아요.'

달토끼가 내뱉었던 말이 자꾸만 귓가에 울렸다.

'기적이 일어나면 뭐가 달라지지?'

그래 봐야 그의 일상은 똑같을 것이다. 침입자를 잡아내고 집행관에게 넘기며 아무도 책을 읽지 못하게 하는 것. 그게 그의 일이었다.

'당신이 느끼는 감정도, 꿈도 중요한 거잖아요.'

눈물을 머금은 채, 소리치던 달토끼의 얼굴이 떠올랐다. 감정
이 그대로 드러났던 표정.

'감정, 감정, 감정' 가만히 곱씹어 봤다. 그러자 누군가 속삭이
기라도 하는 것처럼 깨달았다.

'바꾸고 싶었던 건 내 이야기가 아닐까?'

울상을 짓는 사람들을 보며 동정심 때문에 행했다고 생각했
다. 마치 의인처럼. 그들의 안식이 되어줄 구원자라도 되는 양
굴었다. 하지만 아니었다. 그는 위로를 해주고 싶었던 게 아니었
다. 그 역시 똑같이 위로받고 싶었을 뿐이었다.

홀린 것처럼 천천히 고개가 돌아갔다. 탁자 위에 놓인 쿠키 부
스러기 옆으로 유독 다른 것들보다 해진 책이 보였다. 범인은 달
토끼가 분명했다. 읽어도 옅은 감정 조각밖에 남지 않는 책. 그
녀는 그럼에도 몇 번이고 읽어냈다고 했다.

책의 제목은 《많이 보는 소년》이었다. 천천히 책을 읽어내려
가기 시작했다.

"윽."

마지막 페이지를 끝으로 책을 덮었다. 그와 함께 이야기가 떠
나가 버렸다. 옅게 남아있는 책의 감촉은 끔찍했다. 저도 모르게

인상이 써지는 책이었다.

'이런 걸 몇 번이나 읽은 거야?'

이해할 수 없었다. 반복해 봐야 내용은 남지 않고 찝찝한 불쾌감만이 남았을 책. 이걸 참고 읽어낸 이유가 뭘까?

'알아요! 당신이야말로 내가 몇 번이고 계속, 계속 봐왔는지 알아요?'

자신의 책도 이런 느낌이었을까? 타인을 밀어내기 바빴던 날들. 어쩌면 이 책과 크게 다르지 않았을지도 모른다는 생각이 그를 또 한 번 읽게 했다.

"큭."

두 번째로 읽어도 마찬가지였다. 내용은 떠오르지 않고 불쾌한 감각만이 입 안을 맴돌았다. 그래도 다시 책을 펼쳐냈다. 읽고, 또 읽었다. 그럴수록 괴로움은 선명하고 구체적으로 변해갔다. 페이지를 끝마쳐도 떠오르는 장면이 있었다. 그래서 또 읽고 읽었다.

인자한 미소를 짓는 엄마의 모습이 보이다가도 그녀의 영정사진을 보며 울상이 된 소년이 보였다. 시력을 잃은 소년이 피아노를 치는 게 느껴졌다. 소년은 자라서 청년이 되었다. 잠깐의 성공이 일렁였으나, 이내 모든 걸 잃고 극단적인 선택을 하는 그가 보였다. 그의 곁에는 아무것도 남지 않았다.

"우웩."

얼마나 많이 읽어 내렸을까? 결국, 참지 못한 문이 역겨움을 싱크대에 토해냈다. 그러면서도 다시금 구역질 나는 책을 향해 손을 뻗었다. 여러 번 반복하면서 알게 됐다. 이 책은 결말마저 끔찍한 책이다.

'알았다고요, 문! 책의 내용과 음식의 궁합이에요!'

그제야 달토끼가 만든 쿠키가 왜 그리도 썼는지 알 것 같았다. 하지만 그 정도로는 부족했다. 이 책의 슬픔을 담기에 쿠키는 너무 달콤하다.

'뭐가 있을까? 뭐가 있을까?'

그가 선반 이리저리를 정신 사납게 돌아다녔다. 슬플 때 가장 많이 찾는 음식, 괴로움과 가장 잘 어울리는 재료. 산삼? 쓸쓸하긴 하지만 슬프다기엔 열이 강하다. 쓴 음식이 뭐가 있지?

'즙 형태가 대부분인데…'

생각해 보니 꼭 음식이어야 할까? 음료는 어떨까? 아메리카노. 아니, 그보다는 에스프레소. 거기까지 떠올렸을 때 돌연 잡내를 잡아주기 위해 사용하던 술이 눈에 들어왔다.

'슬플 때 위로가 돼주고, 기쁠 때 더욱 흥겹게 해주는 음료.'

술. 술이 딱 그랬다. 입 안에 맴도는 쓸쓸함이 사라지기 전에 문은 재빨리 몸을 움직였다.

재료를 준비하는 건 어렵지 않았다. 그의 능력이면 어디든 한 순간이었으니까. 문제는 술의 비율을 맞춰 맛을 내는 것이었다. 그는 한동안 이곳저곳을 다니며 그 방법을 익혀갔다.

Y

그렇게 또 꼬박 한 달이라는 시간이 흘렀다. 도서관 관리도 내팽개친 채 열중한 시간. 책의 열기로 끓인 탄산수에 술을 섞어 혼합주를 만들었다. 유리잔 안 층층이 나누어진 무지개 색깔들. 문은 잔을 집어 들어 코끝에 돌리곤 향을 음미했다. 조심스레 기울인 잔을 따라 '꿀꺽, 꿀꺽' 그의 목이 움직였다.

"파하―"

성공이었다. 드디어 해냈다는 기쁨은 그리 길지 않았다. 책 속에 괴로움과 절망감이 여실히 그에게로 전해졌기 때문이다. 문이 놓치고 있던 관건은 책의 내용이었다.

음식의 재료와 제조 방법에 초점을 뒀을 뿐 진실로 이야기에 귀 기울이지 않았다. 지금은 달랐다. 찝찝해서 싫기만 했던 책. 그 안에 있는 주인공이 가깝게 느껴졌고, 도와주고 싶었다. 달토끼가 아니었다면 결코 몰랐을 사실이었다. 그가 케이스에 잔을 담으며 나갈 채비를 했다. 그녀에게 감사를 표하고 싶었다.

'달토끼.'

눈을 감고 그녀를 떠올렸다. 길쭉한 귀. 그 밑으로 찰랑거리는 단발머리. 환하게 웃던 얼굴, 눈물 흘리던 모습. 달싹이던 붉은색 입술. 그녀가 했던 말과 분위기의 발자취를 더듬었다. 그러자 그의 앞에 문이 나타났다. 그녀와 연결된 통로였다. 덜컥, 문이 열리고 그가 앞으로 나아갔다.

"문!"

그를 발견하곤 눈이 동그래진 그녀의 손에는 수갑이 채워져 있었다. 옆으로는 집행관 두 명이 보였다. 재판을 위해 이동하는 중 같았다. 당황한 달토끼가 변명하려는 듯 입을 조물거렸다.

"이게, 그러니까. 다 사정이 있었어요. 아시죠?"

'괜한 짓을 하며 나돌아 다니다 잡힌 거겠지.'

문 또한 도서관에 들른 지가 한참이라 정확한 정황은 알 수 없었다. 중요하지도 않았다.

"돕고 싶은 이야기가 있어. 사고를 당해서 눈을 잃고, 잘못된 행동으로 모든 걸 잃는 소년이야. 도와줘."

"네?"

"책의 내용을 바꾸고 싶다고."

가뜩이나 갑자기 나타난 문 탓에 놀란 집행관 두 명이 더욱 사색이 되었다. 그들은 문을 알아보았다. 도서관의 관리인 중에서도 실력이 뛰어나기로 유명한 인물. 문이 상을 받던 시상식에도 집행관 둘은 경비를 맡았었다. 그런 그가 책의 내용을 바꾼다니? 어떻게 대응해야 할지 감을 못 잡는 그들과 달리, 달토끼의 표정은 그제야 환한 미소를 되찾았다.

"괜찮겠어요? 당신이 여태껏 해왔던 일들과는 정반대잖아요."

"오늘 하루도 못 바꾸면, 책의 내용은 어떻게 바꿔?"

대쪽 같은 사람. 달토끼는 기쁜 얼굴로 폴짝 그에게 달려들었다. 수갑쯤이야 힘센 토끼에겐 장난감일 뿐이었다.

"참 빨리도 오셨네요. 더 늦었으면 안 갔을 거예요."

땀을 뻘뻘 흘리는 집행관들을 내버려 둔 채, 그렇게 둘은 문 안으로 자취를 감췄다. 추후 이 일로 문은 도서관 관리자의 권한을 완전히 박탈당하지만, 그는 신경 쓰지 않았다.

둘은 궁합이 잘 맞다가도 금세 티격태격하는 사이가 되었다. 달리 말하면, 꽤 친해졌다.

문은 달토끼가 음식을 내주면서 왜 '맛있을 거야'가 아닌 '꽤 맛있을 거야'라고 하는지도 알게 됐다. '꽤'는 보통보다 조금 더한 정도를 뜻한다. 보통보다 매우 좋은 것도 아니고, 조금 더한 정도. 그 표현이 좋다고 했다.

"결국 일어날 일은 일어나. 노력하는 게 대체 무슨 의미가 있어?"

감정이 고조된 문과 달리 달토끼는 차분한 목소리로 답했다.

"같은 일을 겪어도 어떻게 느끼느냐는 다를 수 있잖아요."

"그건 그냥 안주할 뿐인 거잖아."

"일어나는 일 중에는 바뀌지 않았으면 하는 것도 있는걸요."

책의 내용을 보는 것과 바꾸는 것은 완전히 다른 이야기였다. 번번한 실패. 문 혼자였다면 지쳐버렸을지도 모르나, 그에겐 생각을 나눌 달토끼가 있었다.

"그 정도로는 부족한 거 알잖아!"

"문. 어깨에 힘이 너무 들어갔어요. 또 제 마음에 상처를 남기시려는 거면 성공적이시고요."

달토끼의 화법은 퍽 문에게 효과적이었다. 흥분을 가라앉힌 그가 의자에 몸을 기울인 채, 차분히 입을 열었다. 머리를 식히기 위한 질문이었다.

"내 책에서 기억나는 것 중에 바뀌지 않았으면 하는 것도 있어?"

'흠, 흠' 얄궂은 콧소리를 내며 달토끼가 여우 같은 눈웃음을 지었다. 그녀는 장난인지 진심인지 모를 소리를 할 때면 딱 저런 표정을 지었다.

"당연히 있죠."

"뭔데?"

"저랑 가게 차려서 행복하게 장사하는 거요."

"가게?"

그렇게 말한 그녀가 쿰쿰한 표정으로 제안서 하나를 내밀었다. 조잡한 보고서였지만, 이야기를 파는 가게를 만들자는 목적만큼은 확실한 제안서였다.

"책에서 봤다는 거 거짓말이지?"

"흠, 흠~"

"안 돼."

문은 가게를 차렸을 때 발생할 수 있는 위험성을 논리적으로 열거했다.

"왜요! 그냥 해요! 하자고요오!"

하지만 그녀의 비논리는 그의 합당한 말들을 부정하기에 충분한 힘을 가졌고, 둘은 이 문제로 긴 의견 대립을 이어갔다.

당연하게도 결국 승자는 달토끼였다. 바닥에 드러누워 시위하는 그녀를 문은 감당할 수 없었다.

"시간선 이탈은 위법이라고 했지? 추후 어떤 이상 반응이 일어날지조차 모른다고!"

책이 뿜는 열기와 적절한 재료를 배합하는 건 생각보다 쉬운 일이 아니었다. 전혀 의도치 않은 게 나오기도 했다.

여느 날 우연처럼 만들어진 술도 그랬다. 문이 만들어 놓은 샘플을 달토끼가 기분에 따라 섞다가, 어쩌다 보니 미래의 자신과 만나게 해주는 음료를 탄생시킨 것이다. 이야기를 바꿀 가능성이 엿보이면서도 위험성이 다분했기에, 몇 번이고 달토끼에게 만지지 말라고 경고했었다.

"앗, 괜찮아요! 문제없어요. 제가 봤거든요."

"네가 미래에 일어날 일을 어떻게 보고 와!"

분명 경고했는데 그녀는 아무렇지도 않게 그 음료를 청년 하나에게 냉큼 건네버렸다. 문이 그 자리에 있었다면 당연히 말렸겠지만, 정말 우연히도 그가 불가피하게 가게를 비운 순간 일어난 일이었다.

"이 세상에 그냥 일어나는 우연은 없어요. 분명 그 음료가 탄생한 것도 이유가 있었을 거예요. 저는 그게 방금 나간 청년을 위한 거라고 생각해요."

"무슨 근거로?"

"마침 그 음료를 집어 든 도중에 청년이 찾아왔으니까요."

"그런 건 이유가 될 수 없어."

틈틈이 사고를 치는 달토끼였지만, 이번만큼은 그도 몹시 화가 난 것처럼 보였다. 그녀는 무어라 더 설명을 덧붙이고 싶었지만 '쾅' 하는 소리와 함께 문이 방으로 들어가 버렸다. 놀라서 쫑긋 세워졌던 토끼 귀가 이내 축 처져버렸다.

"후우-"

문은 골방에서 홀로 우주 법률 서적을 뒤적거렸다. 책에는 어려운 단어와 함께 시간선 이탈이라느니, 상대성 이론이라느니 어지럽게 적혀있었다.

'똑똑' 노크 소리가 들려왔지만, 문은 돌아보지 않았다.

"아직도 화났어요?"

"어."

대답은 그렇게 했지만, 짜증은 물러가 있었다. 그가 화가 나 있다는 건 어디까지나 공식적인 입장일 뿐이었다.

시간이라는 건 알다가도 모르는 거라서 머리끝까지 올랐던 분노도 어느새 마모시키고 만다. 달토끼가 총총 조심스레 다가와 그의 옆에 앉았다.

"제가 왜 달에서 내려왔는지 아세요?"

얌전히 자리를 지키고 있던 달토끼가 입을 열었다. 문은 대답하지 않았지만, 시선만을 책에 두고 있을 뿐 그녀의 말에 귀를 기울였다.

"옛날에는 사람들이 달에 소원을 빌었어요. 제가 종종 도와주기도 했거든요. 하지만 결과가 매번 좋지만은 않았어요. 반대로 더 큰 문제가 발생하곤 했죠. 어쩌면 도와줘야 한다는 건 제 착각이었나 봐요. 사람들은 스스로 자신의 문제를 해결할 힘이 있었으니까요."

처음 듣는 이야기였다. 슬쩍 고개를 돌리자, 단발머리 사이로 그녀의 앵두 같은 입술이 보였다.

"그래서 그냥 지켜보기로 했어요. 그러니까 시간이 지날수록 소원을 빌던 사람들도 하나둘 줄더라고요. 이상하게 서운한 거 있죠? 사람들은 갈수록 밤하늘을 쳐다보지도 않았거든요."

현대인들은 낮이건 밤이건 하늘을 올려다보지 않았다. 그들은 자신의 일을 해결할 수 있었지만, 문제가 너무 많아 고개를 들어 볼 틈도 없었기 때문이다.

"달이 더욱 예뻐지면 다시 바라봐 줄 거라고 생각했어요. 어렸을 때 꿈이 별 디자이너였거든요. 요정들처럼. 그래서 달을 떠났어요. 재료를 찾으려고요."

달토끼가 눈을 마주치며 싱긋 미소를 지었다. 장난꾸러기 같은 얼굴이 조금은 어른스러워 보였다.

"그 청년은 달을 자주 보거든요. 그래서 술을 건네줬어요. 나름 인연인 셈이잖아요?"

"참 그럴듯한 변명이네."

비꼬는 투였으나, 딱딱했던 문의 표정이 조금 유순해졌다. 공식적인 입장으로도 화가 풀린 셈이다.

"그럼 별 꾸미기용 재료나 찾지 도서관엔 왜 왔던 거야?"

문에게는 가벼운 물음이었다. 하지만 지구와 달이 중력이 다르듯 달토끼에게는 조금 더 무거운 질문으로 다가왔다.

귀가 쫑긋 선 그녀는 곰곰이 생각에 빠지더니, 이내 대답 대신 또 다른 질문으로 그에게 답했다.

"삶은 목적지가 있는 길이라기보다 커다란 운동장 트랙 같지 않아요?"

"무슨 소리야?"

"만약 길이었으면 앞으로 갈 때마다 점점 목적지랑 가까워져야 하잖아요. 즐거운 일을 하면 점점 더 즐거워질 것 같고, 슬픈 일을 겪으면 계속 슬프기만 할 것 같은데 그렇지 않잖아요. 슬프기도 하고 즐겁기도 하고. 지구랑 달 같아요. 지구랑 태양 같기도 하고. 달라지는 것 같지만, 알고 보면 그냥 서로 뱅글뱅글 돌고 있는 거죠."

와닿지는 않지만 색다른 관점이었다. 의자 등받이에 기댄 채 그녀의 의견처럼 생각해 보기로 했다. 눈을 감자, 커다란 운동장이 보이고 라인을 따라 달리는 스스로가 보였다.

"참 의미 없는 일이네."

"왜요?"

"변하는 게 없잖아. 빨리 달린다고 해서 어디에 도착하는 것도 아니고, 결국 지쳐 쓰러지고 끝나겠지."

"아니죠. 운동장에는 많은 사람이 있잖아요. 나보다 먼저 달린 사람도 있고, 늦게 달린 사람도 있지만 돌다 보면 같은 지점에서 만날 수도 있는 거죠."

상상 속 홀로 트랙을 달리고 있던 자신 주위로 많은 사람의 모습이 떠올랐다.

"중요한 건 빨리 가는 게 아닌 거예요. 누구랑 가느냐가 중요한 거지."

그쯤 문이 눈을 떴다. 그러곤 그녀와 눈을 마주쳤다. 착각일까? 붕붕 고개를 끄덕이는 달토끼의 얼굴이 조금 상기되어 있었다.

"문, 처음 수플레 팬케이크 먹었을 때 기억나요?"

그때 느꼈던 충격은 아직도 생생했지만, 오래전이었기에 나눴던 대화는 가물가물했다. 카페 안 수줍게 마주 앉은 남녀의 얼굴이 얼핏 떠올랐다.

"확인이 아니라 도전해 보고 싶으면 어떡하죠?"

두 남녀의 이야기를 인용한 물음이었지만, 무신경한 그가 알아먹을 턱이 없었다. 볼을 부풀린 그녀가 '흥' 콧방귀를 뀌곤 분위기를 전환하듯 무언가를 내밀었다.

"뭐야?"

"장사하려면 명찰 정도는 있어야죠!"

'문'이라고 적혀있는 명찰을 그의 가슴팍에 꽂아 넣으며, 그녀가 자신의 명찰을 가리켰다.

"읽어봐요."

"보름."

심술이 났던 표정은 온데간데없고 금세 기분이 좋아진 그녀가 씩 입꼬리를 당겼다.

"가게에 대해 아는 사람만 그렇게 보이는 거예요. 달이랑 보름이라고."

"모르는 사람은?"

"문이랑 달토끼요."

가게는 그렇게 시작됐다. 《달에서 문까지》는 여기까지다.

"흐핫!"

보름이 벌떡 자리에서 일어났다. 잠에서 막 깨기라도 한 듯 허우적거리던 손과 발이 '우당탕탕' 소음을 만들고야 만다.

"일어났어?"

달토끼가 천천히 주위를 살펴보았다. 넓지 않은 공간, 몇 개의 테이블. 은은한 주홍빛을 받은 벽면에서는 오래된 책방 냄새가 나는 것도 같았다. 가게로 돌아온 것이다.

"어떻게 된 거예요?"

기억을 더듬으며 그녀가 손발을 확인했다. 문을 따라갔던 도서관. 그리고 발견했던 그의 책. 갑작스레 덮쳐온 그림자는 힘센 토끼의 근력보다도 강했다.

'어디론가 빨려 들어가는 것 같았는데.'

그 뒤로 어떻게 된 건지 기억이 잘 나지 않았다.

"말 안 듣고 또 사고 쳤지 뭐."

책을 억지로 읽게 될 수도 있으니 조심하라던 그의 말을 듣는 것과 동시에 책을 만졌다. 잘못한 건 인정하나 조금 억울했다. 문이 진즉 경고했더라면 좀 더 조심했을 것이다. 삐죽 입을 내민 보름이 퉁명스레 말했다.

"또라뇨? 제가 언제 또 사고를 쳤었다고."

그녀의 투정에도 문은 피식 웃음만 지을 뿐이다. 왜일까? 늘 보던 장난스러운 얼굴인데 낯설게 느껴졌다. 저렇게 부드러운 얼굴이었나? 흐릿한 무언가가 수면 위로 올라왔다.

"점장님 책 봤어요."

달그락, 달그락 접시를 손질하던 문의 손이 멈췄다. 그러곤 천천히 그녀를 돌아보았다. 눈을 마주친 달토끼가 인상을 잔뜩 쓴 채, 이리저리 파편처럼 깨진 기억을 더듬었다.

"옛날에도 힘센 토끼랑 일하신 적 있으세요?"

"응."

"혹시 연인 사이?"

차분했던 그의 얼굴이 풀어졌다. 달토끼는 '오호라' 호기심 가득하게 질문을 이어갔다.

"왜 한 번도 말씀 안 하셨어요? 소개해 주세요."

"연락이 끊긴 지 오래됐어. 떠났거든."

"네? 헤어지신 거예요?"

이전에도 이별에 관해 물었던 적이 있었다. 그때 얼핏 비쳤던 그의 서글픈 눈동자가 떠올랐다.

"아, 그러니까 제 말은…"

여전히 여유로운 그와 달리 그녀는 실수를 저질렀나 싶어 동공이 흔들렸다. 문이 보름을 빤히 바라보자, 그녀의 눈동자가 더욱 요동쳤다.

"왜 헤어졌는데요?"

'물어보면 안 돼!' 머릿속에 경고 장치가 삐용삐용 울렸지만, 그보단 호기심이 앞섰다. 제멋대로 움직이는 입술을 내버려 두고선, 금단의 상자를 열기라도 하듯 그의 입술을 빤히 쳐다보았다.

"돌아가야만 했어. 어쩔 수 없는 일이었지."

가늘게 눈을 뜬 달토끼는 그의 대답이 만족스럽지 않았다.

"그런 게 어딨어요? 좋으면 계속 같이 있는 거지."

"걔가 온 곳은 너무 먼 시간대였어. 운동장 트랙의 반대쪽에 있는 셈이었지."

"그게 대체 무슨 소리예요?"

"그냥, 너무 멀리 사는 친구였다고."

"뭐예요. 그럼 애초에 어떻게 만난 건데요?"

다시금 주방으로 향하는 문을 쫓으며, 그녀가 은근슬쩍 계속해서 질문을 던졌다.

"우연히. 지구가 생겨난 것처럼. 조금만 비틀어져도 너무 뜨겁거나 차가워서 생명체가 살 수 없을 텐데. 마치 운명처럼 딱 그 자리에 우연히 있는 것처럼."

"또 그거예요? 우연이 운명이 되는?"

문이 대답 대신 미소로 긍정을 표했다. 그가 하는 말은 여전히 알다가도 모를 수수께끼 같았다.

"어쨌든 애틋한 이별이라는 거네요? 아쉽지 않았어요?"

"아쉬웠지."

"그럼 잡았어야죠!"

"어쩔 수 없었다니까."

"그 사람도 너무하네요. 혹시 이용당하신 거 아니에요?"

프라이팬을 뒤집던 그가 '푸하하' 웃음을 터트렸다. 문이 이리
도 크게 웃는 건 처음이라 달토끼는 조금 머쓱했다.

"뭐가 그렇게 웃겨요?"

"네 말이 맞을지도 몰라서. 이용당한 건지도 모르겠네."

'그렇게 느꼈다면 화를 내야지 웃을 건 뭐람?' 영문을 알 수 없
어 시큰둥하게 그녀가 물었다.

"뭐라면서 떠났는데요?"

'우린 또 만날 거예요.'

눈물을 퍼부으며 울상 짓던 그녀의 얼굴 위로 달토끼의 시큰
둥한 얼굴이 겹쳐졌다. 당연하게도 똑같았다.

"다 됐다."

'수플레'와는 다르게 오븐을 사용하지 않는 팬케이크. 두툼하
고도 먹음직스러운 세 덩이를 접시에 옮겨 담자, 보름의 눈동자
가 그곳에 꽂혔다. 머릿속에 가득했던 호기심은 모두 날아가 버
렸다.

"이게 뭐예요?"

"먹어봐. 꽤 맛있을 거야."

'매번 맛있는 거면 맛있는 거지, 꽤 맛있는 건 뭐람?' 그렇게 생각한 달토끼였지만 달짝지근한 냄새 탓에 말꼬리를 붙잡을 틈이 없었다.

"와, 대박."

입 안 가득 눌러 담으면 풍겨오는 냄새가 참 좋았다. 부드럽고도 풍만한 모습이 꼭 보름달을 닮아있는 두툼한 팬케이크였다. 하나를 달토끼가 먹고, 다른 하나를 문이 먹었다. 접시에 남아있는 딱 하나를 누가 먹을지 눈치 보는 와중, '딸랑' 가게 문에 걸린 종이 흔들렸다.

"어서 오세요. 드링크 서점입니다."

옷매무새를 만지며 달토끼가 후다닥 메뉴판을 들고 손님에게로 달려갔다. 이제는 문이 건네주지 않아도 두 개의 메뉴판 중 하나를 선택할 수 있었다. 그저 손이 가는 것을 잡고 손님을 맞이하러 갔다.

중요한 건 메뉴판이 아니라 환한 미소니까.

딸랑—

가게 문에 달린 종소리와 함께 문이 그 자리에 얼어붙었다.

"장사 끝났나요?"

힐끗힐끗 눈치를 보며 들어온 손님은 차림이 꾀죄죄했다. 특히 푹 눌러쓴 모자가 그랬다. 잔뜩 움츠린 고양이처럼 살피는 그녀를 문은 멍하니 바라보았다.

대답도 잊은 채 한참을 하나하나 뜯어보고 있는데, 시선이 부담스러웠는지 그녀가 으쓱 어깨를 들썩였다.

"혹시 끝나셨으면…"

"아니요. 들어오세요."

그는 서둘러 입술을 움직였지만, 몸이 꽁꽁 언 것처럼 어색했다. 그도 그럴 게, 그녀의 모습은 오래전 떠났던 누군가를 떠올리게 했기 때문이다.

닮은 정도가 아니었다. 아무리 봐도 보름이었다.

"네."

그의 이상한 태도에 들어올지 말지 고민하던 그녀가 가게 한편에 앉았다. 술을 진탕 먹기로 했으나, 될 수 있으면 사람이 북적거리는 곳은 가고 싶지 않았기에 그녀에게 딱 맞는 곳이었다.

"천천히 즐겨주세요."

그녀에게는 이야기가 담긴 술 대신 평범한 술을 내어주었다. 보름의 이야기를 듣고 싶었기 때문이다.

"키야-!"

그녀는 술을 물처럼 들이켰다. 아니, 물도 저렇게는 안 먹을 것이다. 넙죽넙죽 마셔댄 탓에, 오랜 시간이 지나지 않아 그녀의 얼굴이 벌겋게 달아올랐다.

"나쁜 놈들. 나쁜 인간들! 사회생활은 무슨, 다 얼어 죽어라!"

뒤집어쓰고 있던 모자가 의자 밑으로 떨어졌고, 토끼 귀는 그녀의 머리를 따라 탁자 이리저리를 돌아다녔다.

"내가 얼마나 열심히 했는데."

울상이 된 그녀가 계속해서 불만을 토해냈다. 달에서 내려온 이야기나 별 꾸미기가 꿈이었다는 남들 모를 소리도 이어갔다.

그래서 알게 됐다. 그녀는 그가 알고 있던 달토끼가 아니라고. 그보다 훨씬 과거의 모습이라고.

어긋난 시간 선이 맞춰진 셈이었다. 미래에서 온 그녀는 떠나갔고, 그녀와 추억을 쌓은 문은 같은 시간상에 그녀를 만났다. 그에겐 추억이 가득했지만, 그녀는 문을 알지 못했다.

"넌 항상 갑작스럽구나."

문이 작게 중얼거렸다. 취한 채 엎어져 있는 그녀가 들을 수 없는 목소리였다.

"하고 싶은 말이 많아. 너는 어쩜 그렇게 거짓말을 잘하는 걸까? 매번, 매번. 나를 알고 있던 것도 책 때문이 아니었네?"

아무리 쏟아내도 눈앞에 취객은 듣지 못했다. 그녀는 자기 일도 견뎌내기 어려운 처지니까.

문이 잠시 말을 멈췄다. 그러곤 오랜 침묵 끝에 입을 열었다.

"넘어가 줄게. 늘 그랬던 것처럼."

"나 진짜 열심히 하는데, 다 할 수 있는데."

같은 공간에서, 같은 시간대에서 이야기하고 있었지만 둘은 연결되어 있지 않았다. 그녀와 대화를 하기 위해선 마음속 낀 먼지를 털어내야 했다.

"저는 믿어요."

바텐더와 어울리는 말끔한 목소리가 문에게서 흘렀고, 중얼거리던 그녀가 고개를 들었다.

"당신이 달에서 왔다는 것도, 힘센 토끼라는 것도."

'참 대단하다는 것도' 속으로 삼켜내며 뒤로 돌았다. 오랫동안 보관해 놨던 명찰. 그녀가 그에게 선물했던 명찰이 드디어 주인을 찾는 때였다.

"여기서 일해볼래요?"

쫑긋 선 토끼 귀가 붕붕 흔들리는 그녀의 고개를 따라 사정없이 휘몰아쳤다.

"네! 저 진짜 일 잘해요. 힘쓰는 거라면 다 맡겨주세요."

문과 보름의 운동장 트랙이 같아지는 순간이었다.

"점장님은 신기한 것들을 참 당연하다는 듯이 만드시네요."

언젠가 달토끼가 문에게 했던 말입니다. 신비로운 것들을 만들어 내던 그. 하지만 문은 그렇게 생각하지 않죠.

미래의 자신을 볼 수 있는 술도, 마음을 진정시켜 주는 음료도. 하물며 마법까지도.

그에겐 특별할 것이 없었습니다. 누군가 그에게 묻는다면, 그는 답할 것입니다. 진정으로 특별한 것은 친구의 고민을 나누거나, 힘들어할 때 옆에서 위로를 건네는 일이라고.

자식을 향한 부모의 사랑, 꿈을 위해 달려가는 것, 자신의 삶에서 행복을 발견하는 것. 타인의 시선에서 벗어나 묵묵히 자신의 길을 찾아가는 것이야말로 특별한 일이라고 말할 것입니다.

우리가 마법 같은 일이 있기를 바라는 것처럼, 문도 우리의 삶을 보고 싶어 합니다. 그렇기에 우연과 우연이 겹쳐있는 당신을 응원합니다.

우연히 만난 저희와 함께해 주셔서 감사합니다.

"어서 오세요. 우연히 운명이 되는 곳. 당신을 늘 웃는 얼굴로 맞아주는 곳. 여기는 드링크 서점입니다."